当代中国最具实力中青年作家书系

黄孝阳 著

说说爱情吧

中国言实出版社

图书在版编目（CIP）数据

说说爱情吧 / 黄孝阳著 . -- 北京：中国言实出版
社，2018.8
（当代中国最具实力中青年作家书系 / 付秀莹主编）
ISBN 978-7-5171-2869-4

Ⅰ . ①说… Ⅱ . ①黄… Ⅲ . ①中篇小说—小说集—中
国—当代②短篇小说—小说集—中国—当代 Ⅳ . ① I247.7

中国版本图书馆 CIP 数据核字（2018）第 173054 号

出版统筹：李满意
责任编辑：李　岩
责任校对：宫媛媛
责任印制：佟贵兆
封面设计：仙　境

出版发行　中国言实出版社
　　地　址：北京市朝阳区北苑路 180 号加利大厦 5 号楼 105 室
　　邮　编：100101
　　编辑部：北京市海淀区北太平庄路甲 1 号
　　邮　编：100088
　　电　话：64924853（总编室）　64924716（发行部）
　　网　址：www.zgyscbs.cn
　　E-mail：zgyscbs@263.net
经　　销　新华书店
印　　刷　三河市祥达印刷包装有限公司
版　　次　2018 年 11 月第 1 版　　2018 年 11 月第 1 次印刷
规　　格　710 毫米 ×1000 毫米　1/16　16 印张
字　　数　184 千字
定　　价　42.00 元　　ISBN 978-7-5171-2869-4

猛虎嗅蔷薇，或者密林里那些身影

作为同行，当我面对这一套"当代中国最具实力中青年作家书系"的时候，心里既有感佩，亦有骄傲。这些当代作家中的佼佼者们，他们活跃在中国当代文学现场，以他们的文字，以他们对时代生活的深刻洞察、对复杂人性的执着追问，以他们对小说这门艺术的理想追求，抵达了这一代人所能够抵达的高度。作为女性作家，当我面对这些男性作家作品的时候，心里既有惊诧，更有震动。相较于女性，他们看待这个世界的眼光是如此的不同。在某种意义上，他们的视野更加宽阔，更加辽远。他们的姿态更加从容，更加镇定。有时候，他们也犹疑，彷徨，踌躇不定，他们在那些人性的罅隙里流连，张望，试图从习焉不察的细部，窥见外部世界的整体图景。然而更多的时候，他们是自信的，确定的。他们仿佛雄鹰，目光锐利，势如闪电，他们在高空翱翔，风从耳边呼啸而过。山河浩荡，岁月绵延，世界就在他们脚下。

在读者眼中，李浩或许属于那种有着强烈个性气质的作家，具有鲜明的个人标识。多年来，李浩近乎执拗地致力于小说艺术的探索，建构起独属于自己的艺术王国。他是谦逊的，又是孤高的，貌似温和家常，其实内心里饲养着野生的猛兽，凶猛而傲慢。

他是野心勃勃的小说家，不甘于通达却庸常的大路，深山密林的冒险于他有着更大的诱惑。

同为"河北四侠"，刘建东则属于藏在民间的高手，大隐于市，是另一种不轻易露相的"真人"。低调，内敛，甚至沉默。他深谙小说之道，是得以窥见小说堂奥的有幸的少数。以出道时间计，刘建东成名甚早。对于创作，他是严苛的，审慎的。他只肯留下那些精心打磨的宝贝，他绝不允许自己有半点闪失。从这个意义上，他是悲观的吧。时间如此无情，而又如此有情。大浪淘沙，总有一些东西终将远去。

骨子里面，或许叶舟更是一个诗人。他在文字里吟唱，醉酒，偃仰啸歌，浪迹天涯。莫名其妙地，我总是在他的小说深处，隐约看见一个诗人的背影，月下舞剑，散发弄舟，立在群峰之巅，对着苍茫天地，高声唱出心中深藏的爱与哀愁，悲伤与痛楚。叶舟的小说有一种浓郁的诗性的气质，跳跃的，不羁的，沉迷的，有时候柔肠百转，有时候豪气干云。

从精神气质上，或许胡性能与刘建东有相通之处。他不张扬，不喧哗，在这个热闹的时代，他懂得沉默的珍贵。他的作品也并不算多，却几乎篇篇锦绣，字字留痕。大约，他是爱惜自己的羽毛的吧。他从不肯挥霍一个小说家的声名。生活中的胡性能是平和的，他只在小说里暴露他与世界的紧张关系。他是复杂的，正如他的小说，又温和又锋利，又驳杂又单纯。

刘玉栋则显然具有典型的山东人的精神特质，沉稳，有力，方正而素朴。他以悲悯之心，注视着大地上的万物。他的文字里饱含着深切的忧思，对故乡土地的深情，对前尘往事的追念，对人间情意的珍重，对世道人心的体察，他用文字构建了一个自足的精神世界，他在这世界里自由飞翔。小说家刘玉栋飞翔的姿势耐人寻味，不炫技，不夸耀，却自有动人心魄的力量。

广西作家群中，田耳和朱山坡是文学新势力的优秀代表，同为七〇后一代，田耳有一种与生俱来的小说家的敏感气质，外部世界的细微涟漪，都有可能在他内心深处掀起惊涛骇浪。他看着那浪潮起起落落，风吹过来，鸟群躁动不安，俗世尘土飞扬，一篇小说的种子或许由此慢慢发芽，生长。他期待着与灵感邂逅时的怦然心动，享受着一个小说家隐秘的不为人知的幸福时光。朱山坡则一直坚持在"南方"写作。他丝毫不掩饰自己的执拗，也不打算解释自己的"偏狭"。南方经验，南方记忆，南方气息，南方叙事，构成了丰富而独特的文学的"南方"。他执着地构建着自己的"南方"，也构建着自己的小说中国。这是一个小说家的自信，也是一个小说家的强悍。

江南多才俊。同为浙江作家，东君、海飞、哲贵却有着强烈的差异性。多年来，哲贵把温州作为自己的精神起源地，信河街温州系列成为他鲜明的文学地标。他写时代洪流中人心的俯仰不定，精神的颠沛流离。他在文字里仰天长啸，低眉叹息。生活中的哲贵，即便是酒后，也淡定而沉着。作为小说家的哲贵，他只在文字里喧哗与骚动。而海飞，文学成就之外，近年来更在影视领域高歌猛进，声名日炽。敏锐的艺术触角，细腻的感受能力，赋予了他独特的个人气息，黏稠的、忧郁的、汹涌的、丰富的暗示性，出人意料的想象力，看似波澜不惊，实则激情暗涌，成为独有的"这一个"。与海飞、哲贵不同，东君的写作，却是另一种风貌。他的文字浸染着典型的江南气质，流淌着浓郁的书卷味道，古典的，传统的，温雅的，醇正的，哀而不伤，含蓄蕴藉。东君深受中国传统文化浸润濡染，深得传统精髓之妙。从某种意义上，他既是传统的，又是现代的。在人们蜂拥"向外"的时候，他选择了"向内"。他是当代作家中优秀的异数。

在同代作家中，黄孝阳有着强烈的探索勇气和激情，他以自己充满野心的文本，努力拓展着小说的思想疆域和艺术边界。他是不甘平庸的写作者，永远对写作的难度心怀敬畏。他飞扬跋扈的想象力，一意孤行的先锋姿态，以及由此敞开的内部精神空间，新鲜的，陌生的，万物生长，充满勃勃生机，挑战着我们的审美惰性，也培育着我们的阅读趣味。

中国当代文学现场，藏龙卧虎，总有一些身影隐匿，有一些身影闪现。无论是显是隐，他们都是这个世界的在场者、亲历者和创造者。他们以斑斓的淋漓的笔墨，勾勒着我们这个时代复杂蜿蜒的精神地形图。或者高歌，或者低唱。或者微笑，或者流泪。他们在文字的密林里徜徉，奔跑。心有猛虎，细嗅蔷薇。

是为序。

戊戌年盛夏，时京城大热

（作者系当代作家，《长篇小说选刊》主编）

目录

县城：人物素描（八篇）

钱秀丽

钱秀丽喊我时，我没有认出她是谁。我们中间隔着二十年的光阴。这也不是理由。柜台上有一面铜镜。我自己都难认出镜中人是谁，更不知道该如何把这个疲惫的影像与高中相册上那个少年联系在一起——他们看上去是两个陌生人。

她又喊了一声，没看我，垂着头，手上飞针走线。我慌乱应了，还是没有认出这个奇怪的妇人。她在刺绣衬衫的花纹。绣一件能拿十块钱。手巧眼快的人从早到晚最多能绣五件。这在老家算一笔不菲的收入。

她不再吭声。我不知道该说什么，便问她海飞丝搁在哪边。

她终于抬起头。

她脸上有四条眉毛，跟古龙小说里的陆小凤一样。这是文眉不当造成的后果。够得上一次医疗事故。我知道她是谁了。我蓦然明白了昨晚聚餐时那几位老同学古怪的话。我正确无误地喊出了她的名字。

钱秀丽是我们念高中时男生宿舍的女神，连当时拿了台湾金马奖的林青霞都位居其后。因为她每天都在我们面前美目盼兮，巧笑倩兮。她的美是空气里的负氧离子，每天都可以吸到肺里。我们比赛着给这个大胸小脸的女生写情书，心知肚明这些情书的下场。大家传言她毕业后要嫁给副县长的儿子，一个又黑又胖的矮家伙。我们觉得这是一朵鲜花插在牛粪上，还有人提议半夜用麻袋把那家伙装起来暴打一顿。

林青霞没嫁给秦汉，钱秀丽毕业后让传言变成现实。我是在大二时知道这个消息的，当时心如刀绞，觉得这是美的毁灭，还差点因此变成一个诗人。

现在她就站在我面前，扬起四条眉毛，不无戏谑地看着我。

"认出来了？"

接下来的一个小时，我买了日本的资生堂洗发水，两口袋的化妆品，其中包括几盒据说是来自法国的深海胶原面膜，与一瓶香奈儿 5 号香水。她的舌底下不再有黄莺。她说的每句话，我依然无法拒绝。当年为她写下的句子在脑子里跳跃，反复旋转。

"你是我的么？唇是那样软，好像蚕丝绵；你是我的么？乳是那样圆，好像馒头甜；你是我的么？腰是那样细，好像蕨菜鲜；你是我的么？腿是那样长，好像象牙尖……"

大学三年级，我把这些句子抄给了邻桌的女同学，现在陪我回乡探亲的妻子。她到今天也不知道它们原本是属于另一个女孩。这倒非我故意欺骗，而是我了解她在物质与精神上的双重洁癖。

隔着玻璃门，我与钱秀丽挥手再见。

这是我们二十年来的第一次相见。我听过她的一些事，也不

当代中国最具实力中青年作家书系

知道真假。若按时间顺序排列，大致如下：

她嫁给县长公子后，进储蓄所做营业员。在九十年代初的小县城，这是一个体面的金饭碗。后来公公因为经济案入狱，丈夫心性渐变阴鸷，开始家暴，还把女儿从楼梯上推落，造成残疾。她千辛万苦离了婚，独自带着女儿生活。过几年储蓄所升格为营业部，她被擢拔为副主任。不久，传出她成了某个副行长情人的闲话。她又在那时犯下一个错，高温酷暑天允许几个建筑工人进大堂歇息，可能是室内外温差大或别的什么原因，一个中年民工呼吸衰竭死在座椅上。民工的孩子在外面念大学，赶回来一纸诉状把营业部告了。她下岗做起小生意。最初听说是卖内衣，但昨晚那些老同学没有告诉我她现在改卖起洗涤日化品。是"丽人洗涤化妆品店"。橱窗陈列颇为杂乱，门面也小。不知道是什么吸引我迈了进去。

八月的傍晚，空中堆满鱼鳞状的云。没有风，一丝也没有。世界在一个深蓝色的盒盖下摇晃。我朝着另一条街道拐去。在拐角一个圆桶垃圾箱旁边蹲下身。脑子里有着异乎寻常的轻。我觉得自己被嵌在一张斑斓油画里。世间万物进出的光线，犹如巨浪涌来。

我很清楚：资生堂洗发水是假的，深海胶原面膜应该是某个小作坊的，而我有洁癖的妻子就是一个香奈儿控。我要在妻子见到这些假冒伪劣商品之前，处理掉它们。我犹豫了几秒钟，把袋子塞进垃圾箱内，然后回过头，又看见了她。

她手里捏着几张钞票，是我刚才遗忘在柜台上的找零。她看着我，好像从来就不认识我。她的四条眉毛，因为爬上额头的一道阴影攒成一处。一个光着膀子趿着拖鞋的青年从我们中间挤过。

"你的钱。"她小声说道，目光空洞。或许不是空洞，是蔑视与憎恨？她的手指划过我的掌心时有着异样的冷。我接过钱，脸庞僵硬。

我说，"钱秀丽。"

我不知道该怎样解释自己刚才的行为。

她嗯了一声，掉身往回走，越走越快。身体里传出令人心碎的声响。过了一会儿，一只看不见的大手把她从街道上擦掉了。

李勇

李勇是奇人，我十三岁时就知道了。我三十三岁零七天的时候，他死掉了。死因有两种：一种是经县法院宣布的心脏病发；另一种是一场突如其来的殴打。

李勇有一个瘸腿姐姐。

她把港田牌载客三轮摩托的后座改装成冰柜，把弟弟的尸体搁在里面，把一面国旗插在车前方，把一块写着"冤"的白布挂在冰柜后面。每天雷打不动地来到县政府大院门口。这种情景持续了两个月，一直到我国庆回老家县城的那天。

我问一个公安局的老同学，"李勇怎么死的？"

老同学盯着我看半天，"想听真话，还是假话。"

"真话。"

"心脏病发。"老同学用力吐了口痰，"做尸检的叫徐志超，老法医，干这行有三十多年。你可以不相信他，市里与省里也都给了同样的结论，都是老专家。他们没理由去包庇工商所的几个临时工。你应该了解这种权力生态。"

我们刚从中午的同学聚会上回来，都有了几分醉意。马路在我们脚下，是一条沾满泥水的破棉絮。一些金黄的落叶紧贴路面，

当代中国最具实力中青年作家书系

整个世界如同一幅不真实的后现代绘画。我感到晕眩。我们坐下来，并肩坐在打字店的台阶上。风扯动他的衣领，我的衣角。好像有几十个带裂口的乒乓球，在我的左脸、他的右脸中间弹来撞去。脸颊刺痛。一个穿旱冰鞋的少年，从巷子里钻出，在县政府门口急速地滑过。他的速度太快，差点撞到那辆港田牌载客三轮摩托车。一些污水溅到我们身上。老同学嘟囔一声。

我仰起脸。

"雨停住了，停在离地面一万米高的云层，像一群蜻蜓停在那里。"

我想起二十年前李勇对我说的这句话。

二十年前的天空与二十年后的天空一样阴郁，天空的西北角同样有着无数翻滚的乌云。当时我的问题是，"雨停在哪里了？"这个在县陶瓷工厂做质检员的男人，坐在桥头栏杆处吹箫自娱。箫管里冒出的每个音节都有着各自的形状，这个是桥、树、跳出河面银白色的鱼，那个是路过的行人、远处隐约的青山、歇在芦苇尖静止的蜻蜓。

我被自己的自言自语吓了一跳，又被李勇的回答吓了一大跳。他的箫吹得真好。他说话的声音没有他的箫声百分之一好听。我跑远了，记住了这个有一双蒲扇般大手的怪人。他长得真丑，比连环画里的鬼还丑。他叫李勇。我是在翌年盛夏知道的。河里发大水，浑汤腥黄的水面时有猪牛、圆木、木箱滚滚而过。这是节日。住河两岸的人用带钩的竹竿去截木头。更有穿犊鼻短裤的悍然不畏死者，腰间缠拇指头粗的绳子，悬于石拱桥上，看准了那半浮半沉的樟木箱，撒下手中渔网。刚从桥洞里湍出的水特别急，有力气小的就抓不紧手中渔网，被木箱带得身子急坠而下。他在旁边站着，于电光石火间抓着下滑的绳尾，口中叱喝，手中运力，竟然把那人与渔网中罩住的大樟木箱悬空提起。这厮好大的气力！上得了梁山，坐一把交椅。

这厮叫啥？

李勇。别看力气大，人家可是正宗的大学生。

是李勇告诉我小说与故事的区别的。

"我曾经吃过一条鱼，那么我会变成鱼吗？答案是否定的。"这是故事，在经验范畴内，是不言而喻的常识；"我曾经吃过一条鱼，那么我会变成鱼吗？答案是肯定的。"这是小说。要说服公众接受这些违背了经验与常识的结论，这就需要小说家的才华与逻辑。人，才会因此丰饶如海。

这些话是他写在陶瓷厂工单背面的。类似的句子有很多，厚厚一叠。我看不懂，但很喜欢吃鱼这个比喻，便依葫芦画瓢把它们抄写在自己那个专门抄写名人名言的笔记本里。

十八岁那年，我离开老家。其间回乡数次，也曾听闻过李勇的若干消息。

说他有怪癖，每至月圆之夜，必裸身下河沐浴，寒暑不改，常惊得一班妇女掩嘴窃笑；说他的个性太古怪，把领导都得罪遍，结果因为力气大，厂里每有卸货，领导总不忘喊一声"他那双手抵得上一根千斤顶"。日复一日，他成了厂里的搬运工；说二○○二年陶瓷厂倒闭后被人以区区数十万元购去。他失业在家，思谋数日，骑起三轮车，是天津产的港田牌三轮摩托。座位四周焊角铁，搭起雨篷，挂上布帘，一跳一跳地跑，噪音极大，排气管后吐出的黑烟打得倒人。他骑在摩托上，仿佛出巡的王；说他确实厉害，连疯牛也扳得倒。

当代中国最具实力中青年作家书系

那牛可能患有脑膜炎。在被送去屠宰的路上发了狂，鼓着一双红眼珠，见人即撞。县城号称坐头把交椅的沙龙帮老大徐胖拿铁棍去敲牛头，铁棍被砸弯，暴怒的牯牛屁事没有，犄角把徐胖挑到半空（据说徐胖大小便都失了禁），幸亏街对面温州发廊店门口跑出一个看热闹的红衣少女，牛顿顿蹄，喷着白沫，朝少女狂奔而去——牛见了晃动着的红，跟死了亲爹一样。当时，他把摩托停在发廊旁边等生意，看牛来得凶猛，就这样一跳，拦在牛面前，抓住牛的两只黑犄角，一扭，牛牯倒地了。他拍拍手，没事了。徐胖有事了，跟了他整整三昼夜，说要学功夫。他烦不过，说我没得功夫，你要学，上少林寺。那红衣少女从乡下来的，对他有了好感，每每在店门口站着，见他经过，便喊，"大哥，进来捏个头。"好事者跑去向少女的妈递话，说这人好歹是有文凭的城里人。少女的妈挺高兴，后来听人传了细节，马上赶至发廊把少女拖回家，对着媒人破口大骂，"这人连牛牯都搞得倒，我家闺女咋受得了？"于是，他在县城里的名气更是如日中天。

我没再碰到李勇，再后来他的消息就没有了。

我忘掉了他，直到三十二岁那年回老家整理旧物，看到当年所抄写的那段关于小说与故事的文字，才想起这个人。我找街坊邻居打听，都说不知道。也许他已经离开梨桥县。这样的人，怎么可能会在梨桥县这种小地方呆一辈子？假以风雨，他便是龙。

我没想到自己会以这样的方式知道他的消息。

他始终在梨桥，一直开着港田牌载客三轮摩托，开了许多年。

七月流火日，工商所的三个临时工醉醺醺地走出德月楼，见他骑摩托经过，喊住他。他过来了，赔着笑，问，"去哪？"

一个临时工说，"不去哪，带老子逛逛。"

逛了一圈，又回到德月楼，他再问，"去哪？"

一个临时工变了脸色，"这是'哪'吗？这里是德月楼！"

一个大嘴巴抽在他脸上。他流了鼻血。他没反抗。紧接着是一个拳头。第三个临时工，蓬发虬髯，最是凶猛，俯身揪住他的头发往摩托角铁上一撞。他们打了四十分钟，也不知从哪里来的这么大的怒气。他没反抗，自始至终。他们走了。他躺了一会儿。大家以为他死了的时候，他摇摇晃晃爬起身，走到德月楼前，在水龙头下冲掉满脸血污，还冲着围观人群露出一个比鬼还要难看的笑容。他骑上摩托车离开了。第二天下午，他死了，不是死在床上。有从汽车站出来的乘客上了他的车，见戴着一顶鸭舌帽的他一动也不动，推了他一把，他便从港田摩托车上掉下来。

公安局对那三个临时工的审讯笔录及对相关证人的笔录撂在一起有半尺厚。

"你若不信，我把案卷调给你看。"老同学闷闷说道。不知什么时候起，他脚下已有一堆烟蒂。我闭起眼，眼眶里有酸涩的液体。

"如果我现在去银行取二万块钱，把它们递给那个坐在三轮车上一动也不动的女人，告诉她，这是当年她弟弟借给我的。你会说我傻 × 吗？"

"会。"老同学又点燃了一根烟。

我们没再说话。几分钟后，我离开了他。

韩山拾得

韩山拾得，我的高中同学。

他爹叫韩山，一个老鳏夫，瘸了半条腿，还能跑得飞快，挤

当代中国最具实力中青年作家书系

进汽车站前看热闹的人堆里，抓起竹篮没肯再撒手。

竹篮里躺着一个不足百日的弃婴，是男娃，"带把的。"

韩山拾得讨厌他爹。

他爹在取名时也忒不负责任。班上几个横蛮惯了的男生，不高兴了，把他打一顿；高兴了，也把他打一顿——这叫打日本人。瘦小的他偷了户口本，跑到派出所要求改名，警察瞪起眼珠子，"叫你爹来。"

韩山拾得绝食三天。在县搬运站当厨师的韩山拗不过儿子，买了包阿诗玛烟，到派出所见人就低头哈腰。

韩山拾得回到学校。语文老师上课点名，喊了几声"韩山拾得"，他不起身，捂着腮帮子龇牙咧嘴。老师大怒，一个箭步横跨半个教室，把他拽下椅子，喝令他滚出去。隔不多时，他回来了，身子发抖，脸白得吓人，一步步把沉重的肉体挪到讲台上。大家傻了，老师愣了，我觉得他被鬼上了身。我们不知道他想干什么。

众目睽睽下，他擦掉老师的板书内容，攥着根粉笔，抖抖索索，在黑板上写下"韩小山"三个字。

接着，他把揣在裤兜里的左手慢慢拿出来，把左手紧握着的石头狠狠地砸在自己脑袋上。血咕噜一下冒出来了。他晕了。

他忘掉说一句话，"以后谁再叫我韩山拾得，我就这样砸死他。"

不过就算他说了也没用。大家都觉得他脑子是坏掉了，连最胆小的女生也敢在他经过时往地上吐唾沫。那几个男生越发嘚瑟，把他堵在巷子里，轮流扇他耳光，还往他手中递水果刀，"日本鬼子，剖腹谢罪吧。"

韩小山转学去了镇中学。他还是大家嘴里的"韩山拾得"。终于，他用锄头敲破同学的脑袋。几个月后，他退学了，等到我参加高考那年，他已经成了县城赫赫有名的小山哥。这倒不是因为他心狠手辣，马仔众多。

城北的金刚在影剧院看戏，把脚跷到前排，把甘蔗渣吐到韩小山衣领里。韩小山回头扔过句脏话。金刚把甘蔗在韩小山脑袋上敲成两段。两伙人打起来。韩小山这边寡不敌众。他的小伙伴们磕头求饶被罚跪。他被金刚一伙拖到影剧院门口吊成沙包轮流踢打。

韩山路过瞅见。这个一辈子老实的厨师急眼了，挥舞着刚在游麻子那儿磨快的菜刀，要与人拼命。金刚见过世面，是与人拿刀对砍过的，哪怵这个？脱掉外衣，往手臂上一缠，大吼一声迎上去。韩山的菜刀被打掉。金刚把父子面对面吊起。

金刚很得意，他只得意了不到半个小时。

搬运站七十二条大汉拿着铁链、撬棍出动了。让县公安局头疼不已的金刚团伙立告覆灭。韩小山一战成名。连城南的黄志强也学着他刑警姐夫心有余悸的口气说，"千万别惹那批搬运站的，全他妈的是亡命之徒。"

从韩山拾得到山哥，是三年。

从山哥到韩山拾得，是二十年。

我是在街头偶遇韩山拾得的。他推着坐在轮椅里的老父亲，站在洒满金秋阳光的梧桐树下。这一幕具有极强烈的油画效果。我一眼认出那个断了左手巴掌、中风偏瘫的老人。九〇年搬运站

当代中国最具实力中青年作家书系

解散，工人一夜间被买断工龄，全体下岗，连站长也去了广东打工。可韩小山还误以为自己是牛哄哄的山哥，在与黄志强赌梭哈时押上左手。黄志强不动声色地掀开底牌。韩小山操起刀，对自己下不了手。黄志强问他是否要帮忙。韩山又阴魂不散地出现了，一刀下去，老泪纵横。

"就在那一天，我才真正长大成人。男人的成熟，与女人不一样，突变，瞬间，一朝一夕，犹如神启。"

韩山拾得喊出我的名字，冲着我笑，露出一口雪白的牙齿。

他没有细说他这二十年。我略有耳闻。这是一个屌丝逆袭的故事。他先是靠做辣椒、香菇等农产品的长途贩卖攒了一笔钱，再承包县罐头厂做起出口外贸，生意做得很大，日本是主要销售市场。这可能是他把名字改回去的缘由，日本文化深受中国禅宗佛理的影响，寒山与拾得两位唐代高僧广为人知。

一千五百年前，寒山问拾得："世间谤我，贱我，欺我，辱我，笑我，轻我，恶我，骗我，如何处治乎？"

拾得答："只是忍他，让他，由他，避他，耐他，敬他，不要理他，再待几年，你且看他。"

我想，韩山拾得应该是得了其中三昧。他贩辣椒时，沙龙帮的徐胖摆下鸿门宴，提出要占三分干股。他没当场拒绝，直接去敲了黄志强姐夫的门，说想与黄志强合伙做辣椒生意，对半分成。

我不无戏谑地念出寒山那句著名的台词，我以为他会打着哈哈把拾得的话重复一遍，又或者啥都不说嘎嘎一笑，然后各自挥手再见。韩山拾得让我吃了一惊。

"老同学，在你面前我不想说假话。我可以不回答，但我们，我是说所有的人都活在对这个问题的某个回答里。"他的眼睛成针状，"世人多说这段对答是乾坤间的一段真韵天籁，你怎么看？"

他这是要打什么机锋？

这个当年的屌丝、今天的土豪打算向我贩卖什么心灵鸡汤？

我嘿嘿干笑，掉起书袋，也不动声色地送上一顶高帽子，"稽首文殊，寒山之士；南无普贤，拾得定是。这两位菩萨的境界，不是我这种普通人能言说的，愿闻其详，愿闻其详啊。"

他的目光跟刀子一样，似乎要在我脸上剔下几斤血肉。这不是一个成熟男人应该有的目光。越锋利的刀子，越容易折断。他是怎么混成土豪的？我都想咒骂老天爷太不公平。他的目光一闪，刀已入鞘。屌丝混成土豪后，偶尔是会渴望真诚的；同时也不惮于在几分钟后，再捅你一刀。还是有句话说得对，"亲不亲，阶级分。"

他脸容上有嘲讽之色。

我的脸上也有，我继续笑。

"你为什么又叫回韩山拾得？"

舌头兀自在口腔里转过一圈，把我吓了一跳。傻子也能感觉到这个问题的挑衅与轻佻。我有点想扇自己两嘴巴。

韩山拾得没回答，歪过头去看韩山的脖颈。上面有许多老年斑，好像一个个窟窿。隔了一会儿，他从衣兜里摸出一个红木烟斗，压上烟草，点燃，深吸一口，再弯腰塞入父亲嘴里。老人的面容平静而又惬意。梧桐叶间漏下的阳光如同鸟羽，轻轻地覆盖在他的肩膀上。

梧桐树下是一家店名"重阳"的老人用品专卖店。

一位眉目温婉的女子走出来，接过韩山拾得手中的轮椅。她

当代中国最具实力中青年作家书系

不认得我。我认得她。黄志强的妹妹，叫黄梅英，当年县二中的校花，韩山拾得现在的妻子。他们各有过一次婚姻，现在他们是幸福的一对。我与他们挥手再见，我们已经是两个世界里的人。我进了店。这次回乡探亲，我打算替父母亲准备一些过冬的衣裤。

看店的小妹喜气洋洋，在打电话，"姨，黄姐今年又订了一大批货，付了一半订金，你赶紧发货。羽绒棉被，还是波司登的，加厚加宽款，要七十二床；鸭鸭的雪地棉鞋，男款一百四十四双，女款……"

"这些都是黄梅英订的？"我纳闷了。

"是呀。你认得她？"小妹有一双水汪汪的大眼睛，"听你口音，是本地人吧。怎么连这个都不知道？"

"知道什么？"

"黄姐的老公，哎，就是韩大老板，去年在他开发的池头新寓旁边搞了个私家疗养院，装修得跟省里的星级宾馆一样。县搬运站的职工，哪怕只在那儿呆过一个月，男的满五十五周岁，女的满五十周岁，又或者身有残疾的，都可以去，全部免费呀，吃的住的用的。别人想去，还愿意花钱，一概不收。这些县搬运站的，上辈子真是积德修福了。"

我在小妹眼里看见了羡慕与嫉妒，但没看见恨。这些从她嘴里吐出的句子，有着鸟的叫声与玫瑰的清香。

刘志军

叫刘志军的人很多，过去、现在、未来加在一起的总和，也许会比地球上现有人口的总数还要多。我要说的这个刘志军出生在一九七一年十一月二十一日晚零时，死于一九九五年六月四日下午四时左右。

那时我们没读过《午夜之子》，也不曾听闻"十一月二十二日同时受主宰天蝎座的冥王星和主宰射手座的木星交互影响"什么的，但听老人们说，出生在零时的人有一双阴阳眼，能看见普通人肉眼看不见的，是天生的巫婆神汉。这让我们如获至宝。我们这些背诵着"唯物主义的三种历史形态"长大的学生，合谋出种种恶作剧来折腾这个可怜的人儿。

高二那年，一个春风荡漾的夜晚，我们说服一个长头发的大胆女生。半夜三更，这位许姓女生戴起纸糊的面具，踩着高跷，从窗户外去敲他寝室的玻璃窗，嘴里还拖长声调喊，"刘志军，我是你奶奶。"

刘志军病了整整三个星期，成绩也掉了一大截。这让我们略有不安，不过很快就转为愤怒：许姓女生居然与他搞起早恋，还倒贴上门，每天早上买了油条稀饭送到男生寝室来。

我们决定惩罚这对奸夫淫妇。

一个蒋姓女生自告奋勇要拿下刘志军，再一脚踹掉他。我们看不出蒋姓女生的优势所在，考虑到她的勇气、队伍的团结、"女追男隔件衫"、说"拿下"时声调的铿锵有力，以及可能出现的二女争一夫的滑稽场面，我们还是同意了她的请求，但万万没想到一个月后，蒋姓女生居然与许姓女生互称姐妹，分工协作配合默契，照料起刘志军的日常起居。我们傻眼了，分别找许姓女生与蒋姓女生谈心，指出她们这是对"革命"事业的背叛，没想到她

当代中国最具实力中青年作家书系

俩异口同声地说道，"管得着吗？我乐意。"

有必要指出"我们"是谁。这是一组奇异的复数，是一个"介于存在与不存在之间的两栖物"，每时每刻都在以病毒传播的方式进行自我繁殖，又始终处于一个自我清洁的奇异过程中。但毫无疑问，它只有一个大脑，一张嘴，很多双手，很多条腿。

我们难以容忍这种公然的挑衅。

我们的反击是高效且有效的。没多久，许姓女生的妈妈拿着把菜刀到男生宿舍要找刘志军拼命，而蒋姓女生则被她父亲送去了另一个城市。我们很满意这样的战果，派出代表，买了个大西瓜找刘志军谈心，问他为什么能把那两个女生弄得死心塌地？结果他吭哧吭哧啃完西瓜，抹干净嘴就问我们瞎掰个啥，装出一副"神女有心襄王无意"的屌样。我们只好把他暴打一顿了事。

刘志军有女人缘。

很奇怪。

这是一道不可解的方程式。

刘志军考上省城的一所师范学院。他的大专三年，基本上就是被各种女孩子包围，还有外地女生赶到他家门口要割腕自杀。这在我们那个屁大的小县城成了头条新闻。大家喜气洋洋地赶到车站，去看刘志军与那个一脸惨白的小女生告别，还故意大声地唱叶倩文那首火到爆的《潇洒走一回》。我们都以为刘志军会像戏文里那样，结识一个省城高官的女儿，然后才子佳人后花园，变成一个真正的城里人。这在那个"八仙过海走后门"的时代，是值得夸耀的。我们没想到刘志军还是回来了，还带回来一个手牵着五岁男孩的女人。我们全傻了眼，不明白这个世界是怎么了。

我们中最胆大的一个跑去问刘志军是不是得了失心疯。刘志军笑着说了一大堆我们都听不明白的话。这很让人讨厌。读了一个大专就了不起啊，还不是娶一个拖油瓶的。

我们决定要孤立刘志军。

可刘志军的妈不肯，找到我们这些老同学，要作揖磕头，请我们去做刘志军的思想工作；还说那个眉心有痣的女人是狐狸精，会吸男人阳气的。我们勉为其难，分别去与刘志军谈心，也与那个女人谈。也不知道是谁说错了哪句话，不久，刘志军看到我们中的任何一位有意登门拜访，就立刻提起锄头，蹿出屋外，横眉怒视。

几个月后的毕业分配，刘志军带着女人与男孩去了梨桥县仁义乡坪上村，当起一名乡村教师。按他的条件，本来起码可以留在县城二小。刘志军的妈快哭瞎了眼，可又有什么办法呢？转过年，那个狐狸精就替刘志军生了一个男孩。刘家也算是有后了。

刘志军就这样从我们的视线里消失了。

我是在一九九五年国庆回老家时听到他的死讯。

"他死在找他老婆的路上。"那个大胆的许姓女生一仰脖把杯中酒倒入喉咙，眼睛湿润发亮，"嘿嘿，他可能以为前面哪个女人是她，结果拼命追上去，闯了红灯不说，还被一辆开得飞快的公交车压扁了。是真扁了哦。跟拿擀面杖碾过的一样。"

大家都不吱声，互相瞅，最后不约而同地把目光落在我脸上。我浑身不自在，想了半天，才想起是自己喝酒时多了一嘴。

当代中国最具实力中青年作家书系

隔了半天，她又接着往下说。

"他呀，真傻。就算追到了，又能怎么着？她还是会带着她第一个孩子离开他的。他们本来就不是一路人。"

"哪路人？"我小心翼翼地问道。

"哪路人？揣着明白装糊涂？在座谁不心知肚明？几年没见，你个龟孙子都装成了傻×的惯犯？"许姓女生斜睨来一眼，语气尽是刻薄的嘲讽，"算了。说那些事也没意思。来喝酒。"

这回，她没给众人倒，自个给自己满上了，一仰脖，又是一杯，然后又是一杯。

三杯过后，许姓女生抚案大恸，口中直骂着"龟孙子"。

我想这个"龟孙子"指的该不是我。她的酒量不好，很快，吐了我一身。我与几个同学把她搀扶进隔壁服务员的卧室，好不容易侍候她躺下，替她掖好被角，她突然紧紧地抱着我，喃喃自语，反复地说，"志军，你为什么不爱我？"说真的，当时我情愿那个被公交车撞死的人是我。

数年后，我才从我们中的一个人嘴里得知了事情的真相。尽管那个眉心有痣的女人替刘志军生下了一个男孩，但他俩并没有登记领证。女人是有丈夫的，八九年的夏天，她丈夫去了国外。九五年，女人得知她丈夫回来找她，就带着大儿子偷偷离开。她没带走小儿子。刘志军死后的几年，那个顽皮的男孩也不小心溺死于河里。刘志军的妈妈这回是真哭瞎了眼，一直到现在，我回乡过年还会偶遇到在路上乞讨的她。

她老得像一个孩童，走在街头，老是无缘无故地笑，无缘无故地哭。我把钱塞入她手掌，她便不停地作揖，千恩万谢。我很难过，很想把刘志军从坟墓里一脚踢出来，让他看看自己都干了什么。可我知道我什么也做不了，只能这样卑微而又无望地活着。

孙贵平

孙贵平这人阴。

梨桥话里的"阴"字含义复杂，不是《辞海》或者《说文解字》能概括。打个比方。两个梨桥人赌钱，甲赢了，乙输了。乙要赖账，甲砍了乙的手指头，叫"凶"；乙反过来砍了甲的手指头，叫"恶"；乙砍了自己的手指头，叫"狠"；乙不忙着上医院，把手指头摆上桌想再赌一把，叫"蛮"；甲要求乙押老婆房子，叫"毒"；乙弄本假房契，叫"诈"……这些迟早要摆上台面，只有孙贵平这样的，与人赌十盘要输七八次，每次输千把块钱，可赢的那两三次都要上万，这才叫"阴"。

这让人与孙贵平赌起来，既渴望，又恐惧，上瘾程度跟鸦片鬼似的。

有线人向公安通风报信。带队的是县城关派出所的王副所长，退伍兵出身，身高体壮，破门而入，一只大头皮鞋把孙贵平的脸踩在桌底下，托人说情交了几万罚款才放出来。

普通人多半自认倒霉。

孙贵平要报仇。

那是九八年，街头混子都学香港片《古惑仔》的时代。

孙贵平在路上邂逅城南的黄志强，递过去一支红塔山，"兄弟，我听人说县一中高二（三）班的王佳慧长得蛮排场，到时莫说我没对你打声招呼。"

兄弟这东西很神奇，不是互相送马子，就是互相抢马子。县一中属于黄志强的地盘。数星期后，王佳慧成了黄志强的马子。不久，怀孕。王佳慧的爸就是王副所长，把五四手枪拍在黄志强的姐夫桌上。黄志强的姐夫叫何永明，是当时刑警支队的队长，起身打着哈哈，"男女相悦是老天爷定的章法。黄志强在社会上打流，人品还是好的。浪子回头金不换。"

黄志强人品好，天底下没坏蛋了。

没几天，黄志强把王佳慧押上牌桌。王佳慧不肯，多说几句，被黄志强一脚踹在肚子上，踹流了产。王副所长声称要毙掉黄志强。黄志强自己送上门，到他家厨房里提出一罐液化气，与王副所长念小学的儿子绑一块，再摸出打火机，等王副所长回来，不慌不忙地拧开气阀。

王副所长下跪道歉。

事情并未到此结束。想找孙贵平赌的人很多，可他说不揪出内鬼不敢耍。别人说是这个理，但大家额头上都没贴着内鬼两字。孙贵平说，"解铃还得系铃人，派出所的肯定晓得内鬼是谁。"

有人去找黄志强。黄志强去找王副所长。

王副所长交待了。

工商局法规股的股长，姓陈。很快，因为"聚众赌博"，他的股长的位置被拿掉。

大家继续找孙贵平赌钱，继续赢千把块钱输万把块钱。

九九年的元旦，孙贵平宣布戒赌。赌徒发誓不再赌博，这不是什么稀罕事，城南的老鬼还拿菜刀依次剁掉了自己左手的小指、无名指与中指，大家几番信以为真，可没过几天就见老鬼举着缠着绷带的手重新战斗在牌桌上。可这回不一样，孙贵平居然摸出当晚赢的上万块钱，要物归原主。大家蒙掉了，面面相觑，勉为其难地把钱揣回口袋，拔腿开溜，觉得他多半中了邪。

孙贵平还真就不赌了。不管怎样说，不赌就是不赌。有一回，他爹被车撞了。交警队的人说，让你儿子与我赌一把，这事好说。他愣没理会，把他爹气得在病床上大骂不孝之子。

铁打的牌桌流水的赌徒。

不再赌博的孙贵平一天比一天阔绰起来，连抽的烟都是跟县长一个档次的玉溪。这让人难以理解，他是无业游民。更令人费解的是，隔年春节，孙贵平与王佳慧结婚了，在县城最好的红太阳饭店摆出三十六桌。连蹲牢的黄志强也托人送来一个大红包。婚后，王佳慧在工农路开了一家服装店，每天画着精致妆容，在店门口的法国梧桐下与人摸麻将。孙贵平还是整天游手好闲，还特别喜欢披件黑夹克，眯着眼蹲在街头，好像是一只水老鸦。

人流滚滚。

这样过了几年，孙贵平在前坪路口盖起一幢豪宅。据说请省设计院做的规划，连卫生间都有几十个平方米大，把孙贵平的爹都吓着了，死活不肯来住，说折寿。我和陈元庆跑去看这幢依山而筑的欧式建筑，用现在一句流行话来说，"我和小伙伴们都惊呆了。"陈元庆嘴里还反复嘀咕，"大丈夫死而无憾也。"

我们开始比赛朝山坡下的房子吐痰，痰在空中划出一道道抛物线。

我问陈元庆，"街上都传孙贵平在外面买彩票中了五百万，你信吗？"

陈元庆说，"还有人说是王佳慧接客赚的。你信么？"

王佳慧是陈元庆的远房亲戚。陈元庆这样说，可见心态被扭曲至何等不堪的程度啊。我哈哈大笑。我们哈哈大笑。我们面对面笑出了眼泪，再背转身笑弯了腰。我们下山回到各自的生活轨道上，见面不再谈论孙贵平，不约而同地往彩票站跑，初见时还颇为尴尬，变着法子挖苦对方的高等数学没学好，后来情不自禁地开始讨论彩票开奖结果的曲线图。

孙贵平是黄志强出狱那个夏天出的事。

光天化日下，黄志强带着几个胳膊上有文身的人，要把在树下打麻将的王佳慧往昌河面包车里塞。孙贵平当时在店里看影碟，听到动静，走出来喊，"黄志强，你要干什么？"

黄志强嬉皮笑脸，"与你谈谈。你拐了我老婆这笔账怎么算。"

黄志强还故意在被人揪住胳膊的王佳慧脸颊上吧唧亲了一口。

孙贵平说，"你要无赖吗？"

黄志强说，"是。一百万。你们继续做恩爱夫妻。王局长继续升官发财。"

在工农路开店的人都吓呆了，哪见过这样明火执仗敲诈的？

从没见过开口索要一百万的，更没见过这样胆大不怕死的——王佳慧的爹，当年的王副所长，已高升为县公安局副局长。

大家站远了，在树荫里窃窃私语。

太阳底下的黄志强与孙贵平面对面沉默着，站姿仿佛是陈浩南对决司徒浩南。平心而论，黄志强长得帅，眉眼间的凶悍那是经过监狱生活洗礼的。所以当孙贵平说好的时候，大家不觉得意外，认为这是他的缓兵之计。

黄志强上前两步，伸出巴掌，"好，一言为定。"

孙贵平也伸出手。

黄志强的袖子里弹出一把利刃。

黄志强当街行凶杀人，走时还不忘捏了捏王佳慧的脸，嘿嘿冷笑道，"不好意思，让你当寡妇了。"

黄志强成了逃犯。黄志强为什么要杀孙贵平？王佳慧长得好看，也不至于祸国殃民。我百思不得其解。陈元庆说，"不懂了吧？孝敬哥一包红塔山。"我虚心请教。陈元庆点燃烟，一脸陶醉，"你懂的。过段时间你就会懂的。"我想夺回烟。陈元庆发声喊，脚下踩出风火轮。

陈元庆说的没错。过段时间，我确实懂了，大家都懂了。

从九九年开始，县里的四套班子，以及公检法工商财政等实权部门的头面人物，几乎都有把柄被孙贵平捏在手上。天晓得他是怎么办到的。有什么发财的生意，他暗中拿下，再通过一个叫阿标的省城人出面运作。他做得很小心，虽然是在舔刀口上的血，很懂得拿捏分寸，从未受伤。

但，他不应该喜欢上王佳慧。短短五年，王佳慧的爹从一名副所长晋升为一名副局长，这得罪了许多人，其中有黄志强的姐夫。也不晓得王佳慧给孙贵平吹了什么枕头风，孙贵平晕了头，把黄志强姐夫的贪腐材料与县政法书记的贪腐材料，一起摆到县政法书记的面前。

要走孙贵平命的人，到底是黄志强，还是黄志强姐夫，又或者是其他什么人呢？

孙贵平的死，导致梨桥县发生一次强地震，二十多名领导干

22 说说爱情吧

当代中国最具实力中青年作家书系

部先后受到党纪政纪处分，其中涉嫌触犯刑律的七人。大家都在骂王佳慧。

陈元庆很纳闷，"孙贵平，人物啊。怎么会喜欢上王佳慧这只破鞋呢？"

我也不明白。假如这是传说中的爱情，孙贵平可亏大了。他死后的第二年，王佳慧就嫁给了市监狱管理局的一个姓帅的干警。

老鬼

我和陈元庆坐在草地上。我们都不晓得老鬼的真名。老鬼走在路上，眉毛像翅膀一样。陈元庆笑嘻嘻，"老鬼赢钱了。"老鬼的嘴一翘一翘，右手插在裤兜里，左手在空中打节拍。我说，"他干吗不伸展双臂拥抱沸腾的世界？"陈元庆吐了我一脸唾沫，"呸，你这人难怪作文不好，平时不仔细观察生活。老鬼的右手，嘿嘿，装在口袋里数钱呢。"陈元庆的样子真让人讨厌。我去拧他的胳膊，准备让他去吃草。陈元庆咩地叫出声。我们都笑了，快乐地厮打成一团。世界真好，上午十一点钟的太阳热烈地照耀着我们的胳膊。连麻雀也懂得过来凑趣，从阳光里啄下嫩叶的鲜味，扔在我们身上。

山下的梨桥中学好像山坡排泄出来的一堆粪便。山上的县政府招待所又好像从山里长出来的一丛蘑菇。我们打累了架，就解开裤子。滚烫的尿液奔腾而出，朝着脚下的建筑物飞泻而下。"飞流直下三千尺，疑是银河落九天。要是这样一泡尿能把学校淹掉，那该有多好啊。"陈元庆喃喃说道，"他们在招待所打牌，有个女的，输惨了，就脱衣服，把裤衩押在牌桌上哩。老鬼赢了。她又不让搞了。真没品。"我抓住陈元庆的裤裆往上一提。陈元庆的尿液全洒在裤腿上，恼了，"你干吗？"我说，"老鬼一年到底要赢多少钱啊？"

陈元庆带来一副塑光扑克。我们把课本铺在草地上，在上面练习洗牌、切牌。一副牌里藏世界，半张花色蕴乾坤。陈元庆懂得的学问真多。"五十四张牌，千变万化，暗藏天地玄机，讲究的是一个手法。世上无难事，只要肯攀登。把扑克牌练到自己身体的一部分，就能像老鬼那样百战百胜。"扑克牌啪啪响，在陈元庆手中蹿来蹿去。我的手小，指节也太硬了，牌老打指缝里漏掉。我很沮丧。

四周寂静，黄蜂钻出树干上的小洞，绕着枝梢飞。毛茸茸的春天覆盖在我脸上，嗡嗡地响。天蓝得让人在刹那间有失明的感觉。云被阳光摊薄，摊平，摊成一张张扑克牌。大王代表太阳、小王代表月亮，其余五十二张牌代表一年中的五十二个星期……我睡着了。在梦里看见一个胸脯小小的女孩。她站在马戏团临时搭起的帐篷中间，袖子里飞出一只只麻雀。她的手真快。麻雀还没飞出一尺远，她就抓住它们，并随手塞给我。当我接过第五十四只麻雀，所有的麻雀全部变成了扑克牌。这些在我手掌上叽叽喳喳叫的扑克牌啊。

我的耳朵痒了。陈元庆在对着我的耳朵哈气。一脸得意。"看。"陈元庆哗的一下，把牌甩出一个漂亮的扇子，"比周润发酷吧！"我没好气，打掉他手中的牌，练这手有啥用？当马仔替老鬼扇风？陈元庆收起牌，分成两份，一半背朝他卡在右手掌心，弯成半弧，再把这些牌一张张抽出来扔在我面前，骄傲地说，"我不看，也晓得这是什么牌。红桃 K、黑桃 2、方块 Q……"我摸摸头，

当代中国最具实力中青年作家书系

大惑不解。有本没封皮的闲书说，在西藏有些十几岁目不识丁的小孩生病后或一觉醒来，就能说唱几百万字的《格萨尔王》，难道陈元庆也在我入睡的那一刻获得天启神授？我去摸他的头。他眼里露出狡黠的光。这光的角度不对，我福至心灵，大叫起来，"哈，该死的骗子！老子明白了。"陈元庆的手法太拙劣了，简直当我白痴。牌因为半弧，从他那个角度望过去，是可以偷看到的。

老鬼这人真有意思。赌钱的时候，眉毛还是会跳舞。我与陈元庆骑在树上，隐藏在茂密的枝叶后，目不转睛地窥视招待所二楼的一个房间。房间里有五个人。其中有一个是女的，嘴巴很大。天不是很热，两个男人还是光着膀子。没拉窗帘，窗户也是开着的。老鬼坐东首，穿黑衣服，面前搁着厚厚一叠钞票，左手不紧不慢地撮打火机。火焰仿佛是从他嘴里喷出。他们在玩同花顺。五张牌比大小。老鬼的右手放在口袋里。他搁下打火机，左手翻开底牌。坐西首的一个獐头鼠目的男人，叹着气撕掉手中的牌。牌被攥得太紧，边角翘得老高。他叫赵小刚。是站前帮的。曾经威风得紧，走在街头，若不喜欢别人的模样，就去扇人家的嘴巴。今年开春时，一个凶悍的乡下人被他打恼了，抢了一把甘蔗刀去砍他，砍得他从东门桥头上跳下去，他的气焰被打掉，一时销声匿迹，没承想却在这里看见他。赵小刚拿起一副新牌。他洗牌的手法真不错，比陈元庆强多了。牌面朝下，右手压在牌上，一抹，整副牌便均匀地成互叠状展开，再收起来，把牌分成两份，牌角相对，拇指贴于牌内侧三分之二处，手一松，牌角内旋，一张咬着一张，瞬间洗好。这叫完美洗牌法。没有世上无难事的决心是练不出来的。除了决心，还需要天赋。我练习过无数次，不曾有一次使展开的牌之间的距离基本相等。更别提后面那种高深莫测的动作。陈元庆倒偶尔成功过一次，喜得他对天长嗥，直吼我是一只来自北方的狼。据说，用这种洗牌手法，洗八次，能让牌回到初始状态。赵小刚练到了这种境界。老鬼懒洋洋地伸出左手的两根指头，从桌上烟盒里夹出一根，轻弹几下，搁进嘴里。大嘴巴的女人摸起打火机替他点着。老鬼吐出一串烟圈。烟雾罩住他的脸。牌洗好了。老鬼切了一把。赵小刚右手两根指头并成一撮，把牌一张张发出去。他的脸皱巴巴，像在酒精里浸过的枣子。真想不通，这样的人，过去也可以随便在大街上抽人嘴巴。我说，"这女的是谁？样子长得好乖。"陈元庆揉了我一把，"你连她都不认识呀？韩萍。东门的石胖为了她与刘志军争风吃醋，被捅瞎一只眼。当时，赵小刚还混得好，出头替刘志军摆平了。"陈元庆掏掏耳朵，"咦，她咋不站在赵小刚身后？咋替老鬼点烟？"陈元庆在自己额头敲了一个爆栗，露出不怀好意的笑容，"你说，是不是赵小刚把她输给老鬼了？"我乐了，"你是不是也想赢一个姐来耍耍？"

这些日子，我与陈元庆赢遍了班上同学，豆浆、油条、烧饼、瓜子、甘蔗、大白兔软糖、玩具枪……基本有人孝敬。不是说我们的牌运太好，而是我与陈元庆联手作弊。最早是陈元庆偷偷用指甲在几张大牌上做记号；接着是洗牌，拿来一副新牌，先按顺序把部分牌插好，洗牌时看起来是洗了几次，其实根本没洗乱。切牌也有技巧，把编号的牌上面那张牌故意搞翘点。这样一副牌放在桌，肉眼是发现不了缝隙，但拿手指去切时，就容易把它们分开；再后来，胆子大了，开始藏牌、换牌。牌多半是在校门口小卖铺买的，也都是陈元庆练手时的那种。陈元庆口袋里随时藏了两副，一副九成新，一副半旧。他手快。我手慢。我的主要任务就是起哄，在关键时候引开大家的注意力，去捡东西、讲故事，或者破口大骂新来的语文老师。我们当然不会蠢得把把作弊，尤其是玩同花顺，那是一把定输赢，在最需要的时候搞一下就ＯＫ。也输过，这种感觉太糟糕了，仿佛被人拿棍子打了后脑勺。还好，我们能及时总结。"输钱不扳本，比猪还要蠢。"陈元庆咬牙切齿，走路时练，上课时练，上厕所时练。牌掉在尿坑里捡起来用水冲净再练。我还真佩服他，扑克牌在手指肚上拉出那么多细口子，也浑不当一回事。很快，班上同学不再与我们玩了。我用一个在书上刚看到的成语惋惜道，"我们这是竭泽而渔啊！"世上没有后悔药。我与陈元庆又没胆子走出校门，只能仰天长叹英雄无用武之地。

赵小刚的身子软掉了，仿佛一根扔进沸水里的面条，坐也坐不住，像有什么东西在扯着他的膝盖，突然双膝落地。我吓一跳，差点掉下树。"这个苕货。"陈元庆抓住枝丫间垂下的一只懒婆娘，挤出它清绿色的内脏，再随手扔掉，鄙夷地撇嘴，"胆子比我的手指头还要小。"我咧嘴笑了。陈元庆摸出牌，叹道，"要是哪天，我能与老鬼赌一把，就好了。"陈元庆又说，"你知道吗？红桃、方块、梅花、黑桃四种花色分别象征着春、夏、秋、冬四个季节。这年年岁岁的光阴，其实也就是天地间的一副扑克牌。"陈元庆讲的后半句话太高深了，我听不懂。我的注意力被韩萍所吸引。她的嘴贴住了老鬼的耳朵。我听不清她说什么，但隐约看到她藏在汗衫里的那小半个梨形乳房。喉咙里跳出一小块燃烧的炭。我想把它吐出来，陈元庆猛地揪住我的胳膊。我的头撞在树干上。炭掉到肚里了。

老鬼把右手搁到桌面，左手从裤兜里慢慢摸出一把刀子。老鬼的右手上只剩下大拇指与食指。中指、无名指、小指都不见了。

老鬼用拇指与食指捏住刀尖，把刀子放在赵小刚面前。另两个男人站起身，互相看了一眼，各自低头在烟盒里摸出一根烟，靠着墙壁不紧不慢地吸。韩萍也摸了一根烟。她大口大口地吸，眼睛瞪着赵小刚，瞪得又大又圆，就好像是一种味道微咸而性极寒的果实。果实裂开了，流出液体。越流越多。屋内陷入一种奇异的赤裸裸的寂静。赵小刚的脸上冒出绛红色、青色、灰色、白色、黑色……我从来没有在谁脸上看到这样多的颜色。一只蝴蝶飞过来，翅翼贴住我的颧骨滑过去。我摸把脸，指肚上多出一些五彩缤纷的粉末。树林发出声音，颇似鸟雀的啼声。

赵小刚终于抓住那把刀子，把刀口搁在左手的尾指上。他的手抖得太厉害了。他的脑袋垂在胸口。陈元庆说，"他要割掉自己的手指头。"陈元庆说，"老鬼的手指头也是这样割掉的。"陈元庆手中的扑克牌一张张往下掉，被刮起的风卷到不远处的刺蓬里。我没说话。

老鬼踱到赵小刚身边，把嘴巴贴在赵小刚耳朵上。他说了什么？陈元庆惊呼出声。我们都看见赵小刚的身子里跳出一只兽。他的背脊猛然绷直，手中的刀子向上，斜斜地扎入老鬼的胸。老鬼倒下去，像一具沉重的尸体倒了下去。

周明远

周明远，我同学。

如果我把他称为"梨桥县的李嘉诚"，你就清楚他在我老家混得有多么成功。他一个电话能搞定县里的四套班子。书记与县长是冤家对头，他一杯酒稳稳端着，说"喝了"，那两位乌眼鸡二话不说一饮而尽，喝完马上倒扣酒杯，示意一滴未剩。这还没完。他再一个电话喊来常给领导添堵的站前帮与沙龙帮的老大，指着他们的鼻子说，"你们这个月别瞎胡闹，今晚陪着两位领导好生要。"两位老大平素是刀子碰上刀子，这会儿二话不说跳起二人转，一个学梁山伯唱老生，另一个反串祝英台哼旦角。两位领导眉开眼笑，异口同声地啐道"瞎胡闹"。谁有这样的本事？大家说，若他早生六十年，李嘉诚都得当他的马仔。

"这样一个男人怎可能在人生的最巅峰，主动放弃所有，没人拿枪逼着他，裸捐，真正的裸捐，一毛钱不剩，再远走他乡，自愿托钵行乞于街头？我不理解，你能理解吗？这狗日的脑子坏掉，读袁中郎读疯掉了。"陈元庆一声哀叹。

二〇一四年的春天，我在北京西直门的地下通道遇到周明远。他一身"犀利哥"的服饰佐证了陈元庆的话——他，周明远，讨饭去了。他真以为自己是袁宏道？他的身边也没有一本书。我目瞪口呆。

他在玩硬币。聚精会神。目不斜视。一心一意。……我不知道哪个成语可以相对准确地形容他这时候的样子。这些成语都在里面，是一小部分。

抛出一个一元硬币，让它在旋转几圈后最终仍立在地面上，这个我偶尔也能瞎猫碰上死耗子；抛出十个硬币，让它们在旋转几圈后最终皆立在地面上，这让人佩服。但把十个硬币在手背上，一个接一个立起来，立出一个二十五厘米的高度，这就是叹为观止。

我不清楚周明远是怎么办到的。这不重要。平衡技巧或许是中国人基因里的东西。

我想起陈元庆哀叹后说的第二句话——"在他最风光的时候，梨桥人民都在等着看周明远的笑话。他不负众望，奉献出一幕喜剧。我们这些庸人，不不不，我是说我们这些群众演员，若某日与他在街头邂逅，必须撸起袖管把他暴打一顿，这样才能把这出喜剧推向真正的高潮啊。"

陈元庆把这个啊字说得抑扬顿挫，余音绕梁三日。陈元庆这人太贱了，但我能理解。陈元庆之所以坐上这个工商局副局长的位置，当年可没少给周明远溜沟舔腚。周明远是他的偶像，现在偶像坍塌了，而且是这样一种方式，这是他所不能接受的。

周明远身前搁着一个搪瓷盆。搪瓷盆上印着七个红漆字"大海航行靠舵手"。

我拿不定主意是朝里面扔一个硬币，或者是一张百元大钞。不管是前者，还是后者，都让我难为情。熙熙攘攘的人流推着我向前移动，等我挤到检票口做出决定，喘着气大喊让开，拼命往回挤时，周明远不见了踪迹。我很沮丧。人生真是如梦幻泡影啊。我想学陈元庆，把这个啊字也念出生旦末丑。

我想起陈元庆说的另一句话。

"在一个狭窄通道里，一个人必定为人流所裹挟，最后身不由己地跟随——不管他多么智慧，多么强壮，多么高尚。他们所远离的，他也必定远离；他们踩死的，他必定会再踏上一只脚。而生活就是这样一条让人绝望的狭窄通道。所以我很佩服周明远，他以这样一种方式从我们熟悉的日常中溜走，这种逸出现实的神

当代中国最具实力中青年作家书系

奇性比童话更不可思议，更令人震惊。震惊，本雅明发现的那个事实。"

我想立刻给陈元庆打电话，告诉他我在北京见到周明远的这个事实，告诉他我终于理解了什么叫作"震惊"。肩膀上被人轻拍了一下。周明远叫出我的名字。脸上浮出一种他乡遇故旧的喜色。"来北京了？"他一点也没有因为我看见他现在的样子而有任何异样。我下意识地退后。他朝我伸过手。他的手掌把我捏疼了。

亲爱的读者，我就不再纠缠于这些细节。我们在石阶上坐着聊了一个下午。我是如此好奇，以至于打消最初的尴尬后，便直言不讳地提出疑问。这是极端无礼的。

他满足了我。我不明白这是为什么。他完全可以不回答的。

他说得颠三倒四，应该是长期未与人交谈的缘故。我在这里归纳整理了一下。尽可能地把他说的故事勾勒出来。这是一个妇人的一生，匪夷所思的一生。

那还是几十年前"一人当兵，全家光荣"的时候。当兵特别难，当女兵就难上加难，是小老百姓想都不敢想的事。在梨桥县也有那么一位姑娘，想当女兵，跑到人武部写血书表决心，政审总不过关。为了表明革命立场，她异想开天地跑去揭发亲生父亲的"反革命言论"——按道理，从此她就是"反革命的子女"，更别想当兵了。幸运眷顾了她，她父亲上吊后，母亲改嫁县人武部部长，这个想当兵都快想疯掉的小姑娘终于心想事成。

她长得比她母亲年轻时候还要美貌。

她也确实是一个好兵，几年内就成了业务尖子。一位部队首长的儿子看中她。她怀孕后偷偷生下一个男孩。原本决不允许婚事的婆家也松了口。但天有不测风云，随着"四人帮"被打倒，她公公彻底失势。她迅速与未婚夫断绝关系，把孩子扔给母亲，自己转业到省城。因为美貌，她很快有了第二次婚姻。在接下来的三十多年，她享尽荣华富贵，觥筹交错，高朋满座，但从来没有想到回老家看看母亲与那个私生子。她继父真是好人，对私生子视若己出，还对外声称就是自己的亲生儿子。

　　世界上有一种生物，叫蟹蛛，子女会吃掉母亲。一旦破卵而出，就开始吸吮母蟹蛛的血肉，直到母亲完全干涸。

　　如果说她只是这种生物，那也可以理解。三十年后，她又偏偏进化成仓鼠，津津有味地啃食起自己的孩子。她丈夫，她第二次婚姻生下的两个孩子，无一例外，皆死于她的贪婪。这不是故事的结束。她终于想起私生子，找到他，提出赡养。母亲有再多不是，终归有孕育之恩，私生子虽然从小到大没有从她那里感受到一丝温情，还是决定替这个孀妇养老送终。他错了。她显然不满足于他的礼物与日常问候。伊始的小心翼翼，很快演变成理所当然的指责与支配，接着是她最拿手的一哭二闹三上吊。矛盾不断激化，终至不可收拾。二〇一二年的夏天，当他试图宣布断绝母子关系时，她在儿子喝的饮料里下了安眠药，再驱车数百里，把儿子送进一家精神病院。

　　为什么会这样？她颠覆了我对人这种两足无羽生物的认知。我得把这个问题想明白。所以我抛出硬币，让上帝来决定。

　　我忘了那个下午是如何与周明远告别的。他的问题我百思不得其解。他解决问题的办法亦令我啼笑皆非。我想他就算有本事把硬币码得跟珠穆朗玛峰一样高，恐怕也于事无补。但我理解他。这不是"人老就变坏，还是坏人变老了"之类的陈词滥调，而是关于"人的本质与人的本性"的一个活生生的极端例子。

亲爱的读者，假如你是周明远，你怎么办？

刘春风

我们在车上。路左边是石头山。右边是幽深的山涧。鸟从涧里飞上来，贴着车窗玻璃，像有根看不见的绳索在拽动翅膀。这是一种土话叫布哥的鸟，不大，一个巴掌能抓三只，性子很怪。晚上歇在树林里，特别乖，头朝下，脚朝上，用电筒去照，握在手里，毛茸茸一坨，逮回家，用绳子缚住青褐色脚爪，到天亮，就乱飞乱撞，拿尖喙到处啄，啄出血，也要啄。我们从莴苣田里捉来又肥又嫩的大青虫，它们也不肯瞅上一眼。没两天，死去了，身体变得很轻，但非常硬，比石头还硬。这是为什么呢？陈元庆说，它们的灵魂飞走了。陈元庆目不转睛地盯着司机的后脑勺，用小手指头的指甲剔齿缝里的韭菜叶，突然把嘴巴贴在我的耳朵上说，看，她后脑勺上有一张人脸。确实像一张人脸。灰头发里挤出簇簇白发。这个是嘴巴，那两个是眼睛。这是一张鬼的脸。人死了就是鬼。陈元庆在空中比划，瞥了眼四周晕晕欲睡的同学，低笑出声，摸出一粒小石子。我知道他要干什么，去抓他的手，来不及了。石子砸在司机后脑勺上。车子轰的一声撞在路边耸出的巉岩上，熄火了。

我们在去龙岗镇的路上。薄薄的阳光从枝丫间飞落，形状与蝉蜕的壳一样。我和陈元庆咳着嗓子往坡坎下的窟窿吐痰。它离我们的距离有半米，要把痰准确吐进去，这很困难。嗓子眼里冒起火，但双手背在身后的我们坚持不懈。他吐完，我再吐。间隔三百次心跳。吐出节奏，吐出气概，吐出赵子龙长坂坡七进七出的枪法。老师没有察觉我们这场隐秘的竞赛，在声色俱厉地大叫，今天，你们中的那个谁不出来承认错误，就在这里跪到天黑。老师姓刘，刘春风。一个男人叫这样的名字太恶心了。还桃花依旧笑春风呢。这是时刻想着搞破鞋。你们懂不？这叫典故。陈元庆说得眉飞色舞。他的眉毛没有刘老师的眉毛跳得好看。刘老师的眉毛在跳舞，跳的还是电视剧《卡门》里的探戈，那两根粗毛并行直立，几乎贴在一起，过一会儿是节奏欢快的四二拍，过一会儿又是适于表达忧伤情感的四四拍。我用手悄悄捶背。刘老师踢腿、旋转、折腰、扭摆，继续车轱辘着那几句没放盐的话。他太让人讨厌了。每个星期五的下午都布置作文题目，字数从五百逐渐加到"必须在千字以上"。忍无可忍，无须再忍。有天，作文题目是《我的狗》。陈元庆写道：我的狗叫小刘。我喜欢喊它，小刘、小刘、小刘……全文整好一千字。刘老师暴跳如雷，把陈元庆拖到教务室关禁闭，还喊陈元庆的妈来揍了他一顿。我理解陈元庆。我们都理解陈元庆。陈元庆把痰吐进窟窿，得意地朝我翻起眼白，以示庆贺。我不动声色地笑。如果这时有一辆手扶拖拉机开过来，上面的人一定会诧异无比。这是初春的上午。几十个学生在山路上列成方队。另外有七个男生跪在路边。一个红脸的没穿上衣的男人面对他们手舞足蹈，进入了一种如醉如痴的境界。还有一辆破破烂烂的班车，车头瘪进一大块。一个穿工作服的女司机坐在车门的踏板处，往深涧里有一下没一下地扔石子，动作

当代中国最具实力中青年作家书系

缓慢，表情阴郁。她额头上缠了一件男人的白衬衫。两只衣袖在脑后打了一个古怪的结。袖口有黑色的凝血。

我们要去龙岗镇植树造林，学习雷锋好榜样。现在有个没屁眼的畜生顶风作案，不老实，间接造成了国家财产重大损失。这是要送去坐牢，吃三两米。刘老师把唾沫均匀地喷到我们七个男生脸上。他真厉害，快赶得上神探亨特，通过分析那块圆石子的大小、硬度，认定这块石头不是从天上掉下来的，不是从车轱辘底下弹起来的，更不是其他学生扔的，只可能是我们这七个尚未戴上红领巾的男生扔的。幸好，他没有一个红颜知已做参谋，要不，陈元庆早就地伏法。刘老师那时是否会对陈元庆说，你有权保持沉默，但是你说的一切可能在法庭上用作对你不利的证词……阳光爬到刘老师的睫毛上。膝盖有点疼。我打哈欠，把早上吃的稀饭从胃里反刍至嘴里咀嚼，猛地睁圆眼。窟窿里钻出一条漂亮的小蜥蜴，体侧有鲜绿色纵纹，头部鳞片上覆盖鲜艳的红。这是一种奇妙的生物，比那种呆鸟有趣多了。它会自截尾巴，断掉的尾巴还会在地上跳个不停。陈元庆向我扔来一个眼神。我们情不自禁屏住呼吸，心脏一下子撞疼肋骨。我们恨不得把还在喋喋不休的刘老师的大脑袋一脚踢落到涧水里。小蜥蜴在草丛中停停走走，做好随时逃跑的准备。要逮住它，需要神探亨特那种"透过层层表象，穿过层层迷雾，揭露出藏在黑暗深处的事实"的智慧。

刘老师蒲扇大的手捂在嘴上，手背上的青筋在跳。烟头快烧到他的手了。他的胸毛真多，比动物园里的猩猩还多。感谢菩萨。他终于肯闭上嘴。他踱到那群叽叽喳喳的戴红领巾的学生中。他给了我们三分钟。让我们商量出结果。结果也能商量得出？这又不是做数学题。刘老师太可爱了，竟然妄图用这种愚蠢的方式来找答案。我敢保证，在陈元庆扔出石子的那一刹那，只有我一个人看清楚了他手上的动作。但我不是甫志高。老实说，就算其他同学看见是陈元庆作的案，他们也不敢说，除非他们已准备好被陈元庆的哥打断双腿。五年级一班的唐昆去年就在医院躺了半个月。我在裤兜里摸出一支火柴杆，折断，撑住眼睑，用眼角余光观察着他们五个人的表情，主要视线集中在蜥蜴身上。它比国民党还要狡猾。关键时刻，不容有失。抓蜥蜴，要防止它咬人，得按住它尾部以上的位置。我对着陈元庆眨眼睛。陈元庆弹出手指头。蜥蜴在陈元庆指缝里一扭，弹回窟窿里。我们七个人不约而同地发出惋惜之声。陈元庆恼怒了。他一向夸耀他那两根手指头比《射雕英雄传》里的段皇爷还厉害。现在，神话破灭了。我们七个人脸上泛起了红橙黄绿蓝。陈元庆的脸是猪肝红，眉毛立起。若他有一对卧蚕眉，可以搬到关老爷庙里享受香火。我想笑，又不敢，怕陈元庆的哥哪天把我倒提起来耍独脚铜人。刘老师大踏步过来喝道，你们在干什么？刘老师的手指指向一个男生的眉心。男生的眼珠子转过几圈，指指陈元庆，小声说道，他好像中暑了。我们扑哧一下笑出声。哪有春天中暑的啊？春天是猫叫春的季节。刘老师不笑，凶狠的目光转到陈元庆身上，你说，到底是谁扔了石子？刘老师痛心疾首地说道，你知不知道，刚才的情形有多么危险？若师傅的方向盘打向右边，一车人全报销了。你负得起这个责任吗？陈元庆没说话，眼神定定地看着刘老师。刘老师呼的一下扬起巴掌，巴掌在离陈元庆的脸蛋几厘米处停住了，他的喉结跟小老鼠一样在脖子上乱窜，告诉我，到底是谁干的？承认错

当代中国最具实力中青年作家书系

误了，就还是好孩子。

刘老师的脑袋里装了猪下水。也不想想，刚才是谁在提国家财产重大损失。这种错误，不是在女生书包里放一只死鸟，不是在讲台上拉一泡屎。有谁胆敢承认，或者说指认他人？去年国庆，县里在人民广场搞公审大会，枪毙好几十号人。其中一个是抢了商店五块钱。另一个是与人打赌，去亲一个陌生女孩。公安问他干了这事没有，他承认了。坦白从严，牢底坐穿；抗拒从宽，回家过年。我在肚子里小声哼哼。旁边几个戴红领巾的女生唱起歌，"再过二十年，我们来相会。"刘老师把眼睛瞪过去。她们马上闭上嘴。我也唱，在肚子里唱。唱的是陈元庆篡改过的歌词，"再过二十年，我们来相会，送到火葬场，全部烧成灰，你一堆，我一堆，谁也不认识谁，全部送到农村做化肥。啊亲爱的朋友们，到底谁先被烧成灰？先烧你，先烧我？反正都是人类不齿的狗屎堆！"歌词在嘴里打转，舌头弹起落下，口型一下扁一下圆。刘老师的目光扫过来，是不是你干的？大慈大悲的观世音菩萨，感谢你终于赐给我说话的机会。我都快要闷死掉了。我迅速咧开嘴，滔滔不绝，刘老师，石头可能是鸟嘴里落下来的。你不看报纸吗？上面说一架飞机与一只鸟迎头相撞，结果机毁人亡。另外，山头上好像有人，也许石头是他扔出来的。一般人没有这样大的力气，所以可能是野人。野人有非常高的科研价值，若我们能抓到他，国家一定会发奖章，整个县城都要敲锣打鼓。老师那时肯定要戴大红花。还有，我肚子疼，想拉屎，可不可以？

刘老师叫我做足三百个俯卧撑。我的手掌被粗糙的沙砾磨破了皮。很疼啊。不过我心里快活无比。陈元庆算欠我一个情了。或许，我可以借他腰间藏着的那把火药枪玩一天。那是他哥用自行车链条做的，枪身用八号铁丝搣制，枪头是一枚黄澄澄的子弹壳。把火柴杆头的粉末刮进去，扳响扳机，威力大得吓人。我瞅着陈元庆乐。陈元庆突然撇嘴说道，老师，我知道是谁干的。我吓一跳，这家伙想干什么？我太了解他了。他嘴角只要往下一撇，就准得有人倒霉。陈元庆说，老师，我的钢笔滚到窟窿里了，你帮我捡回来，我就告诉你。陈元庆边说，边瞟了我一眼。难道他想要刘老师赶小蜥蜴出窝？或者让蜥蜴咬他一口？不好，他不会是打算诬陷我吧？他肚子里的肠子到底想要什么花招？刘老师狐疑地研究着陈元庆的脸，骂骂咧咧撸起袖子蹲下身，手伸进窟窿，马上尖叫，以迅雷不及掩耳的速度一屁股坐倒。一条大拇指头粗的灰褐色土公蛇黏在指头上。蛇，背鳞起棱，腹面灰白。我认得这种蛇。我住的院子里有一个许妈，家里养过老母猪。后来杀了猪，熬了油，引来几条土公蛇，被咬了。还是用了一个偏方，把活的布哥鸟脑浆捣碎外敷才算救回来。院子里的人说，老母猪最爱在田野上找这种蛇吃，只要闻到气味，便拱土不止，定要食之而后快。所以老母猪死后，这种蛇会回来报仇。我变了脸色，难道陈元庆认出那是蛇洞，故意报复刘老师？这不可能。陈元庆的嘴大张着，大得可以塞进一个拳头。那个一直呆坐在石头上的女司机飞跑过来，揪着蛇尾，抖散蛇的骨架，抛下深涧，恶狠狠地飞起一脚，踢在陈元庆腿上，骂道，小畜生，你想让你老师死啊！她奔回驾驶室，摸出折叠刀、一团浸过油的纱布，用刀剔开刘老师的伤口，嘴巴凑过去。刘老师的身子往后仰，女司机扯落他几绺胸毛，骂道，老实点。血吸过几口。女司机点着纱布，把刀尖

当代中国最具实力中青年作家书系

烧得通红，朝伤口处剜去。空气中冒出皮肉烧焦的臭味。女司机与刘老师的额头上滚下汗珠子。陈元庆蒙掉了，比泥雕木胎还要傻。同学们呼啦围过来。老师，你怎么了？陈元庆不知道被哪只手揍倒在地上，等他站起身，已经是鼻青眼肿，样子狼狈极了。我也偷偷地揍了他一拳，但没有指着他的鼻子揭发他。我还拿不定主意。

我们回到梨桥县。女司机开得比兔子蹿得还快。五十几个学生把县医院的走廊围得水泄不通。尖脸护士皱着眉喊道，出去出去，要哭到外面去哭。几个女生哭得可伤心。她们动不动就哭。陈元庆被他妈拿棒子敲得满头是血，她们也这样嘤嘤哭。陈元庆后来说，这叫如丧考妣。我查了成语词典，才知道考是爹，妣是妈。做人哪可以这样缺德？现在好了。恶有恶报，善有善报，不是不报，时辰未到。我的手指藏在口袋里快活地抖动。兜里有陈元庆的那把火药枪。在一片混乱中，我捡到它。现在它是属于我的一只会唱歌的小鸟。我看着陈元庆被几个男生反绑双手，摁住后脑勺，押进病房，几乎要笑出声。陈元庆不想跪。几个男生用脚踩他的膝盖弯处。真搞不懂。他们从哪里获得了这些勇气，难道他们不怕陈元庆哥哥的拳头？陈元庆肯定要倒霉，严重处分不可避免，十有八九要被学校开除，搞不好，还要去吃三两米。我幸灾乐祸。刘老师脸色灰暗，斜靠在墙壁上，手臂上还吊着盐水。他示意大家放开陈元庆，说，你们都出去吧，我有话问他。刘老师还想问是谁扔的石子？我避开人群，绕过几丛修剪整齐的女贞灌木，来到病房后面。玻璃窗很高，我若爬上去，必定要暴露身形。我竖起耳朵。有人在哭。是陈元庆，像猫叫，又尖又细，很快，声音大了，像猫的爪子在抓挠墙壁，也抓挠我的心。我这还是第一次听到陈元庆哭。他妈把他打得那样惨，他也一声不吭。那些女生的眼泪与陈元庆此刻的嚎哭声相较，简直是一阵微不足道的毛毛细雨。陈元庆会被自己的眼泪淹死吗？陈老师会死吗？惊蛰过后的土公蛇毒得死一头牛。人若死了，灵魂会飞到哪里去？几只鸟在身边跳来跳去，跳得欢欣鼓舞。是布哥鸟。我的心脏被某种不知名的力量重重一捏，下意识地掏出火药枪，拉开枪头，刮入火柴的粉末，还捡了几粒玻璃碎碴子搁进去，再急忙对准目标搂下扳机。枪在手掌里炸开。

足足三个月，我都不用写作文，也不必参加其他考试。每天吊着绷带，走在校园里，神气无比。刘老师问清我拿枪射鸟的缘故后，整个人都变了，再也不对我们这些没戴红领巾的学生大叫大嚷。陈元庆也没有被学校开除，甚至没有受到一纸处分。我有点奇怪。我也偶尔想问问陈元庆——那天，若窟窿里没蛇，他是否会承认是自己扔的石子，还是准备冤枉别人？另外，他真的有一支钢笔吗？但我们在校园里追逐嬉闹，我就老把这些问题给忘掉了。其实这样也挺好，总有一些事情是在我们的脑袋以外。"你知道吗？人的灵魂有二十一克。这是科学家的最新发现。"陈元庆放下书包，仰望苍天。天空之高，难以言喻。是那样蓝。蓝得惊心动魄，只消望上一眼，眼眶里便不由自主地蕴起一泓泪水。女司机（我至今也不知道她的名字）在事发翌日，因为蛇毒引起的心力衰竭在家里过世了。我揉揉眼，没吭声，突然觉得整个天穹都是那个上了年纪的女司机的脸。

当代中国最具实力中青年作家书系

我们这些人

一

马国强说，我脑袋能撞塌墙。我们都不信。

眼前的墙年头虽是久远，但除了少林和尚，谁能一脑袋下去让它稀里哗啦？马国强神情冷峻了，撸起袖子，打算表演铁头功，同时向我们瞟来一眼。马国强的眼神特别凶，仿佛我们是一堆绕着他跳的臭虫。我习惯了。岳非不大习惯。他胆儿最小年纪最小，也刚加入我们这个团体。岳非被石头绊倒，想哭，没敢哭，看看我们屏声静息庄严的面庞，揉着额头肿起的包，缩到许远身后。马国强满意了，扎起马步。嘿，深吸一口气，双掌前推。马国强穿一件蓝白横条纹海魂衫。眼见着这条漂亮的海魂衫就要罩不住他逐渐膨胀的胸脯，我们都忍不住叹息出声。周小燕马上拿手指头去戳马国强的胸脯，惊喜地叫，强哥哥，你的肉与石头一样硬哦。我们都很恼火周小燕这种行为。周小燕是马国强的鼻涕，长得丑就罢了，偏生模样宛若童话，皮肤白得似沾了牛奶，颈脖处还露出几根挠人痒痒的淡青色的经络。周小燕是一道漂亮的清鼻涕。不过，鼻涕终归是鼻涕，何况还是马国强撸出来的鼻涕，就不配有什么好下场。马国强扒开她的小手指头，视察胸口，上面有一个小圆黑点，这是周小燕的杰作。这口鼻里吸入的第一口气是先天元气，再吸的那都是后天浊气。今天没法撞墙了。马国强的胸凹下去，懊恼地说，于志军，你帮我赶走她。只要她在，啥事都没法干。

　　我是于志军。我倒乐意去抓周小燕细嫩的手。周小燕敏捷地跳开，头上扎的羊角辫一甩一甩，甩得又骚又浪，愈发招人讨厌。许远踢出腿。周小燕两条竹竿细腿没撑住身子，歪向一边，还把岳非拉倒。站一边双手抱胸的曾民权说，周小燕，你这么小就喜欢骑在男人身上。以后肯定是破鞋，与你妈一样。周小燕顿时眼泪汪汪，去看马国强。马国强扭开脸。周小燕爬起身，用力地踹一脸晦气的岳非，气咻咻地叫，你干吗要站在这？周小燕抹抹眼角的泪花，又对曾民权说，你妈才是破鞋。你妈若不是破鞋，你爸怎么搞得出你？周小燕一向牙尖嘴利。曾民权白了眼，想动手。许远拦住说，这是你不对。你骂周小燕尽管放开来骂。她贱，该骂。但你不该先骂人家的妈。你也有妈。曾民权的白眼珠里扯过几道血丝，说你管得着吗？我就喜欢骂周小燕的妈。谁让她妈是破鞋呢？你不是没看过她妈与胡主任搞？当时，你还骑我肩膀上看得津津有味。周小燕哇一下哭开，手里的十根手指仿佛暗器。曾民权唬得连忙后退，说，你们都看见了，这是她先动的手。人不犯我，我不犯人。人若犯我，我必犯人。马国强喝道，周小燕，你别放肆。那十根暗器在空中暂停了。周小燕哭嚷道，强哥哥，姓曾的欺负人，你也不管。

强哥哥。好肉麻。你想做破鞋，也得问国强是否愿意搞。曾民权冷哼着，底下飞起一脚。周小燕哎哟一声叫，跌在地上，捂住小腹，额头沁出细密的汗，说不出话。曾民权竖起两根手指头，得意地叫，破鞋就是喜欢往地上躺。哎，把腿叉开啊。曾民权又去踢周小燕。马国强鼻孔里喷出白气，身子一跳，伸腿一扫。曾民权躺下了。马国强说，这人嘴太臭。于志军、许远，你俩按住他。岳非，你别傻不拉唧地戳着，去厕所里用纸包一坨大便来。曾民权惊慌了，在地上蹦。喊，国强。他妈的，马国强，你为一个破鞋与兄弟翻脸？翻脸可以，你把吃我的西瓜吐出来。

曾民权害怕是有道理的。马国强向来说到做到。我们都在青山小学念三年级。去年开春，马国强被五年级的唐昆打了。唐昆是市计委主任的儿子，手臂比我大腿粗，长得像《宇宙英雄奥特曼》里的外星人。唐昆撒尿时显摆他裤裆里的那话儿，左手叉腰，右手端着，冲着墙壁远远扫射，嘴里还哒哒哒地打机关枪。尿液撒了马国强满裤脚。马国强去看唐昆。唐昆吹起口哨继续扫射。马国强说，你他妈没长眼啊？唐昆看看他，嘿嘿一笑，慢条斯理地拉上裤子，暴起发难，我×你妈。两个巴掌把马国强打得原地转圈。马国强要拼命，被唐昆的同学左右拿住。唐昆过足了扇别人大嘴巴的瘾。马国强也真牛，脸肿得比南瓜还大，硬是不跪地求饶，结果被他们把头摁进了小便池。第二天，马国强说，我要让唐昆吃屎。我们都不信。唐昆没让他吃屎就得谢主隆恩。过一些天，学校包场看电影，在市影剧院，是晚间场。还没散场，我听见大家在传言，说唐昆去撒尿时，被人套了麻袋，用棍棒打得差点晕厥，麻袋里还装满了屎。打黑棍的人有两个，有组织有纪律，分工明确，配合默契，打完就走，毫不拖泥带水。等到唐昆哀号着钻出麻袋，已不成人形。昏暗的灯光下，很多同学都看见唐昆脸上的屎嘴边的屎鼻尖上的屎。许多女生抿嘴嘻嘻发笑。唐昆向天发誓，要奸杀这打黑棒人的全家，率领他的兄弟们在学校掀起一场轰轰烈烈的刑讯运动，打断好几个人的牙齿，但这些人全大呼冤枉。唐昆没怀疑马国强。有资格成为他怀疑对象的，多是五年级的学生。再说，唐昆每天都要扇人嘴巴，早忘掉马国强这档事了。但我知道，打黑棒的人是马国强与许远。曾民权也晓得。

许远抬头看马国强。马国强嘴皮嗫嚅，说，许远，我只吃了一小块。

许远放开手说，一小块也是西瓜。

曾民权半边身子得到解放，左拳头揍在我下巴上。我本来想学许远，可他这般不识好歹，我干脆把胳膊肘压在他喉咙处。这招是我从《少林寺》里学来的。曾民权叫不出声，拳头接连不断地打在我头上。一下比一下轻。这令我异常愤怒。我对周小燕喊，还不来帮忙？周小燕已经缓过气，见状，忙爬起身去抓曾民权的手。曾民权的手比泥鳅还狡猾。我说，周小燕，你真蠢，你张嘴咬啊！周小燕又去望马国强，好像马国强的脸是写了答案的黑板。马国强看了眼走开的许远，眼里又冒出凶光，巴掌重重劈下，说，呸，你以为你家的西瓜好吃啊？都是发了臭的。马国强用脚踩住曾国权的手，踩得他耗子似的吱吱乱叫。马国强说，周小燕，你去看看。岳非是不是在厕所里吃屎？咋要这么久？周小燕的嘴皮子动了下，往厕所那边跑，屁股抖啊抖，活像一只奔向水塘的母鸭。我的心突突一跳。午后的阳光把蝉快烤死了。蝉声有气无力。曾民权的嘴大张着，不停地问候我们的女性亲属。我往他嘴里吐了一口痰，他老实地闭上嘴，身子扭来扭去，样子与一条从菜叶上捉到的大青虫差不多。这里是市委党校的操场。厕所不远，里面到处布满黄褐之物。周小燕在男厕所门口喊，岳非，岳非。你听见了吗？强哥哥问你是不是在吃屎。

岳非踮着脚尖钻出细小的窄门，拈住几张废报纸的角，跑回来，小声地说，国强哥，大便被挑粪的人挑走了，只找到几张揩过屁股的。马国强叫道，你也就会吃屎。快，把纸塞他嘴里。还发愣？我把纸塞你嘴里。岳非的手不再发抖，果断把这几张纸揉成一团。曾民权闭紧嘴，腮帮子上鼓起两团，形容甚是狰狞。这吓不倒我，也吓不倒马国强，只能吓倒周小燕。周小燕犹犹豫豫地说，强哥哥，还是不要让他吃屎吧。马国强抬头吼道，是不是你自己想吃？

这已不再是曾民权与周小燕的事。周小燕真笨。马国强吃了曾民权的瓜，没留下一瓣给许远，也没给我，甚至提都没提这件事，一个人急急忙忙地擦干净嘴。这活做得太孬了。不过，我理解马国强，我也悄悄吃过。曾民权的爸是司机。家里老有好吃的，夏天的西瓜，秋天的桔子，冬天的苹果，春天的杨梅，整筐、整篓、整箱、整蛇皮袋。我盯着曾民权的嘴，心头有了怒气。这张嘴也不知道咀嚼过多少美味水果。我咽下口水，胳膊肘松了点，让他的眼珠子不翻得那么白，以免自己晚上梦见鬼。我捏他的腮帮子。这活需要力量与技巧。我的手变成一只老虎钳子。曾民权痛苦地咧开嘴，眼里有了绝望的光。马国强哼了声把大便纸塞进去，按住他下颌，再往上推。他的眼泪出来了。曾民权，你吃屎了。马国强慢慢地说。我松开手。我了解曾民权。他只敢欺负他打得过的人。曾民权的身子在地上弹，弹了几下，弹起来，呜呜地喊，手指抠入嘴里，抠出大便纸，弯腰去捡石头。石头太大，大半个身子埋在土里。曾民权用手指去扒石头。指甲裂了，渗出血。周小燕惊恐地望着，手捂住嘴。岳非想躲到我们身后来，曾民权抓住他胳膊，反扭到他背上，近乎疯狂地拍打他的头，嘴里还真的喷出粪便。曾民权说，你让我吃屎。我叫你让我吃屎。岳非哀号，不是我要你吃屎。不是我要你吃屎。

曾民权打不过我，更打不过马国强。

马国强望了一眼许远消失的方向，闷恹恹地说，走，于志军，我们走。我们一前一后往操场后面走去。那里有一条河。马国强的影子在我前面。大约尺许长。我去踩他的影子，觉得心情无比舒爽。周小燕跟在我身后。不远不近地跟着。周小燕真贱。我对自己说，放慢脚步，心脏又开始不争气地跳动。我想起曾民权说的话。或许马国强的确摸过周小燕。很多年前，我们在一起玩过家家，若马国强拈阄摸到做新郎，周小燕就哭着喊着要做新娘。我们不止一次把他们送入曾民权家后院那个堆满杂物的小木屋里，让他们过夫妻生活。这令我不舒服。我回头对周小燕说，国强要你不要跟着。你聋了？周小燕也扭过头，去看被曾民权当成沙包打的岳非，下巴扬起说，我没跟着你们，这路又不是你们家的，你们走得为何我就走不得？我抽抽鼻子。周小燕的睫毛又长又黑还带几分弯曲，果然与她妈一个贱相。我佩服曾民权的眼光。不过，他不应该说出来，说真话的人一定要倒霉。我姐叫于艳红。

我哥叫于志民。上星期，我妈拿来三个苹果。苹果红红绿绿，有大有小。我妈问，怎么分？我哥说，我要最小的，最大最红的给弟弟。我妈听了很高兴，说，还是志民乖，懂得学孔融让梨，这个最大的奖励给你。我气坏了。我讨厌于志民啃大苹果那副嘴脸。还是我姐对我好，把苹果分一半给我。可我吃东西一向是猪八戒。所以我学乖了，前天妈妈又拿来三个苹果，我就抢先说道，我要那个最小的，把最大最红的给哥哥。妈妈果然高兴坏了。我吃到了最大最红的。这回轮到我哥生闷气，吃完小苹果后，还妄想去抢我姐的，结果被我俩联合检举，挨了我妈好大的一顿揍。

我说，周小燕，你真烦。周小燕撇嘴说道，又没烦你。我们正说着话，前边的马国强就跑起来，跑得又急又快，像被枪打了。这种情况的出现只有一种解释：马国强的爸来了。

马国强的爸在农贸市场补鞋子，手掌有蒲扇那样大，上面的茧子比铁还硬。他打马国强，先是一脚踏落，把马国强踩成一只臭虫，再拎上来，一巴掌下去，把马国强打飞成一只苍蝇。我马上撒丫子往马国强相反的方向飞奔。若马国强的爸看见我与马国强在一块鬼混，我就得挨我妈打。每天晚饭后，这些可恶的大人聚集在屋檐下，鬼鬼祟祟，互相通风报信。我边跑边回头看。周小燕站在原地发呆。她的身体内仿佛在发生某种化学变化，热辣辣的太阳光从她薄薄的身子里钻出来，钻进我眼睛里。我吸吸鼻子，纵身扯落一把樟树的叶。我说，你们都去死吧。

我跑过赵娣家。赵娣家在山坡下。窗口在我的脚下。赵娣在对着镜子说话。镜子是一种古怪的东西，它会把我们的快乐一口口吃掉。赵娣的表情也被枪打了，小小的鼻子小小的嘴皱缩在一张直径不超过十五厘米的小小的脸蛋里。

赵娣在青山路中学念初一。青山路中学与青山路小学仅有一墙之隔。老师叫她念课文，她心不在焉地把袒胸露背念成袒胸露乳，结果所有人都知道赵娣有一对与她的脸蛋不相称的大乳房。赵娣的妈骂她是婊子养的，不会读书，小小年纪就想做一个开了缝的蛋。

这话委屈赵娣了，赵娣成绩虽然不好，但从来不正眼瞧那些在放学路上跟在她屁股后单手翻筋斗的男生。再说，赵娣若是婊子养的，那赵娣的妈就是婊子。不过，婊子都很漂亮，是一种可爱的生物，得像周小燕的妈，说话细声细气，眉目嫣然，皮肤比月光还要好。赵娣的妈说这话完全是在拐着弯恭维自己——也不瞧瞧她那张连苍蝇都不肯落下被黑锅底砸过的脸。这世上没自知之明的人真多。我往赵娣家的窗口里踢入一块石头，继续奔跑。

我不晓得自己要跑向哪里。我们这个市不比一个屁大，还没把体内的血跑热，山就拦住路。山上虽然好玩，蚂蚁会排开阵势成百上千只地厮杀，老鼠洞里装满山芋、松子、榛子，鸟在树枝间追逐阳光移动的影子，花开在悬崖边的石头下对着天上的云唱歌，泉水自挂满青苔的石壁上叮叮淙淙滴下来。还有那层层叠叠藏着我许多快乐秘密的梯田，豌豆苗会沿着插在土里的竹枝吐出一寸寸嫩绿。偶尔，头顶飞来几只头黑尾黄的蜜蜂。它们手里拎着一对美妙的音箱。山的旁边是随地势徐徐起伏一望无垠的油菜花。那是一片金黄的海，一直开到天空里。海的中央，不时走过几个戴着草帽走去山后耕作的人。在山后，有哞哞叫扬着尾巴的

当代中国最具实力中青年作家书系

黑水牛，大块大块的绿，以及几小块镶嵌着蓝色、白色、粉红和紫色等种种美妙色彩还未犁过的田。

但，我得说，再好玩再好看的地方都会玩腻看腻。这叫审美疲劳。

我从成语熟视无睹里推导出这条规律。我写作文：同学们上课不专心，就是因为天天要看同一张黑板，产生了审美疲劳。结果我那篇文章得了一百分，老师对全班同学说，这个词用得呱呱叫。你们要向于志军同学学习。我把头埋入抽屉里，心里吃了蜜一样甜。可老师后来不再夸我。老师带领我们去市中队参观解放军叔叔训练。他们趴在地上，扭动屁股前进，再跳起来，往前冲。老师要我们抒发感想。我说，解放军叔叔先是在匍匐前进，就像一条条绿色的青虫在地上蠕动。然后，可能遇上了蛇，爬起来狂奔，又像一只只脱缰的野狗。我话音刚落，那几位战士的脸绿了，老师的脸紫了，同学们的脸都笑红了。那真是一个温暖的下午。

我在山坡上躺下，擦了把头上的汗，仰望天空。我身下的这座山叫金山。很高。山顶上都是黑色的石头。我有点烦。我不晓得为什么烦。

我问自己，于志军，你吃多了撑得难受？但我又想起，我中午并没有吃很多，肚子里的肠子还在为争夺粮食打架。妈妈做了我最爱吃的干煸红辣椒，可她红肿双眼，我咋还忍心扮演一个饕餮之徒？饭吃得无比沉闷，比在阳光下暴晒的水洼还沉闷。水洼里偶尔还会有甲虫路过。我妈哭了一个上午，模样好比被雨水打过的梨花。我不是夸我妈漂亮，除了我姐于艳红，我家其他四个人都与漂亮这个词绝缘。我妈叫樊梨花。与单田芳讲的评书《薛家将》中那头戴凤尾鸡雉的樊梨花同名同姓。或许她们还真有点血缘关系。我妈的祖上是从辽宁大连那边迁来。我爸叫于唐，我讨厌死他了。他老欺负我妈。我妈是被他弄哭的。

　　我妈早晨起来听见我家那只芦花鸡在李大爷家的柴堆里咯咯乱叫。我妈过去在柴堆里摸出一个滚烫的蛋，顺手捎带回一块干柴。于唐烧火的时候发现这块柴的来历甚是可疑，开始询问。我妈撇着嘴说，家里的芦花鸡不知道在那下了几个蛋。拿他一根柴，理所当然。于唐生气了，说，当然个屁，这是偷。于唐喝令我妈归还。我妈不肯。于唐摔了火钳。

　　我妈说，你就有本事冲自己老婆摔。你去杨局长家里摔啊！杨局长是我爸的顶头上司，上海人，在这个物质匮乏的年代犹有一个弥勒佛般的大肚子。杨局长最小的女儿叫杨婷，绰号狗不理，与我同班，坐我前排，是班长，非常热爱举报这项事业。杨局长的老婆叫叶芸芸，也是上海人，四五十岁，还嗲声嗲气地说话。这是一户站在广大群众对立面的家庭。据说，"弥勒佛"还时不时地与叶芸芸咬鸟语。每天早上，"弥勒佛"出门前要亲亲叶芸芸的脸。真是恶心透了。马国强说，真看不得他们那副样子，我恨不得冲进他们家，用臭鞋底扇肿他们的嘴。马国强的愤怒是有原因的。老师说红领巾是红旗的一角，是用烈士们的鲜血染成的。马国强下课后在教室里嚷，这得用多少烈士的鲜血？根本就不可能。杨婷及时向老师汇报了马国强的恶劣行径。马国强不得不在第二天登上学校操场上那个升旗的土台，向全校同学作公开检讨。因为这，我、马国强、曾民权、许远在那天晚上特意跑到土台边拉了四泡愤怒的屎。

我妈反诘得义正词严。于唐的喉结在喉咙上滚动了几秒钟，说，你个妇道人家懂什么？我妈说，我不懂，你懂？你懂的话，就不会轮到老陈爬到你头上。陈桂富哪点比你强？论水平，文凭，资历，你哪点不如人家？人家现在当上科长，你还狗屁不是。你就是不懂。

我妈可能拎了于唐那壶没烧开的水。于唐勃然大怒。为了让这种愤怒的情绪具体化形象化，于唐摔下手中的碗。我若不小心打碎一个碗，都要被我妈拿棍子追到五里外。于唐焉能讨得好？我妈跳将起来，往于唐怀里扑，大有饿虎扑食的气势，十根手指叉得比钉耙还开。于唐侧开身。于唐上辈子当是打虎出身，动作确实敏捷。我妈扑到地上，鼻涕眼泪一起涌出。

我妈说，姓于的，你打我。你还敢动手打我。

于唐望一眼在屋角面面相觑的我们姐弟三个，眼神是那样纯洁无辜。

我扭过头。我哥是小人，马上跑去拍我妈的马屁，打算搀起我妈，被暴怒中的樊梨花在脸上赏了一记大锅贴，脸一阵红一阵白。我姐飞快地喝完粥。大约零点几秒的工夫，那碗热气腾腾的粥就已在温暖肠胃。我姐在桌子底下伸腿踢我，示意我赶紧开溜，以免城门失火殃及池鱼。我没有于艳红这种本事，但我有挨饿的本事。我起身想走。于唐吼道，把粥喝完！

于唐这一嗓子是力拔山兮气盖世。连在空中飞舞的苍蝇也被震晕一只。苍蝇直落碗里。是一只酷爱在厕所里寻寻觅觅的绿头苍蝇。我苦了脸，想把苍蝇拈出去。于唐伸手在桌上一拍，一字一字对盘腿坐在地上哭啼的我妈说道，樊梨花，你看看你，你还像一个知识分子吗？

于唐大踏步转身出门上班了。我妈哭声愈发响亮。我真不明白他们。生活又不是泪水做的，不必这样伤感。我们学校厕所的墙壁上有一首诗写得好：假若生活欺骗了你。不要伤心，不要绝望。你去把生活也欺骗一次。

我与于艳红去了学校。于艳红念五年级，教室在我楼下。我们在同一幢楼里。这幢楼的历史非常悠久，当大风刮起的时候，它会随风唱起山歌。据校志记载，这幢楼曾经送出过一位中将、两位副市长，革命先烈不计其数。当然，这是题外话。等我们放学回来，我妈的眼睛成了一对水蜜桃。

于志民这人真狡猾，明明不想上学，还找出理由，托院子里的赵娣同学去学校请假。于志民咬我耳朵说，妈哭了一上午，没去上班，哭得可伤心呐。我白了他一眼说，那你咋不去叫于唐回来？在这里献什么殷勤？成语是怎么说的？无事献殷勤，非奸即盗。

我结结巴巴说出这个成语后，高兴了，觉得自己是一个有才能的人，一个能为四个现代化添砖加瓦的人，一个应该戴红领巾的人。于志民不乐意了，说，不懂成语就别乱用，贻笑大方。你这是在关老爷面前耍大刀。我与于志民你一言我一语吵起来。我个头比于志民小，嘴可不比他小。于志民说不过我，就动手，掐我脖子，掐到我死了百分之九十九的时候，松开手，让我吸口气，然后再掐；当掐到我死了百分之九十九点九九的时候，我妈从厨房出来了，他马上把掐改成搂，紧紧地搂住我肩膀，好像我们之

当代中国最具实力中青年作家书系

间的兄弟感情比那滔滔长江水还要深长。我最讨厌伪君子，想翻脸。我姐又踢我的腿。我妈头发蓬乱，眼神迷醉，脸颊上有一抹红墨水濡开的颜色。我狐疑地瞅于志民。于志民压低嗓门说，妈把自己裹在被子里哭。

妈妈把干煸红辣椒重重地甩在桌上，又回房哭去了。我们三姐弟不由自主同时发出一声叹息。

于唐中午回来后，去敲妈妈的房门。樊梨花不理他。于艳红幽怨绵长地又叹出一口气，对于唐说，爸，同学叫我去一起做作业。于唐点头。于艳红背起书包走了。于志民说，爸，我也去学校。于唐继续放行。我爸从来没有这样慷慨大方过。这真奇怪。我鼓起勇气小心翼翼地说，爸，我也去学校。于唐挥挥手，还真的允许了。我马上跑出家门，脚底下生出一长溜烟尘，生怕于唐改变主意，结果在路上遇见马国强他们。我爸真奇怪。我妈好奇怪。马国强他们更奇怪。这个世界比奇怪还要奇怪。

我长吁短叹。一种古怪的黏黏的气流开始充溢四肢百骸，骨头与内脏好像消失了，身体似乎成了一个热气球，向空中慢慢飘去，飘向了浩瀚的蔚蓝的也是不可测的时间深处。

二

很多年以后，我老情不自禁地想起那个阳光灿烂的日子。

所以，当我坐在上海衡山路猫空酒吧里面对杨婷时，还是忍不住讲起当年曾民权嘴里满是大便的模样。我说，谁能想到曾民权现在居然成了美国普林斯顿投资公司驻华首席代表呢？吃屎的人是有福的人啊。

杨婷轻轻地笑，用细细长长的手指，端起搁在素净餐布上的高脚杯。这是一杯轩尼诗 XO，满满一杯金黄色的琥珀，向我吐出金雀花、青柠花、绿草、樱桃和橘子的香味。它的口感比丝绒还要软滑。只需要一滴，舌尖即能感受到一种高雅得近乎完美的气质。当然，它让人咋舌的价钱已使我在这个百无聊赖的午后充分做好被酒吧侍应生暴打一顿的准备。

　　有着浓郁绚丽之美的液体在杨婷洁白的牙齿里闪光。

　　我的心口感受到一种在我三十三年人生中很少出现的疼痛。我无法形容杨婷的美。说她比景德镇官窑还精致——显然是恶毒的亵渎。我不信天底下有比这张脸还要玲珑剔透的瓷器。任何男人若打算在上面找出瑕疵，只能是妄想。她穿了件我认不出牌子的浅棕色的羊绒衫，大半个光滑洁白的肩膀暴露在这个春天的午后，能隐约看见小半个梨形的乳房。

　　我唇干舌燥，不得不继续说下去，你是四年级回上海的吧。你还送过我一把尺子与一块橡皮擦。你可能不记得了吧？那尺子非常好用，画的线特别直。那块印有小熊维尼的橡皮擦好吃极了，我最后把它全消灭在肚子里。话刚说出口，我立刻为自己的愚蠢脸红耳赤。

　　她脸上出现一酒盅的笑意，放下杯，目光飘过我，飘向窗子上的紫檀木。在淌着哗哗水流的玻璃外，阳光在滴。滴得那路边树上的绿沙沙地响。唯有这绿色才能在时间的洪流里保持原来的颜色。我闭紧嘴，用力地咀嚼，把舌头嚼成口香糖。

　　我有了几毫克的后悔。我是一个流浪者，根本不应该去参加中午这个该死的鸡尾酒会。那是一个与我毫无关系的世界。我更

说说爱情吧
当代中国最具实力中青年作家书系

不应该在那位硬拽我参加酒会的朋友介绍她时，眼睛亮得那么可怕，并鲁莽地喊出她小时候的绰号，嘴里还倒出数以吨计的恭维话。我完全可以像书上讲的那样彬彬有礼地点头弯腰吻她伸出来的手然后往一边走开。我是被鬼上了身。绝对是！这世上太多鬼了，到处都是魑魅魍魉。否则我在那么长的时间内为何始终处于晕眩的状态，甚至记不起自己具体说过什么话？这无法用科学解释。

我的手指在桌上一跳一跳。

她嫣然说道，我记得。

你还记得什么？

我记得你们当时都讨厌我。

没别的了？我噘起嘴，俯下身，凝视着杯子的曲线。杯里的轩尼诗XO是我的胃这些年所遇上的最好的情人。我感觉到鼻子很痒，伸手去挠，挠了两下，不过瘾，手摸进裤兜，也没想掏出的是什么，就往鼻子上擦。然后，我停下动作。杨婷的表情发生很古怪的变化，眼神也古怪，好像……对了，好像在看《侏罗纪公园》的恐龙。我哪里做错了？我疑惑了。

她咯咯地乐，快活地笑，于志军，你手里拿的是什么啊？

天哪，上帝啊，菩萨啊，释迦牟尼啊。请你们消灭美女这种生物吧。一切的错，都是因为她们。我瞥了一眼手中的臭袜子，终于明白早上为什么找不到它了。我用迅雷不及掩耳的速度把它们重新塞回裤兜，嘿嘿地笑，不好意思，不好意思，我这人就这样。

我理解。你们作家都是这样的。

我不是作家。你别冤枉人。我尖叫起来，我是码字工人，与我们小时候学校旁边那间印刷厂里的码字工人一样。作家是什么？那是人类灵魂的工程师。

不对，你说错了，老师才是人类灵魂的工程师。你忘了我们小时候写作文吗？老师要我们写长大以后的理想，大家都说要做老师，做人类灵魂的工程师，就你怪，写以后要当……当嫖客，当一个天底下最有情义的嫖客，绝对不负心，不让杜十娘把那些珠宝沉江，要把它们全部捐给国家，为祖国早日繁荣富强实现四个现代化贡献自己的微薄力量。

杨婷哈哈大笑。我瞠目结舌，鼻涕流下来。

我们之间的气氛有了微妙的变化。

你爸妈还好吗？杨婷从坤包掏出一支烟问，抽吗？

我摇头，我抽这个。我的手摸入裤兜，在里面摸了十来秒，确定没拿错后，勇敢地掏出一包红梅，哗的一下撕开，要不要来一根？五块钱一包。

我习惯了它的口味。杨婷把白色细长的烟夹入手指，再从包里掏出一个打火机。这牌子我认识，都彭，五千多块钱一个。我的红梅烟今天享受高级待遇嘛。我凑过头，点燃烟，深深地吸了一口，这烟的味道比往日醇厚多了。

我爸啊，退休了，一辈子到头，连个主任科员都没混上。这都得怨你爸。你爸临走时突击升了那么多人的职，咋不想想比老黄牛还忠厚老实还卖力苦干的于唐同志？

别提我爸那个人。没一点本事。回上海后，惨到替人看门。杨婷的眼里浮起几丝与其颜容不相吻合的混沌。你妈还好吗？

好，好得不得了。托我哥的福，我爸妈都幸福着呢。你呢，爸妈都还好吧？

离婚了。我念初三那年。我跟我爸。杨婷掐灭烟，又点燃一根。

当代中国最具实力中青年作家书系

哦。啊。嘿嘿。呵呵。我干笑着，舌头底下有了石头，杨婷，你信不？我哥现在坐的就是你爸当年坐过的那把交椅。他真是一个年轻有为的好孩子。

于志……

于志民。

杨婷嫣然一笑，你哥挺帅的。他当年爱穿一件白衬衫，梳一个马桶盖头，靠在树边，唱我从山中来，带着兰花草。他现在还唱歌吗？

唱。经常去卡拉 OK 一展歌喉，还有单位上的小姐伴唱，什么片片枫叶情啊，什么我爱你到地老天荒你爱我到海枯石烂。去年拿了市里举办的直属机关歌咏比赛金奖。都是一个妈生的，咋他长得像费翔，我长得像葛优？老天爷没长眼。

你这叫骨格清奇。杨婷白来一眼，把一个细小的烟圈咽入嘴里问，你姐呢？

于艳红嫁了洋鬼子，说是身在曹营心在汉，要把美国佬的聪明智慧全学到手，去拿诺贝尔奖，为中国人争光。唉。绿卡都拿了，还算是中国人吗？别提她了，提了我也是两眼茫茫。我怕有十年没见她了。

身体里流的是中国人的血，那就是中国人。杨婷嗤嗤乐了，你家现在的日子不错嘛。

托伟人们的福。

你呢？有没有结婚？

身边连一个雌性生物也没有。我长叹一声，说道，问茫茫中国，九百六十万平方公里土地，我于志军也算堂堂七尺男儿，混了三十多年，居然上无片瓦遮头，下无寸土立足。羞愧呐。这是兄弟无能。

不是钞票狡猾。

杨婷扑哧一笑，说道，油嘴滑舌。现在的女孩就吃这套。你别蒙我啦。说不定，你这与我说着话，回去得跪洗衣板。

我赶紧手指胸口赌咒发誓，你也不瞅瞅我裤兜？不看看我长相？裤兜里有材料，可以去泡妞；脸上有内容，可以被妞泡。你又不是不知道，如今的女孩不仅个个火眼金睛，而且都热爱往宝马车上撞这项运动。

哎哟，这样愤世嫉俗？

不，是觉得我妈对不起我。

你妈对不起你？

她硬要多给我一丁点儿。要不，我也可以往宝马车上撞了。

呸。就你这样损，一辆破单车撞你还差不多。

那不行。把我撞成周小燕，这是一件多么不利于构建这个和谐社会的事。

周小燕？我想起她来了。蛮好看的一个小姑娘。她怎么了？

我闭上嘴。我听到嘴里有一阵奇怪的声音，它自我内脏里飞出，像几只苍蝇。我看看杨婷，起身，开始从兜里往外掏钱。我掏出身上所有的人民币。一百元的计有五张。五十元的有三张。十元的没有。五元的有四张。还有几十个硬币。两杯轩尼诗XO售价为六百九十元。我把硬币慢慢地数了一遍。正好，六百九十元，一分不多一分不少。菩萨没亏待我。我不必挨侍者的拳头。我抬起头，把钱搁入酒杯边银光闪闪的餐盘里。盘里有一张消费明细。我偷偷用眼角瞟过至少不下一百次。我冲杨婷笑，秀色可餐，我消费了这么长时间的美貌，付出这点人民币是值得的。我了解这

当代中国最具实力中青年作家书系

个世界的运行法则。但我的手还是有点抖。一枚硬币自手指间漏下，叮叮当当地响。它摇摇晃晃地滚到杨婷脚边。这里的侍应生应该是高素质的人，不会为一块钱难为我吧？我拿不定主意是否要蹲下身爬到杨婷脚边去。

我说，杨婷，不好意思。我是穷人。你千万别见笑。

杨婷坐在椅子上没动，饶有兴趣地望着我，怎么？你与周小燕还有故事？

心脏里有针在扎。还是那种给动物们打的最粗的针管。我皱起眉咧开嘴。我说，没有故事，是我不舒服。我们下次再聊。我得走了。

我起身想走。杨婷的眉尖跳了跳，轻轻笑道，把钱带走。这是我开的店。你来我店里喝酒还要付钱吗？

你开的店？姑奶奶。我差点把桌上没喝完的轩尼诗 XO 碰翻。在寸土寸金的衡山路开一间面积三百平方米大的酒吧，这得多少钱？钱还是小事。这得打点多少关系？黑的白的灰的……这个女人不简单嘛。我咂咂嘴，一脸仰慕，差点放声高歌现代京剧《沙家浜》里刁德一的唱词。

杨婷嗤嗤地笑，歪过头，打量我，你还是没变，一点都没变，与我记忆里一模一样。

我咋可能没变？在这个与时俱进的时代，你这不是侮辱我的智商与情商吗？

你忘了吗？当年我打马国强的小报告。马国强，你，还有两个人，我忘了名字，一共四个坏小子，在中午放学的路上，把我堵到小巷子里。小巷里有一间废弃的祠堂，里面到处是牛粪与枯枝。马国强动手扒了我的衣服，说要让我光屁股回家。我蜷缩在柴堆里，哭得可伤心了。你们把我的衣裤扔到巷口的井里，大摇大摆走了。当时，我都有了跳井的心，但实在鼓不起勇气跑过从祠堂到井口的那段路。没多久，你喘着气跑回来，脱下自己的衣服扔给我。你的内裤有一个好大的洞。我还看见你的光屁股。你说，马国强就这狗脾气，发完了，就没事。你还帮我下到井里捞起衣服，放在太阳底下晒干。我问你，你来干吗？你说，我哭得像傻 ×。你骂了我。我恨了你好几个月，都没去老师那揭发你上课时做小动作。你的心太软了，现在还是。我能感觉到。杨婷缓缓说道，好看的眼睛里有了烟幕般的东西。

别，千万别这样说。我咋一点都不记得？

不记得也就作罢吧。杨婷袅袅地站起身，眼神似嘲若讽，若想来找我聊天，随时恭迎大驾光临。你现在是大作家，说不定，我能为你提供一点写作的素材呢。

你不怕我赖在这不走吗？

只要你乐意。

我离开猫空酒吧，尽管我对她提到的素材生了窥伺之心，这是一种职业本能，就像狗遇上骨头、苍蝇见到大便、鲨鱼嗅到血腥。但我害怕。我了解素材这种东西的成分，百分之三十是眼泪，百分之二十是唾液，百分之二十是鲜血，百分之二十是汗水，另外百分之十是精液与月事，简单说，它是人体的排泄物。

我回到福州路明光大厦地下室一个十余平方米大小的屋子里。

我把脚搁在已经发黑发潮的被子上，把头架在被翻得皱巴巴的书本上。房间里的空气与鼻涕一样。房子左边墙壁上方是一小块布满灰尘的窗户。因为是深夜，那些浮在窗户里霓虹的光与影，是一片片小小的发光的树叶。看不见树的枝丫，它在远方的黑暗里。树干与树根在哪，那是上帝才知道的事。我拿起书本旁边的杯子，让它倾斜，让水流入嘴里。身体因为水的滋润，像一团皱了的纸，在水里缓缓舒展开来。我惬意地吸吸鼻子，闭上眼睛。

睡眠是我唯一的朋友。它不会出卖我，不会拿我寻开心，不会恶毒地指使我做这干那，不会在我最虚弱的时候指着我的鼻尖斥骂我的无知、懒惰与愚蠢，更不会在我性欲勃发时一脚把我踹下床。它是一块手帕，还洒了香水，虽然香味与素净高雅之类的词汇没有一丁点血缘关系，但劣质香水好歹也是香水。若还考虑到我现在对性近乎狂热的需要，我更情愿相信梦是一群皮肤雪白长发乌黑整日整夜地在我额头里在我喉咙里在我心脏里在我肠胃里唱歌的塞壬女妖们。我在梦里可以与她们逐一性交。我爱怎么搞就怎么搞。比如我是蚕，她们是桑叶；比如她们是篱笆，我是对着篱笆狂吠的小狗；比如我是琴弦，她们是拂过琴弦的风；比如她们是蟋蟀，我是蟋蟀的大腿。

那位拉我去参加鸡尾酒会的朋友对我说，我们对梦其实也就只有三种理解的方式，而这也是唯物主义者、唯心主义者与精神病患者的区别。

我问他哪三种？

他说，要不，把梦看作是现实的蜜糖；要不，把现实视为梦的一角；要不，把自己劈成两半，一半放在梦里，一半放在现实里。

我想了想，觉得他说得很有道理，后来猛然惊觉他是在拐着弯儿骂我是精神病患者。这个狗娘养的。

我已经三十三岁。我老家在江西一个到处裸露着红壤与贫穷的城市。

那个城市这几年在中国出了不小的名气，一任姓江的市长，搞行为艺术，把自己挂上浴室里的水暖气管。接任的牛市长是位前途无量的政治新星，可惜屁股还没被金交椅焐热，就被性欲得不到满足的老婆送入监狱。这并不是说牛市长因为一心扑在工作上导致阳痿不举，事实上，牛市长是一头野兽。前年春节我回了趟老家，在赵娣开的宾馆里泡脚。听到隔床两个男人在赞叹，说警察在牛市长的保险柜里搜查出牛市长与一百七十多位女士交欢的录像带。根据录像带里的日期显示，这是牛市长一年内的劳动成果。多不容易。平均两天一位女士。牛市长不大可能只与一位女士上一次床吧——这不仅是对资源的浪费，也是对女士们的不尊重。所以不妨换句话说，牛市长时时刻刻都在这一百七十个遍布全市交通局、工商局、财政局等各大单位女士们尊敬的美丽的肚皮上鏖战。

一个牛市长倒下了。千百个牛市长站起来。那年除夕，嫂子拍了饭桌。紧接着，于志民与我嫂子一前一后进卧室，锁上门，开始打架。你抓我脸，我撕你头发，动作阴险，还默不作声，仿佛都是表演默剧的天才，一点也不具有我妈当年与于唐在大庭广众间斗殴时的无畏勇气。我侄子叫于施，七岁大。我问他，你爸妈在干吗？他把嘴一撇，打架呗。我妈说我爸是牛××。我喷出嘴里的饭。

我妈不乐意了，说你这什么态度？我赶紧承认错误。

于志民老了。他被时间摧残后的容颜与一条蛆无甚差异。这是一种让我心里发腻的软体动物。于志民还特别热爱在各种场所喋喋不休给我忠告，尤其是当樊梨花与于唐在场时。

作为一条笑傲于众母鸡中的蛆，让母鸡们整日围绕自己团团打转，并不被其中任何一只吃掉，这了不起。我佩服于志民的能力。我赞美他曾经有过的以及以后会拥有的美德，再很遗憾地承认，我不喜欢他在忠告里指出的康庄大道，那条可以预见的成长为另一条蛆的人生道路。我对他渴望让我成为蛆的接班人所付出的努力表示万分感谢。

樊梨花被我的话彻底激怒，破口大骂，你才是蛆，是废物。志民为家里做了多少贡献，你又为家里做了什么？还有你姐，她也不是东西。大过年的，就打了一个电话，这是什么意思？早知如此，当年，我还不如去养两条狗。

我看看于唐。于唐把脑袋埋入胳膊里。薛丁山休了三次樊梨花，于唐一次也没有。作为一个身高一米八的南方男人，于唐真失败。

我说，妈，你批评我，批评得对。我接受。你批评姐，那不对。姐，现在可是美国人。你这是在破坏中美关系。嘿嘿，妈，你别冲我瞪眼睛。姐浑身上下每一个毛孔都已浸透美国文化。难道你还指望她早请示晚汇报吗？当年姐考上美国麻省理工学院，多替你挣面子啊？邻里谁不夸？还有，姐也没少往家里汇美金。你去邮局取钱的路上走得多精神？腰板笔直，腿脚冒烟。街坊谁不羡慕你女儿孝顺你老有福气？绿油油的美金啊。你就不记得了？妈，你别用这种洞察人性的眼神看我，那姐给你与爸养老的钱，我不会伸巴掌要。我没那么无耻。

我妈的眼眶红了，把筷子一扔，长长一叹，你们这三只畜生。

我望望我的侄子。他在津津有味地看着电视台重播的《还珠格格》。我在心里对他说，你听见没，你爸也是一只畜生呢。与你姑姑、你叔叔同属于一个物种了。

我伸手抱起于施。我想起我抱赵娣时的感觉了。他们好像差不多重。我的感觉出了问题。

赵娣嫁过一个公路段的职工，当年，拼死拼活要嫁，过了几年，又拼死拼活要离。赵娣开的宾馆的生意倒还可以。我都忘了我是怎么与她滚一张床上了。好像我喝醉了酒，喝出了七八分的酒意，但应该说是酒醉心明。我一个人在街上逛，逛得无比落寞，又不想回家睡，便跑到她那泡脚。她问我要不要挑小姐。我说要。她叫出十几个让我选。我选来选去只选中她。

我说，就你吧。

她说，我不出台的。我说，不就钱吗？我有。她说，我真不做了。我说，那算了。

我开房睡去了。半夜，被尿憋醒，撒完后，嘴里无比干渴，摇摇屋子里的热水瓶，出来找水喝，看到她一个人坐在柜台里喝酒，就上前搭话。在浪荡天涯的日子里，我早已精通泡姐这种艺术，都已成了本能。我忘了我说了什么鬼话。反正等第二天醒来时，她已经躺在我怀里，蜷缩着，脸上犹有泪痕，身子比一根羽毛还要轻。我从口袋里掏出四百块钱。她看了我一眼，接了。那时，我还不知道她是赵娣。过几天，我在路上看到赵娣的爸妈与她在一起，这才想起她是赵娣。也许，赵娣并没有认出我是谁。这种想法很让自己舒服。

我下了床，仰望天花板。

现在是二〇〇五年一月二十七日二十三点四十八分。离除夕还有一天。要赶回家过年，时间还来得及。但我并不想回去。年是什么？一种凶猛的动物。当然，它还没有石头凶猛。坦率讲，对我来说，每一天都是被时间洪流推下悬崖的石头。我不想让爹妈看到我鼻青脸肿的样子，不想让他们为我生气，不想让他们为我心疼。

我吸吸鼻子。屋子里有女人湿漉漉的葵花一样的气息，也有我体内散发出来的朽木与污泥一样的气味。十几个时辰前，我曾与一具光滑的身体在这张床上交欢，尽管索然无味，我们还算默契配合，毕竟那是一位值得尊敬的具有良好的敬业精神的女士。

我的脑袋里满是石头在水流中间互相撞击时的响声，重得都抬不起来。这些石头似乎与吸食人血的尖喙蚊子有着可疑的近亲关系。这并不奇怪，在七千万年前，伟大的人与猥琐的鼠拥有同一个祖先。我面对墙壁上挂着的一面破镜子观察自己肮脏的脸庞，慢慢地回想我与杨婷说过的每一句话。

我无意吹嘘自己的性能力，但我感觉到我现在已经充分勃起。我往裤裆里猛地揍下一拳。时间是牢笼，我不过是关在里面的一头有睾丸的两足动物。睾丸肿胀，眼泪落下。记忆能把一个人杀死。周小燕。真的对不起。唯有这撕裂身体的疼痛才稍可弥补我对你的歉疚之心。这十四年来，我一直想着你。可能因为想得太厉害，脑袋里长出一些类似蒺藜的东西。我常疼得叫出声，在黑夜，在白日，在火车上，在巴士里，也在女人的身体里。也只有这种近乎自虐的"想"，我才能恍恍惚惚想起你的样子，想起你嘴角的笑容，以及你透明的容颜。

三

一九九一年的夏天，我念高一，整天骑着一辆破单车乱窜。街上满是香蕉皮、甘蔗渣，穿无肩装、露脐装青春灿烂的女孩，内衣外穿风情万种的少妇，边走路边晃呼啦圈快乐的学生，不时撩起衣襟察看腰间 BP 机趾高气扬的男人，还有小孩子拉在巷口的没有臭味的屎。屎一坨坨，我的车辘辘在它们中间愉快地穿行，从一个巷口抵达另一个巷口。每当有漂亮姑娘出现的时候，我便扯起嗓门唱郑智化的《水手》。那时，我在拜读金庸的《鹿鼎记》，心中对韦小宝那个婊子养的无比羡慕无比痛恨。我很渴望能在街头遇到自己的双儿与阿珂。双儿最乖，当大老婆；阿珂最美，当小老婆。我胡乱地哼，满脑袋都是巷尾小录像厅里的色情画面。

我在百货商场门口遇上叼着一根红梅烟蹲在那儿的马国强。许远也在。许远用手抠着鼻子。指甲一弹，一块块鼻屎飞向路边那些不那么好看的女孩。我停下车。许远望了一眼我说，为什么这些丑人要来到世上浪费粮食？我从马国强衬衫口袋里掏出烟，叼嘴里吸了。我说，许远，你爸昨天又到学校找你去了。你上哪了？

上东元水库钓鱼了。许远瓮声瓮气。嘴唇上方的一小圈胡子在温暖的阳光下抖动，你去不去？过几天我们再去。那里有的鱼好大。许远做着手势，比划着鱼头尾之间的距离，脸上露出不怀好意的笑容，水库石坝边来了一个穿比基尼洗澡的女人。知道比基尼是什么吗？许远快活地笑，奶子啊屁股啊，都在外面。比录像里可要好看得多。

当代中国最具实力中青年作家书系

哪家的闺女这么想被干啊？是不是一头恐龙啊？我吐了一口痰。去东元水库洗澡的女人多半包裹得结结实实，偶有穿连身款式泳衣的，也是貌比无盐。为了防止下游的男人心生不轨，石坝岸边有几个面目可憎的大婶望风。这难不倒我们。我们可以远远地下水，嘴里含一根苇管，头顶半个西瓜皮，一直潜游到离她们几寸处。

恐龙倒不是。也不是闺女。许远撸撸已经空空荡荡的鼻子，从口袋里掏出一盒图钉，把它们一只只抛向大街，慢条斯理地说道，是周小燕的妈。这个骚货一下水，水库里的水温都要上升好几度。

话不必说得这样夸张吧。我的小腹处生出一种莫名其妙的热气腾腾的欲望。我舔舔嘴。我说，马国强，许远这么说你未来的丈母娘，也未免太不给你面子吧？

马国强没理我，蹲得跟石头一样。我自讨没趣，又开腿，骑车走了。

我不大想去东元水库。我念初二时，岳非在那儿淹死了。当时，我们交情不错。我们常一起逃学结伴到处游玩。岳非的胆儿不知为何变得很大，还把蛇捉到教室里来，那是一条在冬眠的蛇，一条三角形的扁头蛇。全班女生吓得乱窜。岳非为此被学校记了一小过。

初二上学期，我被唐昆打了。唐昆说，我看他的眼神很恶毒，要让我学会尊敬长辈。

岳非正好路过现场，见我被打得神志恍惚，摸起块石头，挤入人群。石头结结实实砸在唐昆脑门上，让这位嚣张的同学体验了一回脑震荡。头上扎着绷带的唐昆从医院回来后，说要砍了岳非的手。我去找马国强。马国强已经辍学。马国强的爸前两年死了，喝醉了酒，想与工商所的人动手，被工商所请来的临时工一棍子敲后脑勺上，那蒲扇大的手掌从此成为人间绝响。马国强的妈管不住马国强，抹着眼泪，带着马国强的妹妹回了山东老家。马国强在社会上跟着一个绰号大飞的人混，常会回到学校看看我们，顺便物色几个敢打敢杀的小弟。

马国强说，唐昆是徐胖的外甥。这事难摆平。我说，你对大飞吱一声吧。我也对岳非说一下，叫他去道个歉。马国强说，好，我试试。过两天，递来消息。说徐胖与唐昆在金叶酒楼，叫我带岳非过去。我拉岳非过去。岳非说，我不去。怕他们个鸟？来一个，砍一个；来一对，剁一双。岳非拍拍后背。那里面藏着一把磨得锃亮的菜刀。我说，算了。那我去吧。岳非，你去找死啊？我说，那怎么办？岳非抠抠头，抠出一片片头皮屑，叹道，算了，一世人俩兄弟。我们一起去。

到金叶酒楼门口，我的腿发了软。大飞与徐胖是江湖中的传说。我问岳非，紧张不？岳非说，紧张。我说，等会儿你别吭声。我来撑场面。岳非笑起来。进了屋，大飞坐在圆桌边，有一张死人脸。马国强站在他身后。徐胖坐在大飞对面，笑容可掬。屋里还有十来个人。就大飞与徐胖坐着。一个口鼻流血的人捧着脑袋古怪地瞥了我们一眼，退出屋外。唐昆靠在墙壁上，看见我们，蹦过来，张嘴骂道，还不跪下？我们都没动。徐胖弹弹手指，大飞，我的人犯了错，现在他已主动承认了错误。你的人打了我的人，这账怎么算？大飞不吭声。徐胖一拍手。徐胖身边走出一个

当代中国最具实力中青年作家书系

人，走到屋子中间，解开裤子，在地上拉出一堆屎。徐胖说，大飞，我提个建议，你做的辣椒生意算我一股，你也不吃亏，我搞的搅拌机同样算你一份。大家兄弟，一起发财。打打杀杀，没个屁意思。

大飞的脸拉得比死马还要长。

我去看马国强。马国强垂着眼。我咽了一口唾沫，心知大事不妙。徐胖打算要我与岳非吃屎？马国强这缩头王八叫我们来，是把我们当枪使啊。我×他妈。我×他全家。我摸住藏在口袋里的锥子，身子发颤。大飞还是一声不吭。岳非的脸比雪还白，突然说道，徐胖哥，这事是我做的。我也不是大飞哥的人。我给你赔礼。岳非拽出那把菜刀，左手往桌上一放，咔嚓一下，剁下了尾指。岳非真狠。满屋子的人不说话了。岳非的血滴在我的球鞋上。岳非的牙齿在打架，牙齿缝里挤出三个字，够不够？

徐胖嘿嘿一笑，没再说什么，起身走了。

因为这事，我好长一段时间不再理马国强。马国强来过学校几次，说要收岳非做小弟。岳非没理他。我对许远说，以后，你也甭理那孬货。许远说，你懂个屁。这次若不是马国强罩你，你都被徐胖阉了。你以为岳非剁掉一根半厘米长的小指头就牛×？我告诉你，他是傻×。

说实话，我真弄不懂这里面的复杂关系。唐昆与徐胖没再找过我们的麻烦。岳非的名气一下子大起来。我跟着沾光。我们进金叶酒楼的故事在学校里变成神话。岳非长得帅，眉清目秀，脸上还有小酒窝。班上一个胸脯大大的女生老有事没事把胸脯往岳非身上蹭。岳非没感觉，厌恶地走开。我有，我偷偷捏了一把，哈，手感还真好，害得我一个星期没舍得洗手。

我以为我与岳非会做一辈子兄弟，一起在秋日的山上捡板栗，在水里捞青色可以看见内脏的小虾。我没想到一个人竟然可以像我们摁死蚂蚁一样被老天爷轻易地弄死。

岳非的水性不错，在水底能憋一炷香。但他还是死在水里，死得很奇怪。当时，很多人都在水库里游泳，我也在。等我钻出水底回到岸边穿上衣裤准备喊岳非回家，听见还在水里游泳的人惊呼，有人死了。我倒没被死人的事吓着。大家都说东元水库里有一只水鬼，每年必定捉一只替死鬼，但只捉一只。所以，若哪年水库淹死人后，去那儿游泳的人数反而更多。我怎么也没想到今年的替死鬼是岳非。我飞快地跑下草坡。岳非趴在一个男人的膝盖上。男人用巴掌不断拍打岳非的后背，嘴里喃喃地说没救了。我的胃部如被拳头击中。岳非嘴里漏出几滴浑水，嘴边还挂有几缕青草，面容很安静，似睡着了。溺水的人本该是脸庞青紫双眼充血。这让我感到害怕。

岳非死后，我很寂寞，过了大半年，才恢复一点元气，不过身上再也没有了那份天不怕地不怕的张狂。我总觉得冥冥中有一双眼睛注视着我们这些活在地上的人。若惹他不高兴了，又或者说他喝醉酒了，他便张嘴一吹，把我们中的某个人从这个世界里吹掉。我开始一个人上学，一个人回家。我稀里糊涂地考上一所普通高中。我妈说我懂事了。其实我不是，我只是想找点什么来填充那空得可怕的心，那些公式定理也是很好的砖头。我常在夕阳下的山坡上坐，打量着这个我不理解的世界。有时，我会哭。我不明白我为何会哭得这样伤心绝望。我又没死爹死娘。我为何

当代中国最具实力中青年作家书系

会感到一种彻底的寒冷？那种要让骨髓也冻僵的冷。

我哭完后，就去那些阴暗的小录像厅花五角钱看一场淫秽录像，看那些女人白花花的大腿，也看黑乎乎人群中我的头发已经斑白的物理老师那颗硕大的头颅。我一边手淫，一边吐痰。我对自己说，于志军，你他妈的真不是东西。

那天下午，我与马国强分手后，在人民大道汽车站门口看见一个女孩的背影。我在这一刹那可能被鬼上了身，可能是因为被许远的那番话烧晕头，我就觉得这女孩走路的姿势特别好看，特别轻盈，特别地美，那在素白印蓝花连衣裙外甩动的胳膊与腿，特别香，特别白，特别嫩，特别有气质。我的身体在那一刻爆炸，眼前出现一根根明亮的光线。那是一条下坡的路，我加紧蹬了几下踏板，直撞过去。天空消失了。四周青白。我在这团青白里转了几转。女孩哎呀一声叫，滚成一团。单车散开架，前面的车轱辘摇摇晃晃从三脚架底下钻出来。我扔开它，咽下已涌至唇边的喜悦，也按捺下胸口莫名的害怕，跑到女孩身边，就问，你没事吧？

女孩扬起头，湿漉漉刚洗过的乌黑头发在空中飘荡，一点点洒落下来。是的，一点点洒落，像小雨一样洒在我脸上。时间静止了。街道两边火柴盒一样青灰色的房子从身边流过，流入一块青白色的幕布里。是周小燕，已经长成大姑娘的周小燕。她眼睛里涌出晶莹的泪水，说，于志军，你没长眼吗？

周小燕是小学到高中唯一一直与我同班的同学。我还是第一次发现她原来是这样美，美得让我屏住呼吸。我真他妈的瞎了眼，还四处寻找双儿与阿珂。真是踏破铁鞋无觅处，得来全不费功夫。

我的指尖发了烫，身体里有一锅沸腾的开水。我都想伸手去摸她鲜嫩的唇，哪怕被她咬掉手指头，也心甘情愿。我胡思乱想，结结巴巴地说道，对不起，我不是故意的。

我知道你不是故意的。我的腿出血了。周小燕说，你扶我起来啊。

我扶起她。当她温软的身子跌入我怀里时，我流了鼻血。我没说假话。在懂得人还有性的需要后，我还是第一次真刀实枪触摸女孩子。我忘了去擦鼻血，呆呆地看着周小燕颈脖处那细细的近乎透明的茸毛。她的脖颈修长挺拔，光泽比玉石还要温腻，耳垂是两颗盈盈下坠的水滴。于志军，你有眼无珠，这么好的货色也会让那个脸上长满紫色瘢疤的马国强霸占，对不起国家，对不起人民群众。我脸上的肌肉在扭曲，先是点后是线再是面，就拧开了嘴，往上拧，拧得越来越大。我脑袋里传出一个细微几不可分辨的声音，好像是用锤子砸碎鸡蛋壳。

周小燕被我撞瘸腿，站不直身，一只手扶住我肩膀，脸容痛苦。我为这种情况的出现感到狂喜。这是我在那些粗制滥造的小说里百读不厌的情节。我立刻按照那些无良作者的教唆，用不容置疑的口气说道，我背你去医院。

我背起周小燕。她在我背上没有一点重量。我好像在飞。在一大团光里飞。我觉得身体都已被一种莫名的力量分解成光线。我向上帝祈祷，希望他老人家赶紧把医院搬离地球，最好搬到猎户星系以外。我对自己不停地说，千万要镇定。诸葛一生唯谨慎，吕端大事不糊涂。我对老天爷说，妈的，你把马国强摁死吧。反正你精通这活儿。

当代中国最具实力中青年作家书系

周小燕的鼻息均匀地撒入我衣领里，是一粒粒烤熟了的芝麻粒，有着非常好闻的香味。我飞快地跑，模模糊糊地意识到自己可能撞到一种让人柔肠百转生死相许的东西。我把周小燕送入医院，像一条神情呆滞胡乱撒着蹄子的狗乱窜。当穿白大褂的医生宣布周小燕只是骨头脱臼，我感到万分沮丧。为什么她没被撞断腿，就如小说中讲的那样，好让我守在她床边彻夜不眠还紧握着她的小手。我痛恨起这位在几分钟内便替周小燕包扎妥伤口并接好脚踝关节一脸慈祥的老男人。我用恶狼般的目光紧紧盯住他脸上的每一道皱纹。他没读懂我的眼神，随口问道，这是你妹？

　　我脱口而出，女朋友。

　　周小燕的脸迅速发红。老男人嘿嘿地笑。门诊里的那些护士全笑了。我难为情。老男人笑着摇头把我俩赶出医院。我听见那些长舌婆在互相叹息，现在的小孩子真是不得了。这毛都没长齐呀。我很想冲回去在她们面前一边脱裤子一边大吼，老子的那东西绝对你老公的大。但我没有，我已经知道这世上许多事只能在肚子里说，不可付诸实践。我望着周小燕。她使劲儿地走。我有点跟不上她的步伐。我说，你慢点行不？别又扭了。我还真是乌鸦嘴，周小燕马上传出一声闷哼。哪个王八蛋故意把图钉扔在街上？图钉刺穿周小燕脚下的凉鞋。那双褐黄色的软底鞋。鞋袢上还各有一只翩翩欲飞的蝴蝶。周小燕蹲下身，苦起脸，嗔怒地说道，我真倒霉。于志军，都怨你。我赶紧蹲下身，替她取出图钉，说道，是，都怨我。你没事吧？要不，我再背你回家去？周小燕的脚美得出奇，趾甲晶莹，脚趾圆润，足弓向上弯起，足踝光滑纤细。这世上最幸福的事就是做她脚上的这两只凉鞋。我把图钉扔向远处。图钉尖上有了一滴血，这是一根长图钉。

周小燕的脸瞬间红透，你这人坏死了，要烂舌头的。

这时，我看见曾民权。曾民权骑着一辆锃亮的凤凰车晃晃悠悠。我二话不说，冲上前，拽下他。曾民权在念重点中学，但我们还在同一个院里，抬头不见低头见，虽然话说得少，这张脸还是熟悉。樊梨花老说要我向他学习，曾民权的妈也老跑过来向樊梨花与于唐炫耀他儿子的成绩。我说，民权，借车一用。急事。曾民权松了手，看着我跳上车，看着我跳下车，看着我把周小燕抱上自行车的后座，看着我蹬着车朝周小燕家的方向狂奔，也看着周小燕慢慢伸出手搂住我的腰，把头贴向我的背。

几个星期以后的一个夜自习，马国强找到我。我在教室里看书。周小燕坐在我前排看汪国真的诗集《年轻的潮》。马国强大踏步冲进来，脸上的瘢疤发出青光。他一脚踹翻我的课桌，拽住我的衣领，甩手一巴掌。我没还手，我知道迟早有这一天。

教室里的同学立马收拾书本走掉了。偌大的教室只剩下我、马国强、周小燕，还有跟在马国强身后进来的许远。

许远伸出食指点着我的鼻尖，往左边摇了一下，往右边摇了两下，冷笑，于志军，你牛啊。大嫂你也敢泡？

我说，狗屁。她是她自己，是周小燕。

马国强又扇来一记耳光，嘴里喷出呛人的酒气，眼睛里有一条愤怒的毒蛇，于志军，你对周小燕说一声，你没那个意思，你不过是在闹着玩。我仍当你是兄弟。

我说，有这样打兄弟的吗？

马国强松开手。我整整衣衫，说，我爱她。

当代中国最具实力中青年作家书系

马国强两眼冒出奇怪的光，一拳击出。我仿佛听见胸口骨头碎掉了。我仰面跌倒，但不觉得疼。我看见周小燕双手捂脸，肩膀耸动，指缝里涌出为我流下的晶莹眼泪。我说，马国强，有本事，你今天把我打死。我不还手。

　　许远笑了，有种。不过，于志军，你没听过兄弟若手足，女人如衣服吗？这满校的女生你看上谁，点个头，我替你摆平。你何苦呢？

　　我爬起身，墙壁托住我。我抹了一下嘴边的血，笑道，满大街没少见缺胳膊少腿的残疾人，但光着身子裸奔的也就你许远干得出。

　　马国强暴怒，于志军，我知道你会甜言蜜语。小燕就上了你这当。老子打断你这满口白牙。马国强的拳头击中我的鼻子。我吐出半粒牙齿。我说，你的劲太小了。

　　我不知道自己是怎么了，体内有一个魔鬼在说话。肉体好像不见了。我真的一点也感觉不到疼痛。我还有闲情扭过头去看窗外那比墨汁还浓的夜色。它们在阐述另一个世界，一个让灯光永远也无法理解的世界。我不明白那里面的法则。

　　我说，马国强，对不起，我确实喜欢小燕。你可以打死我。但你没法改变这点。

　　许远笑了，于志军，你真贱。周小燕早就让强哥玩烂了。你这样喜欢烂货啊？许远话音未落，马国强反腿侧踢，已把他扫翻在地。闭上你的臭嘴。马国强怒喝。一直恸哭的周小燕腾一下站起身，身子发颤，许远，你别血口喷人？我什么时候与他好过了？马国强，你说，我什么时候与你好过了？你们还要不要脸？

　　马国强的眉跳了跳，小燕，你现在说，你要他，还是要我？

周小燕不吭声，一点点扭转身，扶住摇摇晃晃的我。马国强一声怒吼，一拳砸出，砸向课桌。课桌碎了。马国强抄起半边木板啪一下敲在自己头顶。木板断了。马国强满脸是血。马国强没再说话，转身回走，走到门口，脖颈一挺，头往教室的墙壁上轰然一撞，墙壁坍塌了一大块。在教室外观看的人尖叫一声，纷纷避让。宛若凶神恶煞的马国强扬长而去，楼梯淹没在他巨大的脚步声中。许远从地上爬起身，看看紧紧拽着我的手的周小燕，哼了声，婊子。

　　许远也出去了。周小燕猛地死死地抱住我，嘤嘤哭道，他们凭什么？凭什么？

　　我也不知道马国强凭什么。我们穿开裆裤的时候，周小燕确实是马国强的鼻涕。周小燕念初二时被高年级的男生骚扰，也的确亏了马国强摆平。但这能说明什么？

　　我说，小燕，别哭，我会一辈子都对你好。

　　我轻易地许下诺言。我并不知道诺言的重量。

　　我曾对着墙壁说，若那天，我没撞上周小燕，我也会撞上别人，然后爱上她，就像爱周小燕一样。

　　我曾对着墙壁上各种五颜六色的广告说，我的爱，只是身体的渴望，并非因为周小燕这个人而发生，是它本身需要发生。如果这个世界上根本没有周小燕——周小燕不存在——同样会有别的肥料让爱这颗种子发芽，再一点点长成树。

　　我曾对着墙壁外的天空说，周小燕是一块肥料。女人都是肥料，手是肥料脚是肥料眼睛是肥料鼻子是肥料嘴巴是肥料乳房是肥料大腿是肥料。任何一个女人的任何一个部分包括她们所谓的心灵也都是肥料。她们是男人的过程，一个接一个的过程。

但我骗不了我自己。我深知，我并不明白爱是什么，不要说那时，我现在对这个词也一无所知。我不懂得爱，一点也不懂。我只是难过，非常难过。

我在许许多多个深夜里放声大哭，心底落满尘土，衣裳落满了悲伤的月光。我已经略知一点混沌学，也稍稍读过拓扑理论。如果我不撞上周小燕，那么我不会是现在的我，整个世界都可能不是现在这个模样。或许它会变得很好，不会充满污垢与粪便，充满欺骗与暴力。我放声大哭。我一脚踩在时间的暗处一脚踩在时间的明处，踉踉跄跄，跌跌撞撞。原谅我，原谅我，原谅我。我在心中狂叫，眼里嘴里耳里是黏稠的血。我真想把这几个字从这世上所有的书本里抠出来，塞入自己嘴里用牙齿咬用喉咙咽用肠胃消化，再从肛门里排泄出来。原谅我，原谅我，原谅我。我那时只是一个不懂事的孩子。

还是那个夏天的某个晚上，也是在夜自习结束后，我与周小燕因为一件小事吵了嘴，没送她回家，跑去街头游戏机厅打魂斗罗。在我玩得最开心时，周小燕被马国强、许远糟蹋了，就在那间有祠堂的小巷里。

一直到死，她都在喊于志军。如果她不喊于志军，她不会死。她把马国强气坏了。她真蠢。这是许远在审讯室里交待的。许远说，当时，他们喝得太醉了。许远说，他没干别的，周小燕挣扎得太厉害，他就帮马国强按住周小燕。许远说，周小燕的妈都被那么多男人睡过，周小燕干吗不肯让马国强睡呢？许远又说，警察叔叔，我可以回家了吧。警察都笑了。马国强什么话都没有交待，也没法交待。他本来已经跑路了。许远送他坐上去省城的早班车，可他发癫又跑回到周小燕死去的地方。当警察围上来时，他一头撞向祠堂的墙壁，脑袋马上碎掉了。

　　我凝视着杯子里已经凉了的黑黝黝的水。它们比铅还沉。我得离开上海。我已在上海呆了一年，该离开了。也许上帝在惩罚我，不管在哪儿呆，顶多一年，我即会想起这些往事。它们是一个个附骨之疽。我吸吸鼻子，行囊早收拾好了。在床底。里面装有一件七匹狼双面夹克、一件金利来衬衣、一条九牧王西裤、两条真汉子内裤、一把西门子剃须刀、一台IBM手提电脑、几盒药、一本蘅塘退士在诗歌海洋里打捞出的《唐诗三百首》、一个空白日记本。日记本里夹着一支笔、一张身份证、一张余额为一万三千块的建行龙卡。至于其他东西，我想房间的下一个主人会喜欢的。我掏出手机，想给我的朋友打个电话。屋外传来敲门声。我开了门，是杨婷。我的肺部顿时鼓胀起来，像被刀剖开肚子的鱼的鳔。

　　我说，你咋知道我住在这里？

　　我问了问你那位朋友。杨婷笑了笑，打量了一眼我的房间，不欢迎？

　　欢迎，就怕弄脏你。

　　倒也弄不脏。不过味道确实挺臭。真佩服你。杨婷咯咯乐了，算了，你还是陪我到外面走走。

　　我点点头，脑子里面的重量一下子都不见了。

　　我们一前一后来到地面。我的胳膊与腿如同钟表里的齿轮节奏分明。我看见密密麻麻朝着夜穹尽情伸展开身躯的树的枝丫。它们散发出的脂粉香味与罂粟一样荡人心魄。胸口阵阵发麻。在屋顶刮下来的风比野兽还凶猛。地下室的出口处静静地停着一辆

当代中国最具实力中青年作家书系

黑色奥迪。我说，你的车？杨婷说，会开吗？我又点点头。杨婷把车钥匙抛给我。钥匙在黑暗中划过一道光，触手冰凉死寂。我发动车子，说，去哪？杨婷关上车门，闭上眼，良久慢慢说道，随便。

四

二〇〇五年大年三十的黄昏。

我与杨婷并肩坐在金山的大黑石头上。一只金黄色的老虎慢慢消失在空气中。巨大的青被风包裹住，整个的山变成一块静止的布幔子。我落了眼泪。我脸上有一个硕大的锥形鼻子。我时常隐藏在鼻子下，活像隐藏在灌木丛里的一只兔子。

我说，你知道吗？我一直希望能住进一间房子。房子的窗户外面是一大片水，但它不是朝向水，是朝向我内心的花园。我一直没找到这样一间房子。我只有满脑袋的砖头。死者是对生者的惩罚。记忆可以杀死人。真的。我不骗你。你说，我还可以逃到哪里去？

我不知道。我甚至不知道"我"是什么。我最能偶尔抓住别人嘴里的那个没有重量的"我"。相对于这一点而言，你比我幸福。杨婷脸上没有表情，喃喃说道，我们做爱吧。你消失在我身体里。我消失在天空里。天空或许会消失在时间里。

杨婷弄乱头发，妩媚地笑，看着天空的眼神亮得很。远方的山在早早浮出的群星之间高高飞翔，泛出微蓝的光芒。杨婷说，于志军，你的阴茎凉得像一小块冰。四周暗下。暮色把鸟赶回树林。我捡起地上不知是谁遗留下来的矿泉水瓶。里面犹有半瓶水。

我喝了一小口，递给杨婷。杨婷喝了一大口，说，没人愿把它带回山下了。

我点点头说，是的，它没法回到山下。我抹去杨婷脸上的泪痕，要不，你把它带回去吧。

我怕老。杨婷垂下眼帘低声说道，志军，你听，那只老虎在叫。

当代中国最具实力中青年作家书系

却把青梅嗅

一

　　过去，梨桥县的女装店一般在人民路上。路两边是农业局与公安局的围墙。后来拆盖出两排平房，十来平方米一间。店口焊起灯箱。灯箱上写了丽人或美美之类的汉字。杉木板店门，刷着暗红色的漆。漆上面是小孩子用粉笔与墨水绘出的各种涂鸦之作。旁边糊着对联。对联一年年地糊下来，有几厘米厚。店里没有装修，三面墙壁上贴着从百货商场买来的那种淡黄色的纸，也有人用白纸或报纸。每扇墙壁上各钉着两根自来水管，上下各一根。上面挂上衣，下面挂裤子。因为要充分利用营业面积，店中间还摆着两个铁焊的架子，上面夹起胸罩、内衣。这样还不够，还得在门口弄一个木柜台，摆上发夹、梳子。到早上八九点钟，妇人开了店门——她们晚上得住在店里。木板间的缝隙太大了，坏小孩会在半夜拿树枝挑走店里的衣服。若打算换木板门，那要花一笔不小的钱。

妇人把门板收起叠在灯箱下方，趿着拖鞋互相打招呼，再揉掉眼角的眼屎，往小吃店蹀去。小吃店的桌椅摆在外面。妇人要了一块钱一碗的米粉，慢慢地吃。若是昨天的生意好，又或者是昨天晚上的心情好，她们会多要一碟一块钱的牛肉或猪杂。吃过早点，妇人回到小店，收起单人钢丝床，把墙角的铁架子拖回中间，被褥塞入木柜台下层，塑料模特搬到店门口，左右各放上一个，再找出一把藤椅，摸出一本琼瑶、席绢或岑凯伦的小说，坐进去，两只腿惬意地叠起，脚尖轻轻抖动。生意上了门，妇人的脚尖往店里点了点，算是打过招呼。客人蹀进去，这件摸摸，那件摸摸。有的隔不多时走出来去隔壁。有的就指着一件上衣说，"这件拿我试试。"妇人理了下腮边落下的鬓发，慢慢搁下书，举铁叉子叉下衣服，在客人身上比划，说，"这是刚进不久的货。广州最流行的。瞧，它的腰掐得多好。是拿着剪刀贴着你的腰裁出来的呢。换上试试？"

更衣室是用布在墙角拉出半圆的一处幔子，上面用铁丝串着，个把平方。客人窸窸窣窣换好衣服，挺起胸脯走到店门口斜放的长镜前，捏住衣角上看下看。镜子窄长。这样显得人苗条，因为看不到全身，衣着上的缺陷不易显露。客人又再试了几件，捡起其中一件说，"多少钱？"妇人说，"六十。"客人说，"太贵了。那边店里相同的款式才喊价三十。"妇人说，"我给你三十，你帮我进货吧。"客人不言语，抓起第二次试穿的衣服说，"这件的做工多粗糙，还有线头呢。"妇人随手掯掉线头说，"哪有没线头的衣服？你要是真心想买，给个价。这件进价一样，算你五十。"客人说，"五十，太贵了，顶多三十五。"妇人露出为难的表情，说，"我翻进货单给你看。衣服进来的就是三十五。我总要赚两个路费。"

当代中国最具实力中青年作家书系

妇人在木柜里翻出一叠格子纸，找出其中一张，指着其中一行念，"涤纶纺束腰。你看看，是不是三十五？是不是三十五？"客人说，"那就四十。最多四十。"客人放下手中衣服，提起坤包。妇人皱眉，等客人的脚迈出店门，便喊，"算了，开张的生意，赚个路费图个吉利。"客人基本上是不买第一次试穿的衣服。妇人也总是在"开张"中。哪怕到了晚上七八点钟，妇人也这样说。这就有点好玩。若每次妇人只赚了路费，哪来吃早点的钱？

到了九二年夏，公安局要盖新大楼，平房被拆掉。路东边的女装店的妇人们很郁闷，坐半夜开往省城的长途班车进货时，遇到仍在路西边农业局开店的同行，就开口抱怨，说，"过去的地段是金口银岸，现在连一块钱的粉也吃不起。你们就好了，打开门，钱就往里面淌，挡都挡不住。"这边的妇人就笑，说，"街旺一条。你们走了，我们这边的生意也差了。农业局又要提租金，真是没法活了。"又说，"等公安局大楼建起来，你们再买间店铺搬回来。"这些妇人的话不能当真，她们的语气是有那么一丁点幸灾乐祸。何况要买公安局的一间店面要七八万块钱。这不纯粹气人嘛。偶尔去省城进货的人太多，开女装店的同行们为座位争执起来，一个说，"我先来的，我的推车都放在上面。我去解了下手，哪个王八蛋就把我的推车扔在过道里？她生的孩子会没屁眼。"另一个说，"谁晓得你搁在哪？我来时，座位上没东西。有本事就憋着，最好是憋出直肠癌。"就升级成漫骂。妇人骂起架来真是特别厉害，让异乡来的木竹客商们瞠目结舌。异乡客听不大懂那些不堪入耳的乡音俚语，但妇人会唱歌，把脏话编排成曲儿骂。好奇的异乡客要求同座的年轻人翻译。年轻人就笑，指指这个妇人说，"她要把军舰开进那个女人的 × 里。"又指指另一个妇人说，"她说这个女人的 × 味道太重了，连老鼠都不愿啃。"满车人哄笑起来。这是很奇怪的事。大家过去是不笑的，觉得这些骂词很正常。可能是因为这次翻译成普通话。那个年轻人太刻薄了。妇人红了脸，灰溜溜地跑到车厢前部，拿了把塑料小椅子坐了。

从梨桥县到省城有二百七十公里，坐长途班车要走九个小时，是山路，都是从大山深处撸出的肠子。遇上下雨天，要走十几个小时。进货的妇人就要在省城住一夜。一般住五块钱一夜的小旅舍。有的妇人住了几夜后，就回来盘掉店，去省城做生意。大部分做早点生意，梨桥县的粉很好吃，不管炒或煮或凉拌，一根根粉条透明洁白，细嫩结实。撒上红辣椒末，再加一点绿色的葱花与黄色的姜末，真是太好吃了。省城人好这一口。就是辛苦，做上一年，再好看的妇人都会面庞黝黑嘴角溃烂手掌皲裂。这倒不算什么。最烦人的是要被市容监察大队的人追。他们跟梨桥县深山里的野猪一样坏，要掀掉米粉摊子，还要把人捉起来，叫家人拿钱来赎。一年的辛苦就白搭了。就出了件事，一个妇人被捉后，再被家人领回梨桥，就整天光着身子在街头走来走去。梨桥一中每天早上七点半都要把全校学生集中在操场上举行升旗礼。有个秋天的早晨，风微而寒，她居然就这样一丝不挂地跑进来，还朝冉冉升起的国旗行礼。校长脸都气歪了。大家说她是被省里市容监察大队的人糟蹋后就发癫了。也听说有妇人是去省城做皮肉生意，但那要眉眼长得特别好的。这些妇人回来后，脖子上挂起特别粗的金项链，有的还戴一两重的金手镯。但梨桥县的人会戳她的脊梁骨，说某某人家的脸全被她丢尽了。话虽如此，她们走在路上，个个腰细腿长，神气得紧，嘴巴涂得鲜红，手里拿着一包

当代中国最具实力中青年作家书系

葵花籽，见人就大声地笑，把葵花籽壳吐得满地都是。

　　夏天是女装店的淡季。女装店门口的法国梧桐树下摆起一长溜的桌子。妇人扔掉闲书，聚在一起打麻将。用扑克牌当筹码。一天输赢在十块钱左右。麻将稀里哗啦地响。妇人的手指细细长长，脸庞白白净净。梨桥县的水土太养人了。外地来的木竹客商们走在这里挪不动脚，走到某个妇人身后去看，看了一会儿说，"打这张。"妇人依言打了，转过圈和了牌，眉毛飞起来。又打过几圈，木竹客商的腰越弯越低，嘴巴几乎要贴住妇人的脸颊。其他妇人见这个木竹客商的牌技着实高超，说，"有本事，你自己上来啊。"客商就笑，说，"好，输了算我的。赢了算她的。"那妇人让了座位，还给客商端来茶水。客商打麻将，像在变魔术，不看牌，也不理牌，手指在牌面一摸，就打出去。没多时，面前堆起一大沓扑克。打过几圈，另几个妇人不肯了，说，"不行不行。这样打，没劲。"客商就起身让出座位，在小卖铺买了冰淇淋还有其他的零嘴儿，拿来散了。妇人们吃得眉开眼笑，问客商是哪里人，来梨桥做什么，是否愿意在这里入赘？说到"入赘"，妇人们一起哈哈大笑。客商也笑，说，"好啊。你们帮我介绍。我封红包。"这样来往了几日，能听到一些趣事儿。客商在打麻将，某个妇人的老公骑车赶来，一个巴掌把客商打在地上。妇人们装模作样去拉架，嘴里还故意说一些挠心窝的话，"哎哟哟，×又不是洗衣机，哪会用得坏？着啥子急嘛。"那个与客商有奸情的妇人生了气，说，"你的×才是洗衣机，臭袜子也往里扔。"男人不理会妇人之间的争吵，红着眼珠，奋力把客商敲成猪头，问怎么解决？客人叹气，说，"用钱解决。"这就好商量了。也偶尔遇到过不解风情，不肯用钱解决，甚至还扬言要告到县政府的。那男人就扒掉客商的裤子，绑在树上，还在客商下身涂蜜糖，让蚂蚁爬上来。结果，客商掏钱比谁都快。客商在事后果然告到县里。可大家一口咬定，是客商自己脱了裤子与蚂蚁玩，人家外面大地方的人就喜欢这种感觉嘛。"哎呀呀，真是太变态了，太恶心了，太龌龊了。"妇人们说得绘声绘色。街对面公安局里出来的人一边做笔录，一边偷笑。这事就不了了之。来梨桥县的木竹客商老实一阵子。过了半年，就又不老实。这时开店的妇人多半已换过一茬——她们像春天的韭菜。然后事情继续发生，大家继续看热闹。但让人吃惊的是：从来没哪个妇人跟客商跑了。偷情可以，跑路不行。白皙而纤细的妇人们洗着麻将，嘴角不屑地撇出清浅的笑意，说，"一个做生意的外地佬，没根没底，红口白牙的，谁信得过呀？跟他走，被他卖了还得帮他数钱哩。"

二

九三年初秋，公安局的房子终于盖起来，有七层，比百货商场高出一大截，面积非常大，底下共有十五间店面，每间面积约在三四十个平方。最大的一间有六十多个平方。大楼造型颇为独特，主楼呈圆柱体，巍峨挺拔，旁边又有两矮楼为附庸。路西边的妇人们交头接耳，窃窃私语。公安局政委晚上带着女儿来买女装，说这大楼是正义之剑。什么剑作为古之短兵，其身双刃，端尖为锋，既可横斩，又能直刺，或还用于投击……妇人们的嘴笑歪了。那女孩儿还是大学生，不知道什么东西这样好笑，去牵妇人衣衫角儿。促狭的妇人见政委去了隔壁衣店，便指着那大楼，拖长声调抑扬顿挫说道，"男根呀。没见过？"女孩红了脸，呸了口唾沫赶紧跑掉。大楼外墙壁贴满马赛克，窗户上嵌深蓝色的玻璃。在靠北边还有一堵巨大的玻璃幕墙。阳光照着，像照在湖水上。每间店面都装有铝合金门。层高有三米五，可以隔成两层，上面一层住人或放货。这与路西边的女装店比起来，一个是凤凰，一个是麻雀。"知道吗？一平方卖一千多。"妇人们竖起两根手指，眼里尽是羡慕，下了结论，"买得起的人，只能是有头有脸的人，他们有钱。咱们只能租了。唉。"有熟悉内情的妇人说，"你租得起吗？每平方米每月要十五块钱。吓死人。"也有妇人说，"秦哥买了一间。还是那间最大的。你们说，他买店做啥？"熟悉内情的妇人说，"你懂个屁。不是秦哥要买的，是公安局欠了秦哥的沙石款，拿这间店充当尾款。"

几天后，一家叫成衣坊的女装店开了张。老板拆掉原装的铝合金门，换上落地玻璃，还用一种红颜色的铝塑包门脸，招牌非常精致，上面还缠霓虹。霓虹伸展到店面口的法国梧桐树上。到了晚上，远远望过去，就跟舞台一样。"成衣坊"三个字也是霓虹做的，还会变颜色，红橙黄绿蓝，闪烁不定。梨桥县人赶来看新鲜。真奇怪。里面的衣物少得出奇。三面墙壁上钉着实木板。木板里挖出洞，里面藏着小灯泡。衣物摆放得很古怪，挂在木板上，还把一只袖子用衣夹固定。店中间不见那种粗糙的铁架子，是两个三层凸字形的木柜台。老板是一个女孩儿，大约有二十三四岁，大家叫她阿莲。阿莲穿旗袍。旗袍上的叉开到大腿根部。阿莲涂口红，绘眼影。眼影会闪蓝色的光。阿莲还抹了脂粉，抹得香香的。头发像是河水里赤裸的水草，一层一层地缠绕上去。这是新娘子的打扮呢。难道这家成衣坊是她的老公不成？小孩子在门口笑得打跌。阿莲嫣然，牙齿白白。阿莲摁着打火机去点爆竹。爆竹缠在竹竿上。好长的爆竹，里面还混有几个粗大的二踢脚。梨桥人过年也少有人打这样大的爆竹。大家用手捂住耳朵。爆竹响了。小孩子撅起屁股去抢地上没炸开的爆竹。在门口簇拥多时的人流哗啦一下倒进店内。阿莲嘴角噙笑，在店门口与人打招呼。她不进店里做事。店面有两个脸庞粉嫩的女孩儿。一个叫张燕。一个叫韦梅。她们忙上忙下，把被顾客弄乱的衣服放回原处。衣服上有价格标签。客人摸摸这件衣服，拿拿那件衣服，问，"打几折？"张燕说，"开业优惠，打八五折。"客人说，"不能打五折吗？"张燕说，"八五折。老板说了，这是开业优惠。以后就不打这种折了。"大部分客人就说，"人多了，明天来看。"然后放下衣服出去。几个样子好看的女人拿起衣服进了后面的更衣室。更衣室前排起长龙。更衣室是用薄丽板隔出，门板上还嵌了两块镜子。张燕说，"我们老板说了，这些衣服，若是你拿回去穿了不满意，只要没弄坏弄脏，三天内可以拿回来退的。不必急着在这里试穿。"

吓，天底下还有这样的好事？那岂不可以只买一套衣服，每隔三天拿回来退，再天天穿新衣服？几个女人交换了眼神，将信将疑。韦梅说，"我们老板说了，做生意讲诚信。说话若不算数，你来砸成衣坊的招牌。"女人笑起来，"哪能砸招牌呢。顶多把你们这个店抢回家。"女人爽快地付了钱，藏好收据，出门时又问阿莲，"三天内可以退？"阿莲笑着说，"三天内包退包换。"人流骚动了。大家争先恐后喊起来，仿佛衣服不要花钱买，一眨眼，店里的衣服空了一半，好像有一个魔术师大驾光临。在成衣坊对面站着几个路西边开女装店的妇人。妇人说，"哪有这样开店做生意的。三天后，亏死她。"有妇人说，"叫你妹妹也来买几件，拿回来退。"妇人的说话声飘到阿莲耳朵里。阿莲恍若未闻，脸上掬起更多的笑容。阿莲真好看，脸是脸，胸是胸，腰是腰，腿是腿。眼珠子乌黑，里面有好多的水，水面还倒映出灿烂的星星。店门口来了几个穿劣质西装的少年，张望一阵，嘎着嗓子说，"有领带扣卖吗？"阿莲说，"我们这只卖女装的。要领带扣，你们上那里看看。"阿莲的手指向对面妇人的小店。一个少年摸摸头，进门转悠几圈，回到阿莲面前说，"阿姐，发大财了，给包烟抽吧。"阿莲说，"抽烟。好啊。"阿莲拿了包红塔山，一人一根散了，说，"以后还请多关照生意。记得带你们的女朋友来。我给你们特别折扣。"少年们哄笑起来，互相推搡。一个理着马桶盖头的少年吸了几口烟，把烟扔在地上，用脚踩烂，说，"阿姐。生意不是这样做的。你吃肉，我们好歹也得抽包烟。"阿莲继续笑，"是啊，你看我这记性。我这就打个电话叫人去买。"阿莲进屋拿起电话，对着话筒说了一会儿，再出门继续招呼这几个少年。过不多时，一辆125型建设摩托轰然而至。车上下来一个瘦高青年。梨桥县人多半认得他，就是那些妇人嘴里的秦哥。秦哥走到几个少年面前，揪着马桶盖连抽几个耳光。另外一个少年想跑，秦哥吼了声，"站住。"那少年不敢动弹。秦哥喝道，"你们跟谁混的？"

"王胖。"马桶盖小声说道。

"好。今天，我替王胖伸手管管。全部给我跪下。跪一个钟。"秦哥的脚踢在马桶盖的膝盖里。马桶盖在地上滚过几圈，没敢说话，老老实实地跪下。几个少年跪成高矮一排。秦哥说，"阿莲，你没事吧。"阿莲就笑，"没事。你来得真快。真是的，毛都没长齐，就学黑社会。秦哥，谢谢你。只是你让他们跪在我店面门前。我还做不做生意了？"秦哥回过头喝道，"跪到对面去。"阿莲笑起来，"算了，小孩子不懂事。原谅他们这一次吧。"阿莲进店拿出一条红塔山，走到这几个少年面前，拉起他们，一人手里塞进两包烟，笑盈盈地说，"拿着。不要再做这种事。不好的。若以后真有难处，对莲姐说一声。"少年不敢起身，更不敢接香烟。秦哥在他们的屁股各踢一脚，说，"莲姐给你的，还不拿住。起来，滚。"少年们走了。秦哥跨上摩托走了。看热闹的妇人眼睛直了。一个妇人小声说道，"这个骚货还与秦哥有一腿啊。难怪这样嚣张。"妇人们散开了。张燕说，"莲姐，你干吗给他们烟呢？你放他们走都已算是格外开恩。谁敢不听秦哥的？"阿莲就笑，"跟你说，你也不懂。燕子，你好好做就是了。莲姐不会亏待你。"韦梅说，"燕子，你真笨。莲姐这叫恩威并施。若这些坏蛋半夜用石头砸玻璃或招牌，或者泼脏东西，秦哥也管不过来。莲姐，你怎么认识的秦哥呀？"阿莲笑道，"小时候的同学。"夜色浓了。成衣坊的生意好得不得了。不晓得这些顾客平时都在哪个猫着，这会儿全出来了。到十一点钟，客人才少了。路西边的衣装店这时早已打烊。阿莲打过电话，秦哥又骑着摩托来了。阿莲招呼两个女孩一起去大排档吃夜宵。两个女孩摇头不肯，吃吃地笑，与阿莲挥手告别。张燕掏出两块大白糖，递给韦梅一块说，"要是哪天，我能像莲姐开这样一家店就好了。一辈子不愁吃穿。小梅，你说莲姐这么年轻，哪来的钱？是不是秦哥给的？"韦梅看了看糖，放进裤兜，说，"燕子，你管莲姐哪来的钱。咱们尽心尽力做，能从莲姐这里多学点本事就好了。"张燕说，"你晓得不，秦哥真有钱。听说这公安局建大楼的沙石，都是秦哥送的货。一车沙在河边拉起来是十五块，拉到工地上转手就是三十五块，钱赚海了。莲姐真是好福气。"韦梅乐了，

"燕子，你不是想去撬莲姐的墙脚吧？"张燕恼了，去撕韦梅的嘴，"你净瞎说。"韦梅跳在一边。张燕抢起手，指向暗处说，"小梅，你看，那个挨打的是不是你弟？"

三

韦梅的弟弟叫韦青，比韦梅小一岁，念高一，被刚才在成衣坊讨烟吃的几个少年按在地上，嘴里发出断断续续的嚎声。马桶盖骑在韦青肚子上，在打他的耳光，边打嘴里还边数数。韦梅急了眼，忙蹿过去，一把拽住那个马桶盖，不知道哪来的力气，马桶盖被她拉仆倒地。马桶盖跳起身，"你妈×。"就想挥拳头。另一个少年拉住他的手，在他耳边嘀咕了声，"这女的好像认识秦哥。"马桶盖的拳头停住了，拳头里伸出一根指头，戳在韦青鼻子上，"妈的，以后放老实点，别让我看见。看见一次打一次。"少年人走了。韦梅扶起韦青，去拍他身上的尘土，"韦青，你怎么与这些小瘪三闹了？"韦青不吭声。张燕说，"这你就不晓得了。这些王八蛋可坏着呢。八一节，一个乡下男人来城里碰上他们，看了他们一眼，被视为大不敬，被打得口鼻流血，还被逼着把他们吐的痰全舔掉呢。"韦梅耳闻过这事，不再言语，扶了弟弟，与张燕说再见。

姐弟俩走到林业局门口，韦青说，"姐，我进去把袖子洗一下，妈看了会骂的。"林业局里有一个厕所，彻夜亮着灯。韦梅点头，跟过去，说，"你到底是因为什么事与他们打架的？"韦青埋头洗衣服，是一件绿军装，洗的次数太多，袖口起了毛，肘关节处还各有两块碗口大的补丁。韦青说，"刚才上晚自习，坐我前排的沈

却把青梅嗅 ⑨1

红问我数学题。我讲给她听。那个马桶盖进了教室，看见了，说我调戏他的女朋友。"韦梅皱起眉，"你就胡说，晚自习上到九点半，现在几点钟了？你还在外面瞎逛，回家后，妈不骂死你。"韦青不吭声。韦梅拽过他的手，说，"你这样洗，哪洗得干净？脱下来。"韦青脱了衣服，双手抱肩。韦青生得赢瘦，锁骨突起来，脸色在灯下甚是苍白。韦青说，"姐，你老板对你还好吗？"韦梅搓揉着衣服说，"好。"韦梅拧开衣服，让韦青穿上，又从口袋里摸出张燕给的糖说，"给。"韦青接了糖，扔进口中。

　　已是仲秋，天地间生出阵阵寒意，那弯月更似一把银钩，望上一眼，便生生要把人的精魂勾了去。月光下有一头头野兽奔走，在悄无声息地吼。那是云，乌黑的云。韦青看了一会儿天空，说，"我刚在店门口看了你一眼。你忙着呢。我没喊你。你老板的店的生意真好。"韦梅说，"刚开张的生意自然好。若能好上一世那才叫好。"韦青突然笑起来，手腕一翻，"姐，你看。"韦青手掌上出现一张十元钞票，边角有点皱。韦梅一愣，"哪来的钱？"韦青笑嘻嘻地说，"这你就不用管了。你把这钱拿着。家里要买点米什么的，能派上用场。"韦梅的眉毛竖起来，揪住韦青的衣领说，"是不是偷的？你若是偷了人家的东西，我把你的手指头全斩下来喂狗。"韦青说，"姐。是我赚的。不是偷的啦。"韦青提起书包，在里面翻出几个竹偶人，说，"我中午放学时到后山拔细竹子编的。晚自习后，我拿到街头去卖，一个卖五毛钱，哈哈，还真有人要。"韦青的手真是巧，月光下看得清楚，这几个竹偶人编得是全须全眉。竹偶人的两只手上还绑了一把小小的青龙偃月刀。韦青嘴里发出呼啸，一只手托起竹偶人，让竹偶人下部的两根线穿过掌缝，再用另一只手去拽线头，竹偶人耍起大刀。韦梅看乐了，马上意识到不对，说，"你上课就在编这东西？"韦青说，"没。我是课余时间编的。放松脑子。功课太紧张了。"韦青看韦梅脸上的神色不对，想把竹偶藏进书包。韦梅夺过来，用脚踩烂，"韦青，你要考大学的。家里不缺你这个钱。以后再编这东西拿去卖，我非……"韦梅说了几个"非"字，没想出该让韦青受什么样的惩罚，心中一急，泪水出来了。韦青的声音小了，"姐。我不喜欢读书。我就不明白，你学习成绩这么好，爸妈还不让你念。我们应该调一下才对。我在外面做事，你在学校读书。你能考上大学的。你中考都是全校第二。"韦梅不作声，低下头快步走。韦青说，"姐，我又说错了什么？"韦梅说，"你在外面做事？你能做什么？挑石灰桶？帮妈妈在菜市场卖杂物？"韦梅摔开韦青的手，"我告诉你，韦青，我知道你在学校里的事。我的同学都对我讲了。你是不是对沈红有意思？放学后，还跟在她屁股后，跟到她家门口。我没对妈说，是不好意思张口。妈赚两个钱多辛苦，你还不认真读书。你对得起妈吗？韦青，你是我弟。我给你说句真话。沈红的爸是供销社的副主任。你以为自己能配得上？她是情窦初开，不懂事。你只有考上大学，去了北京上海，那以后别说什么沈红柳绿，就连桃红，你也能找。"韦梅在韦青脖颈上重重掐了一下。韦青不言语，回头瞪了韦梅一眼，闪入小巷。

韦梅的家在林业局后面的佑民巷里。巷子住了五六十户人家。房屋很低矮，黑色的门、灰色的瓦。间或有一幢二层楼房，里面有未肯熄灭的灯光。在深黑的夜色里，它们如同一大团金色的菊花。那是上学的孩子在做功课。在去年这个时候，韦梅也是其中一个。但没办法，去年暑假，韦梅在搬运站做事的父亲被树压坏腰。那么大的原木堆突然倒下来。医生说，没压死，就是奇迹。韦梅的母亲叫章山兰，哭干眼泪，等到花完家里的积蓄，把瘫痪的丈夫接回家。韦梅辍了学，在餐厅打工做了将近一年。国庆节前夕，看到成衣坊门口贴出招聘启事，进去一问，还真被录用了，工资每月三百，这比在餐厅做事要高出一倍，活还轻松，不脏。

屋里有浓浓的中药味。母亲还没睡，"小梅回来了。"韦梅应了，去厨房开灯，没把母亲留的饭菜拿到灶上热，往碗里倒了半壶开水，稀里呼噜地就着一点咸菜扒进肚，再拿脸盆洗脸洗脚。章山兰在屋里说，"小梅，你把这些东西拿门口倒掉。记得，要倒在路中间。"韦梅倒掉洗脚水，进房端出一盆药渣，用布盖住，出门快步走出巷子口，又再走出五六十米，见四下无人，手腕一抖，把药渣撒向路面，飞也似的跑回家，等关上房门，一张小脸若烧炭通红。把药渣倒在路中间，踏到药渣的行人就会把病魔带走。所以梨桥县连七八岁的小孩看到药渣也晓得避行，再破口大骂倒药渣的人会死全家。韦梅最初不想去，拗不过母亲。章山兰眼泪汪汪，"你就希望你爸死吗？"这话太严重了。韦梅只好去倒。开始倒在巷子口的墙角下，第二天章山兰出去检查，回来就拧韦梅的胳膊，拧得一块青一块紫。

韦梅开水龙头洗净药盆，进屋说，"妈，倒好了。"章山兰说，"店里的生意还好吗？"韦梅说，"好。要不，我也不会这么晚回来。"章山兰说，"好就好。愿菩萨保佑她生意兴隆。小梅，你一定要听人家的话。人家说啥就是啥，千万别多嘴。手要勤，嘴要甜。小梅，来菩萨面前烧炷香。叫菩萨保佑你爸早点好起来。"章山兰放下针线，拉开抽屉摸出二根香，点燃，在五斗橱前站住。五斗橱上有一个尺把高的木菩萨。菩萨前搁着小瓷炉。菩萨左边是一副镜柜，里面夹着一些相片。菩萨的右边是几张韦梅读书时得到的奖状，没有韦青的。在菩萨的上方还有一张毛主席的画像。章山兰嘴里喃喃自语，弯腰鞠躬，把香插进炉内，再把另一根烟递给韦梅。韦梅学母亲的样做了，回头去看父亲。韦梅的父亲叫韦仁民，还没睡，望着女儿，眼珠子凸起来，像两个发光的玻璃球。屋子里除了药渣味还有很重的尿酸味。床头有一个火笼，火笼上烘着衣物。韦梅转进小房间。说是房间，只能摆下一张床与一张桌子。是两层的木架子床。韦梅睡上铺，韦青睡下铺。上下铺各有一顶蚊帐。现在天气冷了，蚊帐仍没取去，上面沾有几团发了黑的蚊子血。韦青盘腿坐在床中央看书，韦梅劈手抓过来，看是一本化学书，又扔回去，压低声音说道，"你再看武打小说，我就架火烧。"韦青翻起白眼不理她。韦梅爬上床，在被褥底下摸出一个带锁的日记本，写了几行字。屋外章山兰叫起来，"还不关灯睡觉？知不知道，电又涨价了。"韦青拖长声音应道，"知道了，钱不是铳打来的。"韦梅拉掉灯。黑从墙壁上那块尺许见方的摇窗外溜进来。慢慢的，月光也飘过来，薄薄一层，落在韦梅的胸口，一起一伏。

四

像一滴红墨水滴入水中。公安局楼下的其他店面在这个月里陆续开了张，多半也用红色铝塑包门脸。十五家店有十家是服装店。十家服装店里又有七家专卖女装。路西边的女装店生意迅速惨淡。这真邪气。同样款式的衣服，哪怕是同一个牌子的衣服，在路西边就卖不出价钱。幸好要过年了，不少乡下人到县城来买结婚与过年的新衣服,那些女装店才能勉强维持。不过,所谓祸不单行,农业局贴出拆迁启事,最后期限规定在阳历年底。这就不是一滴红墨水,而是沸水里落下一滴油。消息来得突然,起先并无半点风声。妇人们急了眼,拿着当年与农业局签的租房合同去找局办公室主任。

办公室主任姓胡,是新上任的官,三十岁出头,叼着一根玉溪烟,很不耐烦地吩咐妇人们打开合同,用手指头戳着合同最末尾的签名处说,"这是上任办公室主任瞒着局党委与你们签的协议。废纸一张。懂不?废纸哩。"胡主任把烟头掐灭在烟缸里,身体在宽大的太师椅内舒展开,双手往两边摊开,"你们看,盖了公章没?没得啊。按道理,我们现在就可以让你们搬出去,但局里考虑到你们的实际情况,才宽限到年底。"胡主任脸上露出悲天悯人的神色,就有妇人将那几份用信纸写的合同揉成一团,摔在他脸上,语气不无鄙夷,"胡家良,你神气啥?你还不是娶个老婆好。吃老婆饭舔女人腔的男人。"有妇人指着胡主任的鼻子骂,"李主任才退休,你们就不认账?天底下还有王法吗?我告诉你,我不搬。有本事,你开铲土机过来铲。你铲了后,我们全坐到你家里去吃饭。"胡主任年少才俊,思维敏捷,高声叫道,"好啊,要记得来。哎呀呀,哪哩个哪,百态千姿模样,三宫六院门巷。我左拥右抱快活……"妇人里有泼辣货,马上跳过胡主任面前的桌子,三四个人按住胡主任,扯去胡主任腰间皮带,就去扒裤子。胡主任不唱采茶戏了,狂叫。农业局其他办公室的人伸进几个头,见屋内情形,忍俊不禁,哈哈大笑。农业局的领导来了,一只手端茶杯,一只手在门板上轻敲,"同志们,有话好好说。搬迁的事,是县里四套班子开会研究的。这要招商引资。得赶在明年国庆节完成这个献礼。大家要理解局里的难处。时间不等人。"

妇人叫道，"那你们早不说晚不说，等到现在生意最忙的时候说。你们过去吃屎去了？"

领导的脸皮成了一个紫茄子，茶杯里的水泼出少许。胡主任蹦过去，去拿那个杯子，嘴里叫道，"侯局，小心点，水烫。"这该是胡主任下意识的动作，被抽掉皮带的长裤轰然坠地，露出里面的花内裤。几个妇人撑不住，笑起来。有人揉肠子，有人捂嘴巴。一个叫许小丽的妇人戴着的假牙矫正套，直袭侯局长的面门。侯局长虽然胡子花白，身手倒灵活，当下拧身凌波微步，牙套落在茶杯里。许小丽跳过去，手指伸到茶杯里。侯局长脸上的紫茄子变成烂西红柿。许小丽捞出牙套，说，"侯局长，你开开恩。咱们升斗小民不比你们做官老爷的。一年全指望着年底这几个月。要不，等过了农历年再说？"侯局长不吭声，出办公室。妇人们去追。侯局长三步并做二步进了男厕。几个妇人立马跟进。厕所里鸡飞狗跳，几个男人拎着裤带跑出来，破口大骂。许小丽接嘴骂道，"谁不要脸？你们吃官饭摇官船，还好意思提脸面？"许小丽是泼辣货，练过九阴白骨爪。前年，她与顾客吵架。女顾客喊来男朋友。许小丽离过婚，没有老公叫，看着肌肉男的手指在自己鼻尖指指点点，怒火冲起。十根手指耍出，肌肉男连连后退，脚下拌蒜，后脑勺撞地上了，竟然就此晕厥。女顾客羞恼顿足，扬长而去。一桩姻缘据说因此烟消云散。许小丽的威名传遍梨桥。眼下，这几个男人见许小丽作势待扑，个个慌不迭走开。愁眉苦脸的侯局长在妇人们的押送下，出了男厕，茶杯也不知搁哪处，嘴里喷出白沫子，"你们到底想干什么？"妇人七嘴八舌叫道，"就要你一句话。"侯局长唉声叹气，"这话我要是有资格说，我就是县里四套班子的成员。我能说吗？我说了能算数吗？政策就这样，哪能讨价还价？"皮扯了半天，没有效果，到最后，侯局长学太上老君，干脆闭目不言不语，双手紧紧护住皮带。妇人们没辙了，总不能真把侯局长剥光了抬到大街上吧？没了主意，彼此望来望去。胡主任不识相，又来凑趣，"哎呀呀，你们先回去。侯局长有心脏病。这若弄出一个三长两短就不妥。"侯局长有心脏病，胡主任可年轻着呢。妇人们笑了。许小丽先动的手，三四个妇人把胡主任按倒在地，毫不含糊地脱掉他重新系好的外裤。这回侯局长没来救场，人消失了。胡主任穿了花短裤在地上蹦过来蹦过去，许小丽拿脚尖在他裤裆里轻踩，"胡家良，你敢拆店，我敢把你的卵蛋踩爆掉。"

　　妇人们算是大获全胜，但这合同的事还是没有说法，眼见太阳把对面大楼的玻璃幕墙涂红，心中犯起嘀咕，拿不出主意。屋外进来几个人，当中一个矮胖男人脖子上挂着一根斤把重的金项链。妇人们认得，他叫王胖，梨桥县的"罗汉"，有名的凶神恶煞。他的左手只有大拇指，其他四个指头是他自己砍掉的。他与人赌钱，赌光老本，急红了眼，就去摸菜刀把自己左手的尾指剁下来。与他赌的人也是狠角色。俩人继续赌，王胖输了，又拿刀剁自己的无名指，剁到食指时，那人撑不住，牌运到了王胖这边。那人输光了，想了半天，看着那把刃口沾血的菜刀，没有勇气拿起。王胖一赌成名。后来他做辣椒生意，就把一个残缺的手掌递到别人面前，大拇指高高竖起。那些卖辣椒的批发商没一个不乖乖听话，他说啥就是啥。王胖来这里做甚？妇人们的脸色不大好看了。许小丽嘴快，"哪个王八蛋去通风报的信？"王胖把左手的大拇指放进嘴里嚼，嘿嘿冷笑，上前一步，一个巴掌把许小丽的嘴打歪半边。妇人们吓一跳，放开胡主任。胡主任身子一纵，从走廊的木窗户跳没了影。王胖冷笑道，"你们也太张狂。敢扒国家干部的裤子？"许小丽半边脸肿起来，想哭，眼泪还没有流出来，被跟着王胖进来的几个少年当胸几脚，踢背过气。妇人们傻了眼，不敢作声，头上浇下几大团冷糯糊。这王胖下手也忒毒。这件事与他有什么关系？王胖用大拇指顶顶鼻子，说，"你们的房子归我拆了。月底之前搬出去。若谁不服，来找我。"

王胖走了。妇人们恍然大悟，大骂起来。马上有人揭发胡主任前不久与王胖在德月楼酒店喝过酒。好歹毒的胡主任，难怪刚才骨头那样硬，死活不松嘴。有妇人说，"妈的，这胡家良是屁眼生出来的。走，咱们去他家里闹。"许小丽醒来了，哭得一把鼻涕一把眼泪，就想把胡家良剁成一万截肉段再扔到油锅里炸上一万遍。妇人们出了农业局的门，朝胡家良的家进发。可惜走到一半路，这个有事，那个来了大姨妈，十几个妇人只剩下许小丽与搀扶着她的两个。许小丽坐倒在地，放声大哭。哭有什么用呢？善的怕恶的，恶的怕横的，横的怕不要命的。这王胖是不要命的茬。事情就算是没办法了。路西边的女装店开始在门口挂出"搬迁大甩卖""跳楼价""吐血价""割肉价"等牌子。最离谱的还是许小丽，她贴了一张红纸，红纸上写了五个字：卖儿卖女价。许小丽年近三十，但哪来的儿女？可乡下人服膺这种噱头，进了店，不敢再还价，许小丽歪着嘴说多少钱，他们就老老实实给多少钱。结果一条原价三十块钱的裤子卖了七十块钱，把许小丽喜得眉毛要跳舞，见人就说乡下人憨，比山上的木头还要憨。

成衣坊开张那三天，营业额每天做六千块，数钱数到手软。

现在每天在二千块左右。阿莲做生意真是有一套。她进的货总是最讨梨桥那些模样俊俏的女子欢喜，挂在架上不消二天，准能卖掉。她说的三天内包退，也是算数的。还真有人拿衣服来退，阿莲检查一遍，二话不说原价退回。但来退的客人还是少。穿在自个身上这样好看，脱下来都不愿意，又哪会去沾这种小便宜让别人说闲话呢。再说，秦哥有事没事就到阿莲店里转几圈。梨桥人有几个不认得秦哥？秦哥，那是梨桥县的传说。八八年之前，没有人知道秦哥，只晓得他在广东当过兵。当时，秦哥与几个朋友去梨桥县与邻县交界的村庄打麂子——一种深山老林里才有的味道非常鲜美的走兽。省里与地区当官的人来梨桥，基本上是冲着这种麂子肉。因为捕杀得太厉害，麂子的价格跟坐了火箭似的直往上蹿。秦哥那时靠捉麂子为生。不清楚他为什么没去上班。像他这样的复员军人本来政府都安排工作。秦哥的战友有去银行的，有去公安局的。可能秦哥的父母死得早，又没有兄弟姐妹帮衬，也可能是老天爷注定要秦哥这种人扬威于世。邻县素来民风剽悍，乡人一言不合即锄头相向。秦哥那天去的村庄与邻县某村庄为某块山林的归属权发生争执。矛盾越积越多，在那天爆发一场械斗。这边村子打不过，几人头破血流，即往村里退去。邻县人凶猛，不依不饶，乘胜追击，冲进村庄，到处乱砸。械斗本是男人之事，有妇人见父子兄弟被打得凄惨，也抄起家伙，结果被扁担锄头劈倒在地。秦哥进了村，肩头还背着一头麂子，见本县人吃了大亏，大怒，从朋友手中夺过鸟铳，把对面村庄挑头汉子那张大脸打成麻花，再从腰间拔了原本用在林间开路的刀，砍断几根指过来的鸟铳，刀身一荡，见了血，一个人再蹿起跳落，连端带砍放倒几个，呼喝一声，"你们打女人算啥本事，是爷们，就单挑！"邻县

当代中国最具实力中青年作家书系

那边站出几个年轻人。秦哥扔下刀，冲进这几个年轻人中间，就像虎入了羊群，没三两下就把那几个年轻人全打趴下。秦哥的心思也真是细，在搂响鸟铳之前，叫一个朋友跑到乡派出所报案。等到暴怒的邻县人把他们团团围住，警察来了，对空连开几枪。刁蛮的邻县人不肯散去，还挥起锄头去偷袭警察。警察被打倒，秦哥捡起枪，击中偷袭者的手掌，嘴里大吼，"你们敢打警察，眼里还有没有王法？"一场械斗终告平息。秦哥被警察带到县里，在看守所蹲了半个月，就放出来。这架打得好啊！大长梨桥人的威风。听说县里的领导都为之舒心，并指示秦哥这是见义勇为。开枪与打人一事就不要太计较。后来秦哥做起沙石生意，价格公道，生意是风生水起。秦哥发了财，为人还低调谦逊，又讲义气，梨桥人提起秦哥谁不竖大拇指？连工商税务的人也给秦哥面子。同样面积的店，工商在别处收的每月规费是二百八，成衣坊打完对折再减零头。税务所的情况差不多。别的店想学成衣坊，学不了。

张燕说，"小梅，莲姐与秦哥到底是啥子关系？看起来，好像不像在耍朋友。"这话说得是，谈恋爱的男男女女哪会忍得住心里的酸酸甜甜？在大庭广众之下，他们也要时不时碰碰手，向所有人宣布自己的快活。秦哥除了会骑摩托车来载阿莲吃夜宵，平时话是极少。阿莲与秦哥保持着一种微妙的看不见却能感觉到的距离。韦梅哼道，"燕子，你就是嘴太多。"韦梅很佩服阿莲，觉得她真是能干。但能干的人就有人说闲话。还有人传阿莲过去是在南边卖的。韦梅听了很生气，莲姐那样好的人，咋可能是做那行的？韦梅对张燕说，"我真想撕烂那些传谣言的人的嘴。"张燕咯咯笑，朝斜对面那排妇人的店努嘴说，"那你就去啊。别怨我没提醒你，她们的手指甲可是暗器哟。"韦梅乐了。张燕说，"也只有王胖那样的人才能治得了她们。"这话韦梅不爱听了,"王胖是什么东西?他比得了秦哥吗?欺负女人算啥本事?"韦梅话音未落,愣了。说曹操曹操就到,王胖进了店,身边还带着一个打扮极妖艳的女人。女人嘴巴很大,手挽着王胖的胳膊。王胖听到韦梅的话,目光扫来,没吭声。女人瞪起眼,说,"欠×的,你说什么啊?"张燕赶紧上前,"我们店里刚进了一套法国刚流行的女装,还没挂出来,你要不要看看?"张燕使眼色,叫韦梅走,这两个人她来应付。韦梅没敢在店里停留,飞跑出去,在路口张望,等到王胖与那大嘴女人出了成衣坊,再又跑回去。张燕拍胸脯,"吓死我了。真是吓死我了。小梅啊小梅,你还说我嘴多。你的嘴比我还多。以后千万别再乱说话。"韦梅早后悔得不行,没再与张燕磨嘴皮子,一个劲儿地埋怨自己。还好王胖没找事,要不,自己也得变成歪嘴的许小丽。

生意很忙,忙到十一点钟,韦梅才回了家。到房间一看,韦青没回来,被褥还叠了,不像往日那样凌乱。韦梅说,"弟呢?"章山兰说,"你问我,我问谁?短命鬼连晚饭也没回屋吃。"韦梅爬上床,掀开蚊帐。床铺下面搁着一张纸。韦梅抽出来:姐,我跟黑皮去外面打工了。你对妈说一下。韦梅差点从床上掉下来,又看了一遍,确实是弟弟的笔迹,忙跳下床,跑到外面,"妈,你看。"章山兰看了一眼,"你弟说什么?"韦梅的眼泪急出来了,"妈,弟弟说他与黑皮去外面打工了。"

"要死啊。"章山兰跳起来,扯过纸,拿倒了,反复地看,手脚抖个不停。"短命鬼真想死啊。十五岁的人学人去打工?"章山兰红了眼睛,用手搡韦梅,"快去啊,去把你弟找回来。我要打断他这两条腿。"韦仁民头转过来,用力掀起被子,想下床。章山兰

当代中国最具实力中青年作家书系

赶紧上前搀住。屋子里的臭味大起来。韦梅皱着眉说，"妈，你替爸换衣裤。我去汽车站，还有他同学那儿。"韦梅跑出屋。月光很大。是秋月。像泼下来的水。长街湿淋淋的。

韦梅一口气跑到长途汽车站。车站前有几个大排档。去省城的班车得十二点钟发。站台上站着几个客人。排档里面有几个人在打扑克，脸庞被炉火映得通红。韦梅钻进一个摊档的帐篷，上前喊了声，"叔。"涮锅男人放下手中抹布问，"女伢崽，啥事？"韦梅说，"我弟跟人走了。你有没有见过？"韦梅把弟弟的相貌描述一遍。男人说，"我下午六点钟才过来的，不晓得。你去问一下站里值班的人。"几个客人已听清事情原委，其中一个中年男子说，"女伢崽，你问站里的人也没用。站里的人只管卖票，哪管谁是谁。你还是回家去找那个把你弟带走的人。说不定他家里人晓得你弟去了哪里。"这话说得有道理。韦梅致过谢后，又往家里跑。

黑皮家住在东门巷。韦梅认得黑皮，比韦青大不了几岁，但不晓得他真名，不晓得黑皮家具体住哪个地方。巷子里乌黑一团，路灯坏掉好几盏，好像有鬼躲在暗处。韦梅提心吊胆，鼓足勇气去敲巷口一户亮了灯的人家的门。开门的是老婆婆。韦梅讲了来意。老婆婆把黑皮家指给韦梅看。黑夜里看不清楚。老婆婆披上外衣，拿手电筒，带韦梅过去。韦梅口中不停说谢谢嬷嬷。黑皮家住祠堂。门是虚掩的，应手而开。老婆婆提醒韦梅小心脚下的台阶，去敲左侧厢房的门。门开了，一个中年妇人，打着哈欠问老婆婆什么事？老婆婆指着韦梅说，"阿云娘，她弟跟你家黑皮跑了。她想问，黑皮去哪里了。能不能打电话联系上。"中年妇人说，"我哪里晓得那个短命鬼的事。他什么都不对我讲的。前天他偷了我三块钱，我都到处打灯笼找他，要打断他的手哩。"韦梅回到家，

却把青梅嗅 103

把情况对母亲说了。章山兰的眼泪又下来了。韦仁民在床上叹口气说，"都怨我。强他娘，你得让我死哇。我不想再这样难受下去。"韦仁民拿头在床杠子上砰砰撞。韦梅忙过去拿起火笼上的衣服垫在床杠上，"爸，你莫急。明天，我再上弟学校里问。"韦仁民的情绪渐渐平复。韦梅回房间，熄了灯。黑夜扑进屋。韦梅的胸口发闷，耳里听着屋外父母的交谈，数起天花板上的看不见的绵羊，数到五百多只，门外传来敲门声，出去一看，是垂头丧气的韦青。原来黑皮在广东不是打工，是做贼。两人坐车出了梨桥县后，黑皮吹嘘起自己的光荣史。韦青听得心惊肉跳，这贼他却是不想做的，便在班车临时停靠时借尿遁下了车。因为身上没有钱，步行十几里路，才遇到一个发善心的货车司机把他带回梨桥。韦梅好气又好笑，拿手指头敲韦青的头。

五

日子过得很快，是波澜不惊的水，挟裹着日常生活的渣滓，不急不慢地向前流去。很快到了阳历年底。路西边的女装店大多已另找出路。王胖威风凛凛地开了一辆大铲土机来拆店。胡主任在铲土机前跳来跳去，鼻尖上的痦子冒出红光。妇人们聚在公安局大楼前，嗟叹几声，也就散开。韦梅跟着张燕在门口张望，再回到店内。莲姐最近不知道在忙什么，每天晚上才过来一趟。秦哥也来得少了。张燕说，"小梅，你晓得不，秦哥最初做沙石生意的本钱就是莲姐给的。"韦梅挠头，秦哥与莲姐的关系还真是复杂又奇怪。张燕压低声音，"沙龙帮与站前帮你晓得不？"韦梅点点头。

梨桥县过去有两个帮派。一个叫沙龙帮，一个叫站前帮。站前帮最早在车站设赌，偷窃旅客财物，或敲外地人的竹杠。法子很多，拿空瓶兑上水，故意往行色匆匆的旅客身上撞，瓶子摔在地上，就揪着旅客的衣裳要赔。不给钱是不可能的，给得少还要挨打。警察也奈何不了。沙龙帮收沿街各店铺的保护费。具体的收法，参照工商所。唯一不同的是，店铺老板见到工商所的人还可以骂骂咧咧，见了那些少年，却似见到了爹妈。沙龙帮与站前帮常在街头斗殴。或许是精力太旺盛，要找地方发泄。或许因为利益冲突，互相觊觎对方地盘。街头经常出现这样的场景：突然，从某家小饭馆内蹿出五六个凶恶少年，各拿棍棒，朝一个刚在街头出现的少年劈去。少年撒丫子疯跑，边跑边狂叫，跑到某处，眼见同伙赶来，兜转身，与那五六个少年打成一团。这边是五六个，那边眨眼已有十来个。这五六个转身也跑，那最早挨打的少年便与十来个伙伴们在后头猛追。有一段时间，这两个把街头当成战场的帮派成了梨桥县的公害，人人深恶痛绝。政府严打过几次，到八十年代末九十年代初，梨桥县就很少再有人提这两个帮派的名字。

张燕往门外瞟了一眼，确定门外没人，继续说道，"阿莲就是当年沙龙帮老大金刚的妹妹。"韦梅说，"乱嚼舌头。你从哪里听来的？真是的。"张燕赌咒发誓，"我骗你，我就是你生养的。我昨天晚上回去路上饿了，在大排档买了碗粉吃，吃到一半，王胖与几个人进来了。他们一边吃酒一边聊天。王胖不是拆了农业局的房子吗？有人叫他把农业局的沙石也包下来。然后他们说起秦哥，说起莲姐。那个大嘴女人也在。"张燕把嘴巴贴到韦梅耳朵上，"这个女人过去与莲姐是相识。她说莲姐从一个台湾老板那里弄到过好多钱。"韦梅糊涂了，"这话是什么意思？"张燕捏住嗓子说，"莲姐坐过台。"韦梅恼了，搡开张燕，"你怎么也瞎说？"张燕不高兴了，"我是听那个女人说的，好心好意讲给你听。你还推我，把好心当成驴肝肺。"张燕气嘟嘟地去了店那头坐，十根手指头绞来绞去。秦哥进屋了，眉宇间有忧色，"阿莲今天到店里来了吗？"韦梅摇头。秦哥走了。韦梅想了半天说，"燕子，你别生气。那个大嘴女人讲的话能信吗？说不定她与莲姐有仇，故意来坏莲姐的名声。"张燕继续板着脸。韦梅伸手去挠她的痒痒。张燕身子扭来扭去，脸上解了冻，扑哧一笑。

　　韦梅回家去吃晚饭，才进巷子口，远远听到母亲的哭声，赶紧飞跑，进门一看，韦青直挺挺跪在地上。章山兰拿着木棍没头没脸地往韦青身上抽，跟打狗一样。章山兰边打边哭，"短命崽，才多大点人，就学人家去泡女崽。"韦青这性子真是犟，一言不发，头上肿起老大几个包。韦梅心疼了，上前拦住，"妈，你干吗？"章山兰说，"我干吗？你去问问这个畜生。"韦梅疑惑地望向弟弟。韦青转过脸。章山兰扔掉木棍，一屁股坐倒，双手捶着腿，眼泪鼻涕齐齐涌出，"我怎么生了这样一个有出息的崽呀！牙没长清，就晓得与别人争风呷醋。"章山兰的眼珠子是灰白的，韦梅去捶母亲的背。在章山兰断断续续的哭诉中，韦梅听明白事情的原委。这些年，章山兰一直在菜市场旁边石桥上摆摊卖日用杂货。今天下午桥头来了几个少年，围过来。章山兰以为生意上了门，热情招徕。没想到少年是来找麻烦的，一脚一个把几件日用杂货踢到河里。章山兰懵了，想抓住少年要钱。少年跳开了。其中一个就说，"你的崽敢与我们老大抢女崽，这次算是提醒你做娘的，要管一管，莫让我们老大生气。要不以后你别想再摆摊子。"少年走了，章山兰下到河里去捞东西，只捞回一小半，大半被水冲走了。章

当代中国最具实力中青年作家书系

山兰回到家，等韦青回来，就是劈头盖脸的一顿打。

韦梅哭笑不得，把母亲扶进房，拿碘酒药棉出来给弟弟敷。韦青的脖子里挺出一根根青筋，眼里没有一滴泪，倒有火焰。韦梅拉他起来。韦青不起身，"我没犯错。她凭什么打我哩？"韦梅说，"她是你妈。"韦青说，"是妈也不能乱打人。这些日子我根本没理沈红。她问我作业，我当没听到。"韦梅说，"你若觉得妈打错了你，你跑就是了，等姐回来再说。为啥要死犟？"韦青说，"我为啥要跑？我又没犯错。"车轱辘话起。章山兰在屋内听得火起，又出来拿棍子在韦青头上敲。韦梅去夺母亲手中的棍子，自己也挨了几下。章山兰放声大哭，"我十月怀胎生下这样一个孽种。我打死你。"韦青的舌头底下没轻重了，"有本事，你就打死来。打死了，你也要坐牢赔命。"章山兰扔下棍子去厨房，摸菜刀出来。韦梅吓着了，这刀不是棍子，忙死死地抱着母亲的腰，转回头大喝，"韦青，你还不出去。等妈消了气再说。"韦青不情不愿地爬起身，拎起书包出门。章山兰的身子在韦梅手中滑下去，嘴里只是哭号，"我不想活了啊，我不想活了啊，这样的日子还有没有个头？"韦梅听到鼻尖发酸，把母亲扶回房内，洗手做饭做菜，忙忙碌碌扒了几口饭，往店里赶，换张燕回家去吃晚饭。等张燕吃好，说家里有点急事，又往回赶。章山兰一口饭也没吃，瘫坐在椅子上。韦梅把饭菜热了，摆在母亲面前，又端起一碗饭去喂父亲。韦仁民的头缩在被子里，头发乱蓬蓬。屋子里有奇异的腥味。韦梅掀起被子喊了声爸，愣住了。被子里有血，不是一点血，而是很多血。韦梅的魂都吓掉了，手中的碗摔在地上，尖叫起来，"爸。"韦仁民死了。医生看了都惊骇。这个半身瘫痪的中年男人用牙齿一点点咬断了腕动脉，这得需要多大的意志力与忍耐力！也许一个人真的下了决心死，怎样都可以死去。章山兰惊厥之下住进医院，医生说是什么急性衰竭，韦梅没听大懂，但知道这病要好多钱医。

　　福不双降，祸不单行。两眼红肿的韦梅看着靠在病房门外墙壁上的韦青，一时没了话，用手指蘸了窗台上的灰，把家里亲戚朋友的名字逐个写了一遍，想不出可以从哪筹钱先把父亲的丧事办了。搬运站早名存实亡，各人顾各人，抚恤金是一分也没有。韦梅想得头疼，韦青说，"我不读书了。"韦梅说，"你不读书，你想去做什么？"韦青说，"赚钱。"韦梅说，"你放屁。我卖血也要供你念书。你若不读书，我死给你看。"韦青不说话了。韦梅心头烦躁，见几个街坊提着水果茶饼过来看母亲，抹掉眼泪，把这几个人领进病房。韦梅没去店里，阿莲与张燕过来了。阿莲往韦梅手中塞了二千块钱。韦梅不肯要，阿莲说，"谁家没有一个难处？当是我先借你的。"韦梅双膝跪落，一个头磕下去。穿西装的国家干部一个月的工资也就几百块。这不是一笔小钱。阿莲慌乱扶起韦梅，叹息几声，离开了。二千块钱勉强可以把父亲的丧事办了。韦青从学校请了假，等过了头七，与韦梅一道把父亲送到县郊的荒山入土，在坟前哭死过几回。韦梅看见了沈红。沈红在听到韦青家里出了这样大的变故后，与几个同学凑出几百块钱，拿过来。韦青咬着嘴唇不肯要。韦梅接了。母亲看病还得费钱。章山兰回了家。在医院住，往里面扔的钱打不起水漂。章山兰眼泪汪汪，听说阿莲给了二千块钱，挣扎着从床上爬起来，煮了一篮子红鸡蛋，要韦梅拿去表示感谢。因为年关的生意忙，阿莲已请过一个女孩儿来帮忙看店。韦梅到店门口，没进去，喊出张燕，托她把鸡蛋带给阿莲。韦梅衣服上佩了替父亲守孝的黑纱，不方便直接

当代中国最具实力中青年作家书系

到店里去，这会触霉头。梨桥人信这个。张燕看着半个月已瘦掉一圈的韦梅心疼坏了，问韦梅有什么打算。韦梅摇摇头，不知道该怎么办。

过了几天，韦梅照顾好母亲吃药，拖上大板车，到菜市场桥头摆摊，长了一个心眼，把手臂上的黑布套摘下来塞口袋里。桥头摆摊的几个妇人听说是章山兰的女儿，没为难她，过来嘘寒问暖。韦梅感谢了。来菜市场的客人见多了一个新鲜面庞，也来凑热闹。韦梅见人就喊大哥，生意做得不坏，一天下来卖了四十块钱，是章山兰过去几天的销量。韦青期末考试结束了，学校放了寒假，就也来帮忙，同时做竹偶人卖。买菜的老人手里牵的孩子见到这些会打架的小竹偶，腿就不能动。有几天时间，这个不要本钱的买卖比日用杂货卖得还旺。但新鲜感很快过去。竹偶人卖不动了。韦梅让弟弟看摊，自己背了竹篓，里面搁上日用杂品，以及油盐酱醋，挨家挨户去推销。这个新年过得凄惨。章山兰的魂魄跟着丈夫去了大半，人老得厉害，走路还蹒跚，得扶墙。大年三十这天，韦梅计算着钱，买了二尾鲫鱼，几筒面，半斤苹果，与一小挂鞭炮。韦青吃到一半放下碗，说，"姐，过完年，我想去广东打工。"韦梅恼了，说，"你连身份证都没有，打啥子工？厂里会要你吗？上次黑皮的事还不是教训？"韦青说，"身份证有假的卖，一张五块钱。厂里会要的。有熟人介绍就可以。"韦青的声音低下去，"沈红有个亲戚在广东打工。她不会骗我。她说了，一个月能拿六百块钱，老板还包食宿。"韦梅生气了，"你们还在一起？"韦青迟疑不定，"刘项原来不读书。再说现在大学的学费太贵了。一年得几千。何况读了以后也不包分配。"韦梅皱眉，不要说几千块，韦青下学期开学的几百块钱学费在哪也不知道。韦梅摇头，"话不是这样说的，乱世草头王，不读书可以。现在这个社会还得读书，进了大学起点不一样。要不，一辈子得像爸妈这样。"韦梅想起这话对母亲不恭敬，去看章山兰的脸色。章山兰恍若未闻，用筷子慢慢数碗底的面条。屋子里的气氛比冰还要冷，昏暗的灯光滴落下一点点寒意。韦梅起身在屋角的火盆里加了几块炭，说，"妈，弟，别人家看电视热闹。我就唱支歌，咱家也热闹一下。"

韦梅喜欢唱歌。公安局楼下有一家音像店，门口摆着两个大音箱。韦梅在帮阿莲看店的日子里学会唱不少曲子，当下拿了一根筷子站到屋中间，打着拍子，一首首唱过来。先是唱流行歌曲，唱了半个小时，脑袋空了，便情不自禁地唱起小时候的歌。这些歌，韦梅本来以为自己遗忘了，没想到此刻却能一字不差地唱出来。"我爱北京天安门，天安门上太阳升。伟大领袖毛主席，指引我们向前进……"韦梅的眼泪流下来，不知道自己是怎么了，想控制自己不要哭，眼睛不听话，合上眼睑，冰凉的液体还是要淌出来。韦梅闭了嘴，拿水杯掩饰，水刚入唇，耳边听到母亲的声音。章山兰唱的是小曲儿，"罢了罢了。死一遭。活一遭。只这一遭。尽着老天爷将我千腾万倒，终归是奈何桥上走一遭。"这曲调太过悲凉，这曲词更是不祥。韦梅过去从来没听过母亲唱过小曲。姐弟俩听得骨头发寒。韦梅赶紧打岔，"妈，你喝口鱼汤。"鱼汤上结了白花花的冻，已不再是热的。韦青站起身，"姐，你扶妈去歇息，我收拾碗筷。"章山兰睡了，姐弟俩相对无言。等到午夜爆竹响成一团，韦梅开门把那挂小鞭炮放了。不知何时，屋外飘起雪，一团一团，像被扯烂了的棉絮。天空发出呜呜的吼叫，几乎贴住地面。房屋、墙垣、石头路……覆盖起薄薄一层像盐的东西。

当代中国最具实力中青年作家书系

定睛看去，又不在了。风抹掉了它们。是寒风。割在脸上比刀割还疼。韦梅缩起肚子，咬着牙，痴看了一会儿，回了屋。

六

厚而低垂的云层，是要塌下来的破墙，不断往下掉白色的雪屑子。路两边的房子戴起白帽子。梨桥县街头热热闹闹，到处是拱手说着恭喜发财的人。人们呵出热气跺着脚，脸上写满对新年的期盼。韦梅与韦青拖着板车，到人民路支起帐篷。板车上搁了年前从批发商那儿赊来的几箱儿童玩具。这是韦梅的主意。春节里买日用杂货的人少，但小孩子手中有压岁钱。幸亏张燕帮忙。批发商是张燕的远房亲戚。要不，谁肯赊货？不过，进价比拿现金进货要贵，还不允许退。一张美猴王的面具别人进价三角卖五角，韦梅进价要三角五分钱。韦青有点担心，指着其中两个遥控汽车问，若卖不掉咋办？一个要一百多块钱。韦梅有信心。成衣坊的衣服贵得吓死人，生意却不错，梨桥县不是没有有钱人。韦梅挑货有眼力，这得感谢在成衣坊的日子。几天下来姐弟俩做了上千块的营业额，比旁边的玩具摊高出一大截，两个玩具车也卖掉了。韦梅又跑到批发商那儿要了一批货。离元宵节还有十来天，韦梅壮着胆要了五辆遥控车。遥控车的利润大。一辆遥控车能挣好几十。最重要的是，进价比年前要低许多。批发商不想压货。韦梅算过，若是每天都有这样的生意，过了元宵能挣出韦青的学费。至于过了元宵后做什么，老天爷会给出一条活路。

过了初六，人民路上的服装店都营业了。韦梅要弟弟看着摊位，跑去与张燕聊天。阿莲也在，拉着韦梅的手问长问短，说店里新请的女孩儿不称意，叫韦梅过了年回店里帮忙。韦梅应了，回来把这个消息对韦青说了。韦青说，"那敢情好。你去店里做事，我帮妈把这个杂货摊支起来。"韦梅白了他一眼，"没出息的家伙。"韦青反驳，"李嘉诚也是行街仔出身。没念过大学有出息的人海着呢。书读多了，容易呆。"韦梅掩口轻笑。这些日子有一个戴眼镜的呆子，老来买玩具。每天都来，找着话儿与韦梅搭讪。摊位上的玩具买了一个遍，连遥控车都买了一辆。也不晓得他买给谁玩。韦青说，"这个眼镜瞅上姐了。"韦梅红了脸。韦梅动过嫁人的心思。梨桥县的女子有早婚早育的习惯，国家法定的年龄是二十岁，她们一般十八九岁就嫁。结婚证以后再补办，或者干脆弄份假证明。这样的事并不困难。民政局的人向来睁只眼闭只眼。在梨桥，办了酒席，就算夫妻。韦梅想，若能找个好人家，家就垮不了，弟弟还能照样念书。可合适的好人家上哪找？女孩儿脸皮薄，这样的心思没法贴在脑门上，又不能像古代那样在街头瞎抛绣球，想了半天，初七上午跑到成衣坊，乘张燕上厕所的机会，鼓足勇气，支支吾吾对阿莲说了。阿莲听了半晌，从韦梅的两排白牙齿缝里抠出她的真正意思，笑了，伸手去捏韦梅的嘴，"小蹄子春心荡漾了。这嘴巴没擦口红，却红得这样好看。"

大冷天，韦梅的脸被火烧着了。阿莲说，"这事得慢慢来。我可得替你找个踏实的人家。"门口进来一个人，是曾经与王胖来过成衣坊的大嘴女人，穿着露出半个雪白胸脯的 V 字毛领，脚上套高筒马靴，手上还拿了伞，在台阶上磕掉鞋底的雪泥，进屋就笑，"好你个宋彩莲，找你多久了，今儿个终于遇上。真是贵人多事。恭喜发财，红包拿来。"阿莲起身笑道，"刘怡，什么时候回来的？"韦梅赶紧起身说，"阿莲姐，我去守摊了。我弟还在那儿

当代中国最具实力中青年作家书系

等。"阿莲说，"你忙去吧。"韦梅低头跑出店。这个大嘴女人果然认识莲姐。韦梅想起张燕的话，就问韦青，"你知道原来沙龙帮的金刚吗？"韦青怔了，"你咋也晓得金刚？"韦梅朝成衣坊努嘴说，"莲姐是金刚的妹妹。我听张燕说的。"韦青的脸色变了，压低声音，"姐，莲姐是好人，这个我知道。但年后，你还是不要去她店里。"韦梅说，"为什么？"韦青说，"你知道金刚是怎么死的吗？"韦梅茫然了。在学校念书的时候，她只听说有个沙龙帮与站前帮。但那与她的日常生活是两个世界。金刚是沙龙帮的老大，这还是张燕告诉她的。韦青说，"姐，你真是两耳不闻窗外事。唉。其实沙龙帮与站前帮现在依然存在。我们学校里有不少同学入了，要用刀割破中指喝血酒，再烧黄纸。那个打我的马桶盖就是站前帮的。要不，我早拿雷管去炸他全家。"韦青看四下无人，小声说道，"王胖就是站前帮的老大。沙龙帮的老大是谁我就不知道了。"韦梅愣了说，"王胖不是做辣椒生意吗？"韦青说，"那是幌子。暗地里是帮外地来的木竹客商冲卡，一车木头按'方'收，每方收二百块。木竹客商就可以不开或少开木竹放行证。生意做得可大。要不，王胖现在哪来的势力？没钱就没势力。"韦梅说，"那沙龙帮做什么？没见有人来收保护费啊。"韦青说，"沙龙帮做建筑，为施工单位提供沙石以及脚手架。"韦梅皱起眉，"你怎么知道得这么清楚？"韦青说，"黑皮在车上对我说的。他也是站前帮的。"韦梅说，"那他干吗不留在梨桥，去外面做小偷有什么劲？"韦青摇头，"这我就不知道了。"韦青拍拍头，突然说道，"姐，秦哥不是做沙石的吗？他会不会是……"韦梅吸了一口凉气，恼悔自己上午不该跑过去，想了半天说，"咱们得早点把莲姐的那两千块钱还了。"

韦青轻轻摇头，"二千块钱他们是不会看在眼里。不会有谁为这个来找我们的麻烦。我只是担心沙龙帮与站前帮要出事。到时候城门失火，殃及池鱼。王胖来拆农业局的房子，这个势头不对。这原本该是沙龙帮的活。你知道金刚是怎么死的吗？当时一个与金刚有交情的木竹客商，没守规矩，把钱给了金刚，没给站前帮。站前帮的人向地区林业公安局打了小报告。十几车原木全被收缴。木竹客商亏大了。金刚去找站前帮的人谈判，要找回面子，结果不明不白地就死了。到现在都没有找出凶手。这事很轰动。我的同学都知道。你在学校里的时候就没听过？"韦梅摇头，脑子疼起来，越想越不对，怎么也理不清秦哥、阿莲、王胖、刘怡这些人的关系，小声说道，"弟，你给姐说句实话，你有没有加入过他们？你怎么清楚这么多？"韦青急了眼，"姐，我真没。要不，我能让那马桶盖欺负？这些事，梨桥县人多半晓得。没人对你说罢了。你过去就晓得看书。我早说过了，书读多了，就要呆。"韦梅去撕韦青的耳朵。张燕抱着一个小女孩儿过来，说要给侄女买个芭比公主。韦梅挑了两个，说，"那个大嘴女人，叫刘怡的还在成衣坊吗？"张燕点头说，"要不，我就不过来了。莲姐叫我出来玩。她们要谈事情，还关了店门。"韦梅望过去，还真是这样。韦梅想把弟弟的话说给张燕听，犹豫了一会儿还是没说，毕竟是人云亦云的事，能当几分真不好说。

　　沈红来了，穿着一件红色滑雪衣，站在摊位前，眼睛看着地面上的雪，也不说话，手来回捏住衣衫角儿。韦梅心头叹气，拿脚尖踢韦青。说实话，韦梅喜欢这个模样像从一大块白玉里挖出来的女孩儿。韦青低下头，"姐，我过去与她说一小会儿话。行吗？"韦梅小声说道，"若你们敢私奔跑去外面打工，我就不认你这个弟弟。把你的名字写在黄纸上，每天用刀剁三百遍。"韦青苦

114 说说爱情吧
当代中国最具实力中青年作家书系

笑，"哪敢呢。姐。"韦青在前面走，沈红在后面跟，两人保持二米左右的距离，步伐倒是惊人的一致。沈红的每一步都踩在韦青于雪地留下的足印里。张燕笑了，"你弟真有福气。"张燕想了想又说，"你弟好像是这个女孩儿牵着的一条小狗。样子可乖呐。"韦梅白过去一眼，"有本事，你也去找条狗牵。"张燕说，"你弟还打算读书吗？"韦梅说，"不管他怎么打算，我一定逼他念完高中。连高中毕业证也没有，当兵都不可以。"张燕说，"你打算让你弟去当兵？"韦梅点头，"我想好了。如果他能考上大学，学费到时再想办法。考不上，就只有走这条路。到了部队，有津贴，还能考军校。"张燕吐了下舌头说，"你弟离高中毕业还有两年，你能熬过来？"韦梅说，"日子不是熬的，难道还是煮的啊？"张燕突然把嘴贴到韦梅耳边，飞快地说，"要不，你也去南边坐台，一晚上赚好几百。嘻嘻。"韦梅恼了，去撕张燕的嘴。张燕见势不妙，拉着小女孩儿飞跑。韦青回来了，"姐。她说她亲戚初十要去广东，过了元宵节不好再找活儿。我大后天就得动身。"韦梅摆手，"别的事我答应你，这事不行。你们心里打的那几个算盘珠子，傻子都晓得。还亲戚呢？怕就是她自己。"韦青的脸顿时通红。韦梅见自己说中了，心头恼火，"我都对你说了多少遍，等你考上大学，我啥事不管。这两年你就等不得？她若真喜欢你，还等不起这两年？"韦青说，"不是这个意思。"韦梅说，"那是什么意思？"韦青回头看了一眼站在树下低眉细眼的沈红说，"这事真的很复杂。"韦梅拿起一个万花筒说，"有里面的图案复杂吗？"韦青急了，"姐，她爸是供销社的副主任。但那是她继父。她继父老对她动手动脚。她害怕。她妈在县医院当护士。她妈值夜班的时候，她都不敢在家睡。"韦梅怔了，说，"她得对她妈说啊。"韦青说，"不管用。

她妈平时在她爸面前，像老鼠在猫面前。她也没法张嘴说。"韦梅挠头说，"这是你编出来的词吧？不管真的还是假的。这是她的家事。我管不着。你们俩连十八岁都没有，去外面打工，还是省省。外面不是遍地黄金等着你们去捡。"韦青不言语了，走到树底下，说了几句话。沈红顿了下足，跑走了。等韦青回来，韦梅说，"她说什么？"韦青结巴一阵说，"她说她恨我。"韦梅挑起大拇指，咬牙切齿地说，"了不起，有爱有恨有情有义。你们俩应该去拍电视剧。"

大年初九，梨桥人要拜观音娘娘。韦梅叫弟弟看摊位，带着母亲去县城东头的观音庙烧了三炷香。人太多，在菩萨面前磕完三个响头，已是中午时分。韦梅出一身汗，把母亲送回家，做好饭菜，拿食盒装了，又往人民路上赶，到那儿一看，吓一跳，摊位被人砸了，韦青不知去向。那个戴眼镜的男孩蹲在雪地上收拾东西，看见韦梅，赶紧说，"你弟与人打架，被捉到派出所。"韦梅摔了食盒，往派出所跑。弟弟被铐在窗户铁栅栏上，眼角肿起一大块，嘴角乌黑，还淌血。墙根蹲着五个少年，其中一个是那个马桶盖。不用问，韦梅也明白发生过什么事，等接听电话的警察搁下话筒，说，"叔叔，我弟出什么事了？"是一个老警察，脸上都是皱纹。老警察说，"哪个是你弟？"韦梅指指韦青。警察说，"你弟很凶啊。我们110的人来了，他还拿刀行凶。"警察指指扔在桌上的菜刀，"这要出人命。"老警察挥挥手，对那五个少年说，"过来在笔录上摁指印。"马桶盖摁了指印，想蹲回原处。警察说，"别占地方，走吧。"马桶盖走到门口，朝韦梅竖起中指，晃了晃，嘴里怪叫一声跑走了。韦梅说，"我可以带我弟回家吗？"警察说，

当代中国最具实力中青年作家书系

"可以。交二千块钱。"韦梅一怔，"怎么要交钱？"警察说，"不交也行，那就送看守所蹲十五天。"韦梅说，"我怎么不见那几个人交钱？"警察说，"有人帮他们交了。要不，也得送去蹲看守所。你回去对你家大人说，拿二千块钱来。"韦梅急出眼泪，"我爸年前刚死了。丧葬费还是问人借的。"警察愣了下，"真的假的？"韦梅把家里的情况详细说了一遍，说到后面泣不成声。警察拉开抽屉，拿出包餐巾纸扔给韦梅，想了想，掏钥匙开了韦青的手铐，"算了。这次念你初犯，下不为例。过来摁个指印。以后见到那些小瘪三躲远点。惹不起，躲得起。还有，千万别动刀子。这若是人家要告你，可以把你送去劳教三年，一辈子就毁了。"老警察是好人呐。韦梅拉着弟弟向他鞠躬。老警察摸起菜刀扔进抽屉，走开了。韦梅拉着韦青出了派出所。韦梅不说话。韦青说，"他们抢遥控车。"韦梅心头烦躁，"叫你不要搭理那个沈红，你偏要搭理。祸事来了吧。"韦青往地上吐出一口痰，雪地上出现一个洞。路边几个穿棉衣的少年在"斗拐"。一个穿开裆裤的孩子，手捏小鸡鸡冲着雪堆撒尿，脸上有快乐的笑。一扇木门被推开，一个头发蓬乱的女人倒出一盆潲水。雪刷的一下薄了下去。地上现出一个凹。这水就与火一样。韦梅掏出警察给的手帕纸，"你的嘴怎么出血了？"韦青不吭声。两人回到摊位前，戴眼镜的男孩说，"东西基本上没丢。钱箱子我一直抱着。"男孩把钱箱子给韦梅，又说，"你带你弟去医院检查一下。刚才那几个少年把你弟按在地上，还拿鞭炮扔在你弟嘴巴里。"韦梅打了一个哆嗦，叫韦青张开嘴巴。韦青死活不肯。韦梅上前抓住弟弟的嘴巴往里面一看，顿时号啕。

　　风刮起来，是一锅烧烫的粥，照头浇下。韦梅远远瞥见马桶盖蹲在音像店门口的石阶上，手中还在摆弄一个打火机，马上飞跑过去，一脚端出。女人发狠了，谁都拦不住。韦梅像一头狂怒的母狮，又是抓又是咬又是踢。马桶盖的头发被她揪落几把，打火机落在雪地里，手指间弹出一把弹簧刀，刀尖扎入韦梅小腹。

七

韦梅进了医院。是莲姐掏的医药费。马桶盖当天晚上逃出梨桥，跑路了。等到韦梅出院，已是元宵节后。戴眼镜的男孩来看过韦梅几次。他在省城念大一，给韦梅留了学校地址，叫韦梅有空时去玩。韦梅应了，等他走了，把纸撕掉了。韦梅回到成衣坊帮忙做事。她欠莲姐的东西太多了，光这次住院抢救就花了八千多。韦梅想，这辈子欠莲姐的是还不掉了，只能下辈子再结草衔环。韦青留下一封信，说他去广东了。韦梅跑到学校去问，沈红却没走，怯怯地喊了声姐，不肯再说话。韦梅再问，沈红就哭，说韦青走的时候并没有对她说。一个月后，韦梅收到韦青的家书。韦青没留地址。信封上的邮戳是广东布吉。韦梅发了半天愣，把信给母亲看。章山兰说，"不看了。儿孙自有儿孙福。"章山兰又回到菜市场旁边卖日用杂货，老出错，整天神志恍惚，不是多找钱，就是少找钱。多找了钱人家赶紧走。少找了钱人家回头来理论。章山兰每天比昨日要更衰老一点。韦梅心头酸楚，煮了红鸡蛋去敲街坊的门，请他们帮忙找一户家底殷实的人家。没几天，街坊传来消息，说林业局有个工程师，各方面的条件不错，就是"二锅头"，老婆刚患癌死掉了，有一个三岁的女伢崽拖油瓶。韦梅去征求阿莲的意见。阿莲说，"我一直在帮你留意。没看到合适的。现在的后生仔靠不住，只晓得吃喝玩乐。工程师那儿可以考

当代中国最具实力中青年作家书系

虑。但给人做后妈不是那回事。好歹你是黄花闺女。主意得你自己拿。"韦梅苦笑，"嫁汉嫁汉，穿衣吃饭。有什么可考虑？嫁谁都是一样。"这事算是定下来。韦梅去看过工程师，人长得排场，瘦高个子。小女孩也听话，好像天生与韦梅有缘，见着了，就来抱韦梅的腿。韦梅在林业局托人打听，工程师除了抽几根烟，没有别的不良嗜好。工程师托媒人来议婚，拿来写了生辰八字的红帖子，问过礼金、节礼、金器、衣服，又送来猪肉、鱼、茶叶、糖果、鸡蛋、芙蓉糕六样东西，双方择了农历二月初八订婚，阳历五一结婚。

　　韦梅想把这事告诉韦青，信写好了，不晓得寄到哪里。布吉那么多工厂。韦梅去了学校，给韦青的班主任送了两瓶酒、两条烟，讲了自己的家庭情况，请老师开恩，不要开除韦青，算休学，她会想方设法把韦青找回来上学。办完这件事，韦梅回到店内，张燕说，"你弟太不像话。把你与你妈丢在这里。真是没良心。"张燕又说，"我今天早上来上班，在拐子胡同好像看见你弟。我还追上去。结果一飘就不见人影。"韦梅说，"我弟都给家里寄了信。邮戳是广东那边的。"张燕说，"我可能看花了眼。真奇怪。明明是你弟嘛。"张燕说得郑重，韦梅说，"那我明早去拐子胡同那儿看看。"到十一点钟，韦梅关了店门。张燕说，"咱们去吃大排档。我请你，就吃一块钱的粉。"韦梅笑起来说，"这么晚，哪有大排档？"张燕想了想说，"车站那边会有。"俩人走到半路上，听见夜穹里传出几声喊叫，"杀人了，杀人了。"

　　街头上的人多起来，仿佛是从土里钻出来的。大家拼命往车站那边跑。韦梅有点怕这样的事，停下脚步。张燕去扯韦梅的袖子。韦梅摇头说，"这有什么好看的。"张燕说，"你陪我去看看嘛。

咱们站远一点。"韦梅只好跟着张燕去。走到汽车站，那里人山人海，跟过节差不多，大家跳着脚议论纷纷。张燕问旁边穿黑棉袄的男子，"出了什么事？"男人说，"王胖被人打死了。王胖在车站门前的大排档喝酒，外面来了一个人，脸上戴着美猴王的面具，走到王胖身后，掏出火药枪，对着王胖的后脑勺搂响。王胖的头上炸开一个窟窿。那人裤兜里还有一把火药枪，又掏出来对准王胖身边大嘴巴的女人开了枪，再撒腿跑，跑得真快，谁也赶不上。有人去追了，那人爬上汽车站后面的山坡就消失了。"另一个男人插嘴补充道，"这肯定是南边来的职业杀手干的。手法太干净利落。"男人做出瞄准射击的手势，嘴里喊道，"叭。"韦梅听了，在胸口画了一个十字。张燕小声说，"许小丽这回要打爆竹了。"警察来了。警车呜呜的。韦梅拉着张燕赶紧离开。

几天后，店里快打烊的时候，莲姐进了屋。尽管用了妆，仍看得出她的两只眼睛有点红肿。韦梅有点不安，替莲姐倒了水，等她坐下来后又去替她捏背。莲姐说，"小梅、燕子。有件事没先对你们打招呼，对不起。姐把这成衣坊转让了。"张燕张开嘴。莲姐摸出两个红包，"这是你们三个月的薪水。请原谅，别嫌少。"张燕接了。韦梅摇头，"莲姐，我欠你的多着呢。不能再要你的钱。"张燕说，"莲姐，生意好好的，咋就转让了呢？"韦梅拿胳膊去捅张燕的腰。莲姐的眼圈红了，把钱塞到韦梅手里说，"你没欠我的。是我欠你的。将来别恨莲姐就可以。"这话说得蹊跷。韦梅糊涂了。莲姐又说，"真舍不得你们啊。"张燕哭起来。韦梅说，"莲姐，你还会回梨桥吗？"莲姐笑笑，没正面回答，说，"今天晚上我请你们吃夜宵。"莲姐走了。韦梅去车站送行，买了点桔子苹果给莲姐路上吃。莲姐拉着韦梅的手，想说什么，终于还是忍下了。

当代中国最具实力中青年作家书系

等到车子开动的那一刻，韦梅看见莲姐把脸紧紧地贴在车窗玻璃上。莲姐在哭，泪水都把五官弄皱了。她还是没有忍住眼里一直噙着的泪水。是秦哥对不起莲姐吗？韦梅心头叹气。秦哥最近特别忙，韦梅就没看到过他的人影。但听在路西边开过女装店的妇人说，秦哥最近又包了农业局等好几个地方的沙石。生意是越做越大。到二月初八，在街坊的帮忙张罗下，韦梅与工程师订了婚。在德月楼摆的酒席，共九桌，取的是"长长久久"之意。韦梅穿了一袭红色的旗袍，把母亲扶上主位。张燕拿相机跑来跑去，不时叫韦梅说一声"茄子"。宾客满堂，烛焰高烧。大部分的人韦梅不认识。韦梅跟在工程师的后面，提着酒壶，一路叔伯爷婶喊过去。韦梅心头伤感，若是韦青也在就好了。韦青却没有消息传来。连信也没了。韦梅心头忐忑，去韦青的班主任那儿走了几趟，没说上几句话，就要流眼泪。那班主任便托自己在那边打工的亲戚去打听，还是没有韦青的下落。

　　时间像一只鸟，拍打着翅膀，从天穹飞过。一年后，韦梅生了一个胖男娃。工程师喜上眉梢，待韦梅不知道有多好。月子里不让下床，一个大老爷们亲手给妻子端屎尿。至于鸡汤鱼汤，工程师更是每天变着法子煲给妻子喝。佑民巷的街坊见了章山兰，说韦梅好福气，有眼力，懂得挑老公。章山兰已经不在桥头摆摊，在女婿家帮忙带外孙以及工程师前妻留下的小女孩儿。章山兰抹着眼泪说，那是那是。要是韦青在，就好了。农业局的房子这时建起来了，没有公安局大楼气派，卖价更贵，一平方要卖二千多。居然还有人买。张燕在农业局楼下开了一间店铺，卖女装。店面叫法国米兰。韦梅去张燕店里玩，说，"米兰是意大利的。意大利的甲级联赛有一个 AC 米兰队。"张燕就笑，"我管米兰是哪个地方的？这几个汉字搭配在一起好听好看就行了。"一年多时间，张燕完全出落成一个美人，高山流水的长发，瘦挑身材，肤色白净，说话还带电视剧里的港台腔。俩人说着话，秦哥进了屋，手很自然地搂住张燕的腰。张燕的身子往秦哥贴过去。韦梅一怔，明白过来，又说了一会儿闲话，告辞出门。打那以后，韦梅见到张燕绕道走，也尽量避免到人民路上去。韦梅想，枉是莲姐对她这样好了。又过了大半年，韦梅收到莲姐寄来的一封挂号信。里面有一张短笺，落款的日期是莲姐离开梨桥县的那天。信里还有一把铜钥匙。是开银行保管箱的钥匙。韦梅心头狐疑，拿钥匙去中国银行，打开一看，里面有六万块钱，以及一封信。是韦青写的。戴美猴王面具的杀手就是韦青。韦梅的眼泪下来了。韦青最早从广东寄回来的那封信，却是在梨桥写好，再托人在那边邮局寄发。

当代中国最具实力中青年作家书系

小桂与阿梅

一

我偶尔会想起我在南京的那些日子。它们像突然从悬崖上滚落的石头。

那时，与我在同一屋檐下的是一个北方人，长得挺帅，叫贾大全，比我年长些，据说在机关做过事，所以我理解他在室内温度近四十度时也一丝不苟的着装习惯，也理解他每周末去发廊与一个叫小桂的姑娘所进行的极有规律的交媾动作。

小桂说，"我数过，四十九下，每次都是四十九下，不多一下，也不少一下。"剪着刘海的小桂咯咯笑，黑亮的杏眼里有我老家清亮的溪水。"哎呀呀，他好有意思，说世界有三个。一个是物理的，一个是情感的，还有一个是人类心灵的产物。讲得可深奥呢。我都以为他是大学教授。"小桂的记性真好，有复读机的功能，我说一段话，她能一字不差地重述。

小桂是我老乡，比我小七岁。我们在 903 路公交车上认识的。

她捡到我的诺基亚手机。在随后的交谈中，我们发现我们不仅曾饮过一江水，在同一所小学、中学念过书，也都往一个绰号青蛙的老师家里扔过石头（我扔的其实是用报纸包裹起来的粪便）。青蛙老师彪悍的人生实在有必要多做探讨，我俩的舌头都跳起舞，以至于车至鲁谷站时，小桂眼里的溪水变成洪水。我晕了头，就跟在她身后下了车，步行在南京的黄昏里。从一前一后，到并肩前行，大约花了三秒钟。我们聊起著名的青蛙实验。把青蛙扔进沸水，它到底会不会马上跳出来？我坚持青蛙会马上跳出来。虽然我没有亲眼看到过，但几乎每本书上都是这样说的。小桂反驳，"你脑袋里尽是屎，你脑袋里尽是屎。"她猛地抓住我的手，甩开步。她的手真有力，与青蛙老师掐我脖子的劲道差不多。我的脚后跟都要打到后脑勺上。前行，拐弯，左拐弯，再左拐弯。菜市场门口居然有卖青蛙的瘦女人，拿网兜装了，提在手中，左眼珠子看左边，右眼珠子看右边。小桂与她唇枪舌剑。瘦女人的眼球子渐渐合拢，有了生气。我忍不住插话，"小桂，这是买青蛙，不是买彩电。"小桂说，"一毛钱也是钱。"

几分钟后，小桂宣布凯旋，胜利地买到三只青蛙。我们再左拐弯右拐弯拐过小径分岔的胡同到了她的小房间。是平房，呆若木鸡的红砖平房。她搬来电饭煲。事实与传说中的完全两样，青蛙一入沸水即死，倒是在把水慢慢烧开的过程中，青蛙会往外跳得很疯狂。我很郁闷，也许书本里的青蛙与现实中的青蛙是两回事，又或者说这是南京的青蛙，自然与众不同。我恶狠狠地剪破壮烈牺牲的三只青蛙的肚皮。小桂的眉毛跳了跳说，"你干吗？"我说，"煮青蛙汤。数量虽少，味道也好。"小桂呱呱笑，牙齿洁白细密，"你真有趣。这里连盐都没有哦。"我尴尬地笑。小桂的

当代中国最具实力中青年作家书系

房间真简陋，小得跟麻雀似的，但也清洁，床是床，桌子是桌子，还用布帘子隔成前后两半。这种屋子在鲁谷每月要四百块，毕竟它有窗子，通风良好，没有地下室那种惯常的霉味儿。

我说，"那咋办，扔掉？三只青蛙，那也是十五毛钱！"

小桂说，"你的智商有问题。上外面的小餐馆请人加工呗。"

小桂的眉是山峰聚，小桂的眼是水波横。我开口夸奖她，还用了一连串肉麻的比喻。她兴奋异常，脸庞变得与夜里从河面上漂过的物体一样，散发出潮湿的腥味。

二

老实说，从步入小桂的房间伊始，我便清楚了她干的是什么行当，还是这行当里的最底层。我一直在想，究竟是什么让我津津有味地在那个房间里呆了下去。

那天，我们并没有吃青蛙汤，一个涂蓝眼圈的女孩儿打断我的比喻。她冲进屋，就来扯小桂的耳朵，"小桂，小桂。"小桂敲她的手，"嚎什么呀，没见我哥来了么。"蓝眼圈说，"客人点你。快去快去。小桂，你这波涛真是汹涌呀。"蓝眼圈完全无视我的存在，嘻嘻笑着，两只手往小桂胸前摸来。两个皮肤光洁细嫩的女孩儿肆无忌惮地当着我的面扭成一团，还咬起耳朵。我低头去看被剥皮了的青蛙的尸体。它们死去的样子比活着的时候更好看，是晶莹剔透的玉石，玉石里又有根根红线。我咳嗽起来。两个女孩这才住手，两双大眼睛齐齐瞟来。我摆手说，"没事。"

蓝眼圈嘿嘿笑，"没事才怪。我再不来，你俩都要在这儿办事了。帅哥，就委屈你十分钟了，那老头很快的。"

小桂去拧蓝眼圈的嘴，"你瞎说些啥。这是我哥，喝一条河水长大的哥。哥，我去去就来。"小桂的眼里有一些说不清的东西。当然，这也可能是我眼花。等我揉完眼，小桂不见了，蓝眼圈细细的胳膊已吊在我脖子上，"你真是她哥？我咋没听她讲过？你长得好像陈冠希，做我男朋友。我给你算便宜点。哇，你俩有没有兄妹通奸？"

蓝眼圈蓦然张大嘴巴，跳到屋子的另一角，一脸狐疑，仿佛我是一条毒蛇。我哭笑不得，"小桂来了，你对她说，我先走了。以后再见。"

"那不行。你可是小桂她哥，就这样走了，我拿啥子赔小桂？我可没有这样一个白白嫩嫩的哥。"蓝眼圈眨着眼睛，跳到门边，哼起小曲儿，边哼还边把手指伸到嘴里来回吮吸。

我算是长了见识，脸一板，就打算翻脸，蓝眼圈半个身子偎入我怀里，嘴唇贴至我耳郭上，腻声说道，"你不是小桂的亲哥哥，你是小桂的情哥哥。情哥哥，你也做我的情哥哥吧，我保证比小桂还让你快活，快活一百倍够不够？"腹部深处有某种灼热在膨胀。我不得不咬住舌头，把她推开。

"哎呀呀，情哥哥，阵阵酥，丝丝麻，不由得腰儿晃，身迎合……啊呀呀！怎受得了这折磨！丢落了三魂六魄……"

蓝眼圈捏起兰花指，唱起小曲儿。这小曲儿就唱得见了水准，倒不是说它的内容、用韵、平仄比《十八摸》《小尼姑思凡》之类的要高明，关键是唱腔，就好像是那朝思暮想的妩媚女子，忽有一日，丢下媚眼，轻解罗裳。每个字都是她的云鬟杏唇杨柳腰芙蓉脸，要勾人心魄。我咧开嘴，哭笑不得。肚腹下的那只桀骜不驯的生物已昂然扬首。草莽之间，果有奇妓。这蓝眼圈莫非是戏

当代中国最具实力中青年作家书系

剧学院的高材生，她应该去传说中的天上人间，呆在这路边发廊确是暴殄天物。

蓝眼圈突然双手朝我一摊，"拿来。"

我莫名惊诧，"拿什么？"

蓝眼圈说，"钱。你听了奴家的小曲儿，还不打赏点人民币？真是狠心的郎。郎呀，我待你是金和玉，你待我是土和泥……"

我乖乖掏钱。口袋里有一张一百的，二张五十的，三张十块的。蓝眼圈一把夺过，摸摸这张，摸摸那张，最后捡一张五十元的揣入口袋，眉开眼笑，"算了，瞅你也是一个穷光蛋。就收你五十元。哇哈哈，小桂，你回来了，真牛，这么快就搞定了，晚上得请客。小桂呀，我说你哥还真好，都动手摸我奶子了。哥，我的奶子与小桂的，哪个手感更好呀。"

三

我看过当下太多的小说、电影、新闻报道等，讲起发廊女，都是一副哀其不幸怒其不争的口吻，但我在小桂与蓝眼圈脸上完全看不到一丝苦大仇深的表情。她们一前一后把我架进小餐馆，要了盐拌花生米、切黄瓜片、五香牛肉、盐水鸭、凤爪、卤猪耳六碟冷菜，又一口气要了水煮腰花、剁椒鱼头、五香羊排、尖椒牛柳、酸菜鱼、辣子鸡六个热菜，以及一箱燕京啤酒。

我痛心疾首，"跟什么过不去，别跟钱过不去呀。"我的抗议未收到任何效果，菜一盘盘端上来，我只好埋头苦干。她们敬酒我就喝，她们不敬酒我也喝，自信酒量在这儿，这俩丫头也不至于在我酒醉后把我扛哪里埋了。小桂嗔来一眼，"哥，你刚从号子里出来？"

"那倒不是。因为我穷。"我补充道，"人穷志短。穷，是魔鬼啊。逼得人没办法像个正常人那样思考。所以，哪怕吃不下，也要吃。"

蓝眼圈笑，"小桂，你这个哥好会耍贫嘴哦。你转让给我哪。我付转让费。"

我没茬理会蓝眼圈的眼睫毛，意识到一件古怪的事情：端盘子的姑娘好像与我们有仇，特别是与我有仇。每端一盘菜，都是那么不情不愿。这不，一块辣子鸡跳到我手背上重重一啄。真烫。我想叫，没敢。这姑娘的目光要吃人，也能吃人。我怀疑她时刻准备着抄起一盘菜扣我脑门上。望着她腰间的油腻围裙，我只能深呼吸，默诵《般若心经》。更郁闷的是，小桂与蓝眼圈好像选择性失明了，看不见这姑娘的所作所为，互相碰杯，腻声说话，眼角尽是桃花春风。这年头都与悬疑小说一样古怪呀。我默默地把筷子伸向五香羊排。小桂突地伸筷子一架，却不看我。我让筷子换了一个角度，仍被架住。我只好放下筷子，觉得这个刚认识的老乡精神不大正常，也觉得自己的脑袋进了水。我说，"小桂呀，我去趟洗手间。"

小桂定起眼珠子，扑哧一笑，"哥呀，你要尿遁么？来，我介绍一下，她叫阿梅。墙角站着的那个端盘子的是她亲妹，阿兰。"小桂说到这里乐了，"阿兰，这是我哥，不是你想的那个。"天哪，难道说我长得很像嫖客么？我很郁闷。小桂继续说道，"阿兰过来坐，我们给你老板带来了这么多的生意，你喘口气有啥子哩？这会儿又没别的生意登门。老板，喂，我说姓孙的，你要追阿兰，就别把她当驴使唤。要不，阿梅肯，我也不肯。"

厨房里出来一个白帽子，脸上尽是青春痘，眼里却有刀片一样的光，躬身打千，"那是那是。小兰你歇歇去。现在又不忙，我去外面抽根烟。"青春痘没看蓝眼圈。我终于夹起一块羊排。味道不错，酥烂香浓，口感柔绵，有不屈的弹性，就是稍微咸了点。这不是大厨的功底不好，是心思不在，当然，这也难怪。我笑眯眯地去瞅阿兰。阿兰坐过身，挺腰直视前方。她长得不算好看，不过十八无丑女，何况她也算是略施了粉黛，颧骨上有一层薄薄的粉。我用餐巾纸擦嘴，"小桂，哥今天认识你，两个字，高兴。三个字，很高兴。我有事得先走，这饭我请了。你们慢聊。"我没提蓝眼圈摸走的钞票，掏出张一百的，抚平票面，搁桌上，转身出门。这个世界真是匪夷所思。我觉得自己一定是中了邪。小桂虽然是老乡，可老乡见老乡早不再是两眼泪汪汪的时代。我对发廊女没有歧视，但被当猴耍的感觉确实不大舒服。

小桂跟出门，"哥，你生气了？"

我说，"没。"

小桂说，"哥，你别生气。阿梅讨厌这个姓孙的。阿兰吃了铁秤砣一定要嫁给姓孙的。我们讲的话，她都不听。哥，你是有文化的人，给阿兰讲讲道理，把那铁秤砣从她肚子里掏出来。求你了。她准听。"小桂的嘴巴凑到我耳朵根，"姓孙的与阿梅好过，可人品实在不行，讲好一百块，事情完了又说阿梅没做够钟，只肯付八十。阿梅气坏了，又抹不下脸与阿兰提这种事。这样的男人，阿梅怎么肯认他做妹夫？你说是不是？"

青春痘蹲在屋檐下吸烟，吸烟的功夫真不赖。夕阳下，烟雾像线一样渐引渐出，盘旋于空，圆如环，一环套一环，赫然间已五环相扣。蓦然，五环散出形状，像神仙，像鸡犬，须眉衣服、皮革羽毛，无不毕现。我暗自咋舌。这是否算得上是民间奇人？又或者仍然是我眼花，在某个被自己遗忘的时刻吸食了大麻？

我说，"小桂，哥连明天的饭钱在哪都不晓得，哪有啥子本事去做妇女工作。你别笑，真的，认识你很高兴，你今天不仅帮我挽回一只手机的损失，还用几只青蛙深刻地教育了我。非常感激。不过我确实是有事，我走了，以后有机会再见。"

小桂怔了一下。我大步向前。我好像听到她在身后叫，"哥，你叫啥名字呀？"我没回头。我所理解的"再见"的含义应该是：再不相见。我以为我与小桂的关系至此已画上圆满的句号，没想到一个月后，句号变成省略号。

四

那是周末的下午，天热得不行，皮肤上的汗不是一粒粒的，而是一层一层。我穿着短裤趴在客厅里写小说。我很想把它写成著名的"知音体"，可惜在几位知音编辑的耳提面命下，功力还是没有丝毫长进。我只能胡乱地在键盘上敲打，指望那只能在时间长河里敲打出莎士比亚名著的概率老鼠赐予我力量与灵感。一只可能存在的老鼠与我会有什么样的关系呢？我闭上眼睛思索生命的进化史。

门开了，贾大全进屋，眉头皱着，好像有心事。我们平常基本不聊天，对彼此的了解用一句话可以说完。我很礼貌地点头，准备回自己的小房间。我们是室友，但并不属于同一个阶级，他的大房间有空调，吸的烟是中华，身上穿的尽是名牌，就连晾在阳台上的内裤也是意大利产的，我在商场见过它的专柜，得五十块钱一条。

我们住在这套二室一厅的公寓，就他而言，是落难，原因不明；就我而言，是僭越，是因为我用了七天时间替一个原本住在这个小房间里的朋友写了一篇十万字的《莎士比亚与中国当代经济思潮之研究》。我不懂莎士比亚、经济、中国、当代等关键词，更搞不清楚它们之间的子丑寅卯，但互联网搞得明白，我要做的就是把别人的话重新讲一次，再拼贴。这活没有难度，只是说能得到这种枪手的机会比较难。朋友拿它得了一个博士学位。我拿它换了小房间六个月的租约。还有两个月，我就要搬回污水横溢的地下室，但我还是感激这位慷慨的朋友，他让我知道南京夜晚的空气并不全是发霉长毛的压缩饼干，能噎得人翻白眼的。

贾大全没进大房间，"小刘，周末了还做事，不去与女朋友要耍？"贾大全主动找我搭讪，这在我住进来的四个月里还是第一次。这让人肾上腺素分泌旺盛。

我说，"贾哥，我这样的穷光蛋，哪有钱找女朋友要？现在的女人，只要是雌的，就是美女，价钱贵着哩，我消费不起。"

贾大全笑了，"说得在理。对了，早知道你是写东西的，在写什么？"

贾大全进房摸出两瓶冰镇啤酒。他的大房间不仅有冷暖空调，还有冰箱。因为这个原因，在我搬进来的第一天，我们达成协议，每月我另外再交三十元钱水电杂费即可。他是吃了亏的，我也领他的情。所以几口冰镇啤酒下肚，我把二手笔记本推到他面前，"写小说，写我这种北漂人。你自己看。"老实说，这个故事的框架我还是基本满意，用一枚戒指作为贯穿全文的隐喻与象征。必须是戒指。戒指是誓约，是枷锁，是警戒。

一个外省男人在去北京的火车上遇到一个美丽的少女。他勾引了她。在列车临时停靠的站台,男人在小贩手里,用十块钱买下一枚石头戒指。少女戴上戒指,把自己交给男人。他们来到北京。少女想成为歌手,她的喉咙里有天籁。男人想成为那种伟大的书写人类灵魂的作家。他坚信,北京会给予他承认,就像母亲承认孩子的才华。但信念在现实面前总是那样不堪一击。世界是一块口香糖,被人吐在地上。北京的冬天把男人的满脸泪水变成冰碴。男人醉酒躺倒在街头,绝望地叫。少女把他背回家,煮西红柿蛋汤,用柔软的嘴唇吻掉他眼角的泪。若没有她的慰藉,男人无法度过这个可怕的寒冬。少女在酒吧里卖唱,每月只能赚到最低的生活所需。男人说放弃吧。回老家,种庄稼,栽几棵树,养一大堆孩子。少女让男人看那枚戒指,问男人这是什么?男人说是戒指。少女说,不,这是梦。还有什么比梦更重要?

男人坚持下来,陆续在刊物上发表了文章,获得一个编剧的饭碗。男人在这个炮制廉价眼泪的饭碗中渐渐忘掉了自己来北京的原因。他对少女说,人活着,就是妥协,不断低头。最后,向死低头。过了一段日子,男人偶然听到一些人私下的交谈。他们说男人之所以能够发表文章,找到这个饭碗,是因为少女向那些大人物奉献了肉体。男人怒不可遏,回到他们租住的平房,从少女手上撸下戒指,摔在地上,夺门远去。

几年过去,天下掉下馅饼。一个女导演对男人青睐有加。她的年龄足可以成为男人的母亲，男人还是娶了她，开始步入上流社会，穿着洗熨挺括的西装向在晚宴上露出大片雪白背肌的女人举起高脚酒杯。但男人忘不掉那名少女。在离开她的日子，男人已经勘破了肉体的虚妄，懂得了什么叫作潜规则，对她曾为自己做过的深深感激。男人又遇上她。少女一直在夜总会里唱歌。男人看见她时，也看见她手指上那枚破损的戒指。男人带了玫瑰与香水，来到少女面前，乞求原谅。在少女租住处，男人看到自己当年所留下的衣物。它们挂在衣橱内，散发出清新气息。男人热泪盈眶，这世上没有比女孩更爱男人的了。

男人要了她，要了一遍又一遍，直到骨头酥软。

少女怀孕了。男人蓦然惊醒，意识到危险。他不想失去现在所拥有的生活。他深知那个老女人的手腕与影响力。当初，她能把它们给他，现在，她也能毫不留情地夺走它们。男人恳求少女去打掉孩子。一直对男人百依百顺的少女却不肯了，哪怕男人跪下来，她也摇头，眼泪汪汪。男人愤怒了，咆哮着扼住少女的脖子，用力摇晃。他没有发现少女的身体在一点点变得比棉花还要软。等男人清醒过来，他已扼死她，扼死了她肚中的孩子。男人放声大哭，用头撞地，向上天祷告，愿把自己剩余的生命换给少女。他是真真切切明白了覆水难收这个成语的意思。

死者已逝，活着的人是否要成为陪葬？男人擦掉屋中自己遗下的痕迹，只带走那枚滚落在地上的戒指。男人走在街头，注视着这枚不值钱的犹存有少女体温的戒指，想起过去种种，觉得自己是畜生，号啕痛哭，不停地说，"原谅我，原谅我。"他把戒指抛入河中，把注意力转移到如何伪造自己不在场的证据上。这并非难事。男人了解警察的破案手法。警察来问过男人一次，不再登门。案子很快破了，据说凶手是一名来京打工的民工。

时间过得很快。几年后，男人彻底忘掉了少女。他生活得很好。这一天，男人打算在家里搞一个小圈子里的 party。男人最拿手的酸菜鱼自然必不可少。男人在超市买了一条大青鱼，回家去鳞剔净。当他从鱼肚里掏出一大团内脏时，赫然发现里面滚出一枚戒指。是的，戒指。男人一眼就认出，它是自己当年扔进河里的戒指。

五

我没想到贾大全看完这千把字后居然一言不发。哪怕说声庸俗透顶，那也是好的。他原本灰暗的额头好像被铁器敲打了，突然凹下去一块。他甚至没看我一眼，直接回屋，并迅速关上了房门。那瓶冰啤，他还只喝了两口。房间里恍惚有隐隐的被压抑了的啜泣声，这可能是那些无聊的肥皂剧里的人物的表演。我有点困惑。喝到肚里的啤酒变成一块油腻的蛋糕。我关上电脑，出门散步，走了一段路，感觉自己实在是一个无聊的逗号，便跳上一辆公共汽车。我不关心它会把我带往哪里，也不关心上车的与下车的人都有什么样的脸庞。各种各样的房子在炽热的阳光下，是一个个与人这种两足无羽生物毫无关系的谜语，有的前倾，有的

当代中国最具实力中青年作家书系

后仰，似乎只要伸出一小手指头，就可以推倒它们。

万物若灶膛内的火苗，人是这火焰中的干柴。

我叹息着，便想把这两句不入流的句子写在掌心，心中一怔，车窗外一棵梧桐树的树荫下，赫然是蓝眼圈与她妹妹。蓝眼圈的胸脯高高的，腿长长的，腰细细的。她在与阿兰吵架，还动手，互相撕扯头发。没有人围观。她们的动作好像是慢镜头里的，是京剧里的角儿的。我把脸贴在灼热的玻璃上。我听不清她们都在说什么。她们的身影疾速往后退去，很快便与我没有半点关系。

我进了网吧。一个僻静处的位置上蹲着一只皮毛黑白相间的波斯猫。我赶走它。我喜欢网络。在这个虚拟的国度里，我是蜘蛛、狼、金盔金甲的王、不吃鹿的狮子……是众多生灵以及那些只见于神话的动植物的混合体，是它们对自身习性的服从，是它们的基因突变。我在论坛撰文回帖，抨击一切可抨击的，诅咒一切可诅咒的。我犀利的言辞为我赢得一大群粉丝，所以每次登录QQ，我总是很忙。

我的 ID 叫猪七戒，没有哪位网上朋友知道我的真名实姓，包括同样卖文为生的朋友。但这天，一个叫深海水妖的 ID 发来消息，请求我加为好友，还在附言栏里写了八个字：我知道你是刘汉卿。

她的头像是亮的，人在线。我问她是谁？我们前言不搭后语地聊起来。我告诉她，猪七戒的意思是不戒色。辛苦挑担的猪八戒虽说最后弄了个"有受用的品级"的净坛使者，革命小酒天天醉，一直喝到反了胃，但，天下四大部洲的妇人女子再沾手不得。所谓七上八下。当代女人都爱嫁的猪八戒自然是赶不上同样好吃懒做、食肠宽大、贪财吝啬的猪七戒。

在互联网上泡女人的功夫我自信比得上西门庆。我拿出十二分的小心，再倒腾出江相派的十六字真言，先审后敲，急打慢千，隆卖齐施，敲打并用。四十分钟后，我终于弄明白这个深海水妖是谁。生活真是太乏味了。

我说，"小桂，八月桂花香多好啊，为什么要崇洋媚外？叫什么水妖，你头发有那么长吗？"

小桂说，"哥，你，你别生气呀。"

我说，"我不是你哥，我是刘汉卿。你从哪里打听到的，还弄到我的 QQ 号码。真的，你可以去演谍战片了。"

小桂说，"哥，你真生气啊？千万别。我打电话回去问同学的。同学又问那个青蛙老师，又问了你爸妈。哥，你好有名，都说你是才子哦，是咱们学校的骄傲，发表好多文章，还出书。"

有这样打探别人隐私的么，我的手指就不听脑神经支配了，"才子有混成我这样的吗？你不是李娃，我也不是郑元和。"我这也是口不择言，这话大大不妥。我想把这几个字从屏幕里抠出来，已徒叹奈何，只好鄙视地对着那只在我膝下蹿来跳去的波斯猫吐出一口痰。还好，半天，小桂小心翼翼地回了一句话，"李娃是谁？"

小桂呀，在当下的中国，不知道李娃不可耻，但不懂得使用百度或谷歌去搜索"李娃"未免太跟不上时代。我准备关机下线。小桂又发来一条消息，"哦，我知道李娃是干什么的了。哥，有件事我想问问你，你能帮我拿个主意么？"

小桂讲的事让我啼笑皆非。不是说这事情不可能发生，而是它不应该出现在中国。它更应该出现在那些所谓的欧洲艺术电影里。

半年前的一个黄昏，小桂在街头闲逛，一个陌生男人走上前

当代中国最具实力中青年作家书系

对她说，想与她上床睡觉。小桂就肯了，俩人去附近的宾馆开房。鬼使神差地，小桂最后没收钱，也没告诉他自己是做小姐的，反而还留下一个电话。俩人的关系逐渐亲密。后来，不可避免，男人发现小桂是做这行的。小桂以为他会离开，可那男人对她越发温存，现在居然还说要娶她为妻。

小桂说，"哥，你是男人，文章还写得那样好，你说他是不是骗我玩的？等我答应了，就把我骗到山沟里卖了？"这并非没有可能，但我也不知道说什么好。根据我个人的经验，这世上所有的罗曼蒂克都他妈的是居心叵测，可个体的经验并不适合大众，尤其是小桂这个明眸皓齿的女孩儿。也许那男人就好这一口，或者人家是圣徒转世？我这乱出主意，岂不可能摧毁了一桩可能的美满姻缘？李娃终究是嫁了郑元和，还被朝廷封为汧国夫人。

我与小桂的聊天流畅了许多。小桂的打字速度还真快。小桂甚至把与那个男人做爱的细节都告诉了我，"四十九下，每次都是四十九下，不会多一下，也不少一下。哥，你说这个四十九有什么特殊的含义吗？"

"大衍之数五十，其用四十九，成阳六爻，得周流六虚之象也。"我在键盘上敲下这几行字。做爱都能与《易》扯上关系，我这也是要被送去打靶。唉，诸行无常，诸法无我。小桂说，"哥，这话是什么意思？"

我说，"没意思。我掉书袋。这人可能是变态。他叫啥名字。"

"贾大全。"

六

　　我都怀疑起小桂当初不是捡到我的手机，是故意偷了我的手机。没法子，在这世上呆久了，许多人都会变成怀疑狂与受迫害狂。我努力克制住内心深处的负面情绪，说，"小桂，这事我帮不了你。你自己拿主意。"

　　我没问小桂是否清楚我与贾大全同居一屋，也许不是那个北方人，南京这么大，贾大全这三个字也没有多古僻。我说，"我回去了。你好好的。"我想了想，又加上一句话，"走自己的路，让别人无路可走吧。"然后打算关机断线，把脑子里那个乱七八糟的毛线团扔进垃圾筐内，波斯猫突然叫了一声，叫得凄惨，肥胖的身子闪到一旁。两个少年围上来，一左一右攀住我胳膊，一个头发金黄，一个头发深绿，一个鼻翼上镶圆环，一个耳垂上吊三角形，也都是十七八岁。这种少年，我见过，是一个模子里出来的。去年我回老家，在市民广场吃烧烤，两伙少年起冲突，据说某人抢了另一个人的女人。二十几个人围一堆，你推我搡，一把雪亮的砍刀倏地从某只袖管里蹿出，呼地砍落一只血淋淋的巴掌。巴掌上的手指还会动。

　　我挤出笑容，挤出干巴巴的声音，"兄弟，有什么指教？"

　　"哥们，借几块钱买包烟抽吧。"

　　我立刻摸出皮夹，"咱是打工的，留点伙食费？"

　　绿头发摸走二百三十块，留下七元零钞，又掂起我搁桌上的手机。我叫道，"卡留下吧。我认识的人都在上面。"

　　绿头发眯眼笑道，"你这人蛮实诚嘛。"扬手把手机抛还我，手插入裤袋，与黄头发一前一后出了门。我望着网吧里的那些叽里咕噜乱转的眼球，心里郁闷啊，难道是因为我长得太帅，或者明天我会中六合彩？波斯猫又凑身过来，一脸媚笑。

我下意识地飞起一脚。冲动果然是魔鬼。这只硕大的蠢货跟炮弹一样，重重地砸在前边的电脑上。液晶显示屏掉在地上。几声惊叫差点刺破我的耳膜。一直双手抱胸的网吧老板扬起下巴，朝我一点点露出诡异的笑容。这个高鼻深目的男人的母系先人在八国联军进城时，极可能有过比较惨痛的经历。一个破屏居然索价二千块，我就是去学许三观，一时半刻也凑不来这么多钱。我拿不定主意是否需要跑到僻静处去啜泣，或者向神乞求。我小声说，"手机压你这儿？"

男人摇头，"这种二手货顶多值五百。"

我说，"要不你管饭，我替你打半个月工。你说干啥，我就干啥。"男人朝电脑努嘴，"无赖我见多了，你这样没技术含量的还是头次见到。叫朋友或家人朝你卡上打钱。"男人的手腕上有一块文身，是一只蓝色的老虎。老虎在叫，叫得凶猛，叫得人心乱如麻。

半小时后，小桂赶来了，像一只被踩了尾巴的猫，尖声与高鼻深目讨价还价。我隐隐约约地觉得会有某件事情发生，就像一篇文章中所描述的那样。我仔细地回想文章的名字，想了半天，脑子里却煮起一锅热气腾腾的绿豆粥。我去看小桂。小桂的嘴巴红红的。她真厉害，二千块钱硬是被她杀到一千二。小桂付过钱。我垂头丧气地跟在她屁股后出了门。太阳金黄灿烂，耳朵里满是轰隆隆的声音。小桂的脸上闪动着一种火焰，"哥，我知道你现在手头紧，不着急还的。"小桂上了去鲁谷方向的公交车。她打车过来的。从鲁谷打车过来起码要近三十块钱。我的眼眶有点儿湿润。我确实应该好好地想想小桂与贾大全的事。

我拎起一扎啤酒敲响贾大全的房门。

他还在睡觉，眼角有褐黄色的分泌物。我说，"我是宋小桂的老乡。"

他打了一个漫不经心的哈欠，"我知道。你们都把'花'的h，发音成f。昨天她还对我说起你，很为你这样一个老乡自豪啊。不过我没告诉她，你是我室友。"

我单刀直入，"小桂说你想娶她？"

贾大全点点头，还是一副睡不醒的样子。

我说，"为什么？"

贾大全的手指在门框上有节奏地叩击着，"娶了她，她就不会去做小姐了。"

我啼笑皆非，"你以为自己是聂赫留道夫？啊，人的生命是有限的，应该把有限的生命投入到无限的利他主义……"

贾大全打断了我的嘲谑，"人既有利己的冲动，又有利他的冲动。所谓道德，就是使前者从属于后者。又或者说，利他必然以利己为基础。"

"这是十九世纪法国哲学家和伦理学家孔德的理论，"我叫起来，"你这是无耻的抄袭。"

贾大全摸摸后脑勺，咧嘴笑了，示意我进屋，用牙齿咬开啤酒瓶盖，喝过几口，"I have respect for beer。"

我摇头，"我听不懂。"

贾大全放下瓶子，眼里略有嘲讽，"我很尊重啤酒。电影《美丽心灵》里纳什的台词。别告诉我你不知道纳什是谁。"

当代中国最具实力中青年作家书系

我点头，有点蒙了，"他是搞博弈论的。可这与你要娶她有什么关系。"

　　"利他主义的实质在于主体间的利益博弈，并且应是长期利益博弈的一种均衡。"贾大全的眉头跳了个探戈，"你们这些写小说的，对世界的看法总是停留在表层。"

　　我有些吓着了，还真没想到室友竟是一位隐于市的哲人，我结巴了，想不出有啥大词儿能撑起自己的骨头。

　　贾大全摸出中华烟，递我一根，自己也叼住一根，抽过几口，说起人话，"我为什么娶小桂？内心救赎的需要。她长得与我的初恋女友一模一样。你别笑，世界就是这样简单，并且滑稽。你白天写的那个关于戒指的小说，坦白说，我就是你文章中的那个男主人公，但我不写字。"

　　我后退一步，倒吸一口凉气，"你杀了人？"

　　贾大全嘴里喷出的烟雾与那青春痘还真有得一拼，徐吐一圈，大如盘，渐散作水波云状。又复吐烟如一线，亭亭直上，在水波云雾间结成楼台殿阁，又忽而变为旗帜甲马锦幔。我瞠目结舌。贾大全挥手，烟雾灭去，"那倒没有。她目前在大兴。精神病院。生活比小说无聊得多，哪有这么多的谋杀与巧合？还在鱼肚子里发现戒指？你们写小说的也太扯了。青鱼吃戒指吗？它主要摄食螺、蚬、幼蚌等贝类，兼食少量水生昆虫和节肢动物。"

　　我脸红耳赤。青鱼吃不吃戒指，我确实不懂。可《一千零一夜》里没少鱼吃戒指的情节。但那是童话，我这是以真实为噱头的，两者自然不能相提并论。

　　我说，"贾哥，你啥时能带我去看看你的初恋吗？"

　　贾大全摆摆手，"等你说服小桂嫁给我再说吧。还得拜托你不要与她提这茬事。"

我点头，说，"我不觉得你娶了她会幸福。你们根本是两路人，你说的话，我听起来都费力，她能听懂吗？"

贾大全说，"这不重要。你还没听懂我刚才说的救赎两字。是我的救赎，所以我需要你帮忙。或许你会说，我把小桂当成一桩救赎的工具。但她同样可能因此获得摆脱目前这种生活的机会。我多少还是认识几个朋友的。"

也许贾大全说得对，这是双赢，可我怎么就觉得这么别扭呢？

七

喀秋莎没遇上聂赫留道夫，同样摆脱不掉沦为妓女的命运。

当我再一次坐在小桂面前，归还借款，把我与贾大全是室友的事说了，顺便还探讨起托尔斯泰的《复活》时，小桂没有诧异的表情，反而一针见血地下了结论。她在高中时也看过这本书，竟然还记得其中大部分情节，连人名都没说错。当然，她讲得没有这样书面语。

"没有谁天生就是小姐，但这个社会总得把一些女人变成小姐，不是她，就是我。"小桂朝门口站着的模样憔悴的阿兰噘嘴。

穿一身透明纱裙的蓝眼圈不高兴了，"小姐怎么了？小姐就天生低人一等吗？没有你妈朝你爸叉开双腿，你能从那个洞里钻出来？"

蓝眼圈说话真粗俗，真不明白她怎么就能唱那么好听的淫词艳曲。我小声纠正她的说法，"那是婚姻，是有感情为基础的。与这种纯粹以金钱为目的的交换行为，还是有着本质区别。"

当代中国最具实力中青年作家书系

"去他妈的本质区别。"蓝眼圈恼了,"卖感情更可耻。我们凭自己的身体赚钱,一不偷二不抢三不拆房,不给国家添累赘,工作只需一张床,有什么见不得人的?"

阿兰过来了,薄薄的嘴唇里飘出一句话,"你就不要脸呗。"

蓝眼圈反唇相讥,"你要脸,就别来这儿借钱。就不要来借这不要脸的钱。姓孙的那是明目张胆地骗你,你还真信他妈被人撞断腿?你就等着他把你卖到窑子来吧。"

"你是我姐,就得管我。姓孙的骗我,我乐意。反正我姐就是窑子里卖的,我哪天进来,也是迟早的事。我再说一遍,这三千块,你借不借?"阿兰双手抱胸,吧嗒吧嗒嚼着口香糖。她光脚穿着凉鞋,脚趾头上涂满蔻丹。

这话太刺激人了,难怪这姐妹俩那天会打成一团。这话不仅把蓝眼圈骂了,还把小桂骂了。我去瞅小桂的脸。小桂恍若未闻,继续津津有味地啃着鸡爪子,"哥,我听说托尔斯泰这个老东西,最后在风雪天离家出走,独自死在一个小车站,临死也不想见妻子一面,是不是呀?"

托尔斯泰的妻子是比他小十七岁的索菲亚。他们之间的关系就不能用"有爱也有污垢凄苦"这种话搪塞,完全是水与火、鱼肉与刀俎的关系。这是价值观的根本冲突。这冲突无法用"存异求同、和平共处"这种论调来调和,因为一方喜欢吃素,另一方觉得吃素的都该死。

"爱人是什么?《聊斋》里的画皮。但每桩婚姻因为这个称呼都变得名正言顺,不管它有多么不幸。"我把目光投向门外,夕阳照在阿兰脸上,在她鼻尖抹了一小块橙黄,整个世界是那样不真实，就像一朵蒲公英，一口气就能把它吹掉。我没来由地想起了阿黛尔·雨果那句著名的台词——结婚对女人是一种堕落，特别是像我这样的女人。

还好，我不是女人。

蓝眼圈没再理会妹妹，搬把小椅子坐到我与小桂中间，单手托腮，看着我，也许不是在看我，是在看着我的灵魂。她的目光里有一种让我心颤的东西。我侧过头，不敢与她对视。蓝眼圈摆弄着衣襟，小声哼哼，"纽扣儿。凑就的姻缘好。你搭上我。我搭上你。两下搂得坚牢。生成一对相依靠。系定同心结。绾下刎颈交。一会儿分开也。一会儿又拢了。"

一只凉鞋从天而降，是阿兰的，紧接着又是另一只。

"你买的，还你。以后我没有你这个姐。"阿兰尖声叫道，"再唱，你还是烂货。同心结，你这辈子与鬼去打同心结。"阿兰光脚走了。

蓝眼圈在哆嗦。小桂轻握住她的手指，"阿梅，你妹不晓事。等那个姓孙的暴露真面目，她就明白了。"

蓝眼圈怔怔的，"他妈的，姓孙的，骗人都不晓得与时俱进，弄点新鲜说词。还不如说他发明了土豆炒马铃薯，要交专利申报费。"

我没敢笑，氛围不大合适。天空把光线逐一收回，屋子暗下来，就像一团在水里浸泡多时慢慢沉落的纸。纸上的字迹在洇散，在这混沌的水中犹如透明的鱼，再也无从捕捉。有腥的气息自屋外卷入，是灯光，就跟刀光一样，剁在额头生疼。恍恍惚惚，好像有人在说，"你能吻我一下吗？"是小桂，还是蓝眼圈？她们的脸庞好像玫瑰，嘴里呼出的气息是花萼，嘴唇是花瓣。花瓣上这个轻轻说出来的句子，仍像是来不及开放的花朵，紧裹着自己的秘密。

两个月后，我整理行囊，准备搬去地下室。电话响了，小桂打来的。小桂要我转告贾大全，说她去上海了，不要找她。

我说，"阿梅呢，与你一块走么？"

小桂沉默半晌，说，"我也不知道她上哪了。"

青春痘还真是混蛋，赌博输红眼，就把身边的阿兰押上去了。不是押阿兰的所有权，押使用权。每次算一百。这只畜生还帮着别人按住阿兰的手脚，抽阿兰的大嘴巴。阿兰当天晚上撞了车。阿梅就摸了把菜刀，把青春痘砍了。

小桂的语气平平淡淡，"哥，阿梅很喜欢你。那天你要是能亲她一下就好了。就一下。"小桂挂断电话，我再回拨过去，已是对方不在服务区。小桂应该是把电话卡扔了吧。

我来到贾大全面前，递给他一根烟，自己也点燃吸了。烟卷被汗水浸湿了，皱巴巴的。贾大全的烟技失了灵，看得出来，他很想在空中喷出一个有仙人出没的蓬莱海市，烟气氤然，始终不能凝而成形。他扔掉烟，摸起床铺上的一只盒子。盒里有一枚镶钻的女式戒指。他反复套弄，还是没法把它套进无名指。他的手太大了。

我说，"你是贾大全，不是聂赫留道夫。"贾大全点头。

我说，"阿梅出的事，你早知道么？"贾大全继续点头，身体里发出一种古怪的声音。他努力地让自己转过身背对着我。我没再说什么，起身告辞。窗外的太阳将它的光芒均匀地洒在我们的身上。晴空一碧万顷。天地间尽是咻咻热气。万物如被洗净的餐具，没有任何阴影和凹痕。我合上房门，屋内砰的一下。我听见笑声、哭声、叫喊声和击打木头的声音。声音憋闷暗哑，好像是一头受伤的老虎。突然，一声如巨霆轰震，顷刻间万籁俱寂。这寂静是比石头还沉的固体，直坠下来。也不知过了多久，那被云雾遮着的谷底深处，渐渐有一根钢丝抛出，直刺耳膜：

"我劝情人从良罢，花街柳巷，贪恋着甚么。细想想，这几年，挣的银钱何曾剩下。人过三十，如月退光华，到那时，要想从良无人嫁……"

当代中国最具实力中青年作家书系

阿宝

       阿宝坐在屋顶上。黑色的檐角像鸟一样飞。天空明亮澄净，风把它擦得比玻璃罩子还要干净。远方的山是一个个青粽子，透着糯米的清香。

       阿宝穿着粗布红衣裳，袖子卷到手臂上，头发乱糟糟。阿宝在笑。阿宝对着青石巷口喊，"石林，你上哪呀？"

       石林站住了，抓住墙角，抬头诧异道，"阿宝，你咋上屋顶了？风要把你吹下来的。"

       石林衣服与裤子的边角劈劈啪啪响。石林两条腿麻杆似的。阿宝嗤嗤地笑。

       石林说，"你妈要骂你的。"

       "我妈才不骂我呢。我妈卖豆腐去了。我妈临走时叫我往屋顶加层膜呢。"阿宝的声音脆生生，说得又急又快，像豆子，撒进风里。风一下子就小了。

       "加薄膜没用，日子一久，风随便一撕就撕开了，得上瓦。"石林走到屋檐下，比划了一下又说，"要不，我帮你上瓦吧。"

"我喜欢薄膜，屋里亮堂。"阿宝向石林扔过去一个白眼，伸伸腰，露出光滑的一小段白得耀眼的腰肢。石林朝巷子前后看，声音小了，"阿宝，你会着凉的。"石林打一个喷嚏，一脸鼻涕。阿宝咯咯地乐着说，"石林，你腋下夹的啥啊？"

　　"我借世民的书。"石林又打了一个喷嚏，样子狼狈极了。

　　"你这么用功，也想拿三好学生啊？"

　　石林赶紧摆手说，"不是课本，是《射雕英雄传》，金庸写的，你知道金庸吗？"石林说着话左腿微屈，右臂内弯，右掌划了个圆圈，嘴里还呼的一声，手掌向外拍去，拍在墙上。墙壁没动，几块灰尘落下。石林看自己红起来的手掌。

　　阿宝在空中踢脚，"你要死啊？"

　　石林嘿嘿地笑，"阿宝，这招叫亢龙有悔。以后我练到家了，只需要这么轻轻一掌，你就要从屋顶上掉下来。"

　　阿宝啐道，"掉个屁。"

　　阿宝不再理石林，噘拢嘴唇，吹起口哨，吹的是"小螺号滴滴吹"，声音清脆悦耳，一些气流的涡旋像一朵朵淡紫色的小花，在风中微颤，稍顿，再向高空爬去。

　　石林说，"阿宝，你吹得真好听。"

　　阿宝还是没理石林，又吹起"小小少年没有烦恼"。

　　石林抬高声调说，"阿宝，你教我吹口哨吧。"阿宝换过坐姿，双手抱膝，嘴里的口哨声换成"没有花香没有树高我是一棵无人知道的小草"。

　　石林挠头，拍拍脑袋，在原地兜过几个圈子，把一块鹅卵石踢出路面，终于垂头丧气地说道，"阿宝，我是屁。你不要生气啊。"

当代中国最具实力中青年作家书系

阿宝这才扭过身嫣然一笑，"你快去还书吧，说不定世民都等急了。"

石林说，"阿宝，你要不要看？我去对世民说没还看完。不过，你要快点看。"

阿宝噘起嘴说，"我才懒得看这些打打杀杀的。"

石林又说，"那你什么时候教我吹口哨啊？"

阿宝说，"现在。"

石林有点不敢相信，重复道，"现在？"

"石林，你把小指头含入嘴里，拔出来，哎，不要说话，嘴型就保持刚才那样的一个小孔，再往外嘘嘘，就可以了。"

石林皱起眉，嘴巴一噘一噘，可就是没半点声音发出。石林苦恼地看着阿宝。

阿宝一摆手，"别急，需要练习。"

石林耸着肩膀啄着头走远了，天空中慢慢漏下银子一样闪亮的光，开始有微小的雨点打下。阿宝翻过身，脚稳稳地勾住屋檐，身子倒挂下来，在空中来回荡了几下，手抓住墙壁上凸起的木樨，拧腰，脚一点点离开屋檐，身子在空中立住，再飘起弧，轻轻巧巧地落回地面。

阿宝那年十六岁。阿宝那年读初三。阿宝家做豆腐。

阿宝妈年轻时是县城里有名的豆腐西施，现在年纪大了，还与她磨出来的豆腐一样好看。

阿宝爸死了好些年。阿宝爸是伐木工，南人北相，骨架粗大，随便往哪里一站，都要站出一堵墙。阿宝小时候刚学会"虎背熊腰"，每次阿宝爸从深山里的林场归来，阿宝便站在门口喊，"虎背熊腰。"阿宝妈慌忙迎出门，顺手在阿宝嘴上捏一把，"要叫爸。"阿宝欢快地笑，向前奔跑，赶在妈妈前扎入爸爸怀里。阿宝喜欢爸爸身上的味道。到夏天了，太阳落下山，阿宝端水浇湿屋后的空地，浇了一盆又一盆，浇得星星出来后，再搬出藤椅与竹床。藤椅妈妈躺，竹床爸爸睡。竹床吱呀呀响。阿宝睡在爸爸腋下，头枕在爸爸胸膛上。

阿宝数天上的星星。阿宝爸问，"阿宝，你数了几颗了？"

阿宝说，"数了七万四千三百一十一颗啦。"阿宝爸就嘿嘿地笑。

阿宝问，"爸爸，这天上怎么会有星星啊？是不是谁用胶水黏上去的？"阿宝爸笑得更开心了。阿宝脸红了，拿手去堵爸爸的嘴。爸爸嘴上有一圈粗硬的胡子。

阿宝又说，"爸爸，你看，每天晚上都有一个新的月亮爬上天空。"

阿宝爸点头说，"是的，可旧的月亮上哪里去了？"

阿宝用手指头戳爸爸的额头，"笨，旧的被切成碎片，做了星星啦。"

阿宝爸哈哈大笑，用胡子去扎阿宝娇嫩的脸。阿宝喜欢爸爸。有时，阿宝爸会带来一些可爱的小动物，比如会吃青菜的刺猬，当然最多的还是鸟，各种各样很漂亮的鸟。阿宝就听着这些婉转的鸟鸣声学会了吹口哨。但那年，阿宝爸被砍下来的树压断了腰，连一句遗言都没来得及留下。阿宝很伤心。阿宝不明白。

阿宝问妈妈，"人会动的，树不会动，为什么爸爸会被树压掉？还有，爸爸的腰比树还要粗啊。"

阿宝妈嘤嘤地哭。阿宝妈抱着阿宝越哭越伤心。阿宝也哭。阿宝哽咽着说，"妈妈你不要哭，你若实在忍不住，就等我长到能

当代中国最具实力中青年作家书系

把你搂到怀里时再哭吧。"

　　阿宝爸死后老有媒婆来登门，一个个紧贴墙壁溜进屋，头发上黏一小块红纸，后脑勺上挂着一个瘿子般的发髻，发髻上多半还插上一根明晃晃的银簪子。嘴尖尖的，因为话说得太多太假，就像一只被老鼠夹子夹坏了嘴的老鼠。脸上还落满苍蝇屎。皮肤从皱纹里挂下来，松松垮垮，一层一层，又像一大块发了霉受了潮的千层糕。她们一进屋，眼睛往四下里乱瞟，颈子的肥肉上下左右颤巍巍地抖动，嘴里说，"阿宝妈在吗？"

　　阿宝妈在厨房做事，阿宝在堂屋里写作业。阿宝用笔戳作业本说，"妈妈不在。"媒婆大门牙里透出难闻的气息，嘴巴向上斜，说，"厨房里有水在响哩。"

　　阿宝妈从厨房出来，一边吩咐阿宝去里间，一边慌手慌脚端椅子倒茶水。媒婆大大咧咧地往椅子上坐，大大咧咧地接过阿宝妈端来的水杯，呷了一口又一口。

　　阿宝气不过。那是爸爸坐的椅子，那是爸爸喝水的杯子。阿宝拿了段绳子悄悄地缠在椅腿上，等媒婆说得唾沫飞溅时猛地用力一拉。椅子倒了。媒婆滚成一团，脸上的粉滚得满地都是，缠裹得短短的小脚上的那对绣了鲜艳花饰的鞋子东边一只西边一只。

　　阿宝咭咭地笑。阿宝妈骂着死丫头扶起媒婆，等阿宝妈去门后摸出竹篾条时，阿宝早已跑出门，跑到阳光下。

　　阿宝妈没再嫁，可能是不满意那些男人，可能是心里舍不得阿宝爸，也可能是怕阿宝受委屈。

　　阿宝与妈妈相依为命。阿宝妈天天半夜起来磨豆腐。豆子头一天晚上就泡在水桶里，泡得又肥又大。阿宝妈用勺子舀起豆子，

阿宝 151

放在石磨的面上，在挂在石磨上方一个底部有小孔的水桶里加满水，水从桶底潺潺流下。阿宝妈推动石磨。有时阿宝妈会小声唱起歌。

"愁来茶水弗沾喉，单为情郎心里忧，天涯海角，想到尽头，寸心千里，何时聚首？小阿奴望得眼穿郎弗到，只见白云明月两悠悠。"

阿宝妈唱得清澈，声音轻柔慵倦。

阿宝也帮妈妈推磨。阿宝站在矮椅子上，弓起身，双手推动粗大的檫木磨杆。磨杆滑不溜丢。阿宝推得一下快一下慢，没多久，阿宝提不动自己又酸又胀的手。阿宝妈接过磨杆继续一圈圈地推，动作不疾不徐。石磨咕噜咕噜咀嚼着阿宝妈的汗水，咀嚼着从磨缝间流逝的时间。

阿宝妈做的豆腐是县城里最好吃的，挑到街上不消一上午能卖得一块不剩。用来炒麻婆豆腐或做豆腐圆子汤，真是不要太好吃了。

石林说，"阿宝，你妈的手是不是会变仙法？大家都一样做豆腐，为什么味道就不一样？"

阿宝嘻嘻地笑，拿眼角的余光去瞟世民。世民是班长，坐前面一排，在伏案写作业。世民早上吃了阿宝做的豆腐么？阿宝垂下眼帘，脸泛起红色，像抹了胭脂。

阿宝噘起嘴拍开石林越界伸过来的胳膊。石林是阿宝的同桌。石林在玩"关羽战秦琼"。这是傀儡戏的变种，也不知道是谁发明的。舞台是简易的，没有斗拱飞檐雕梁画栋，就是课桌。一根细竹子，削成七截一厘米左右长的小节，一截为头，一截为腹，一

当代中国最具实力中青年作家书系

截为腰，其他四截为手脚，小麻绳依次穿过，串起"人"形，再另外弄一块小木片，削成青龙偃月刀或两把熟铜锏，绑紧在小竹人手上，然后再将绳子从课桌中间的缝隙穿过，手在课桌下或轻或重地拽，两个小竹人挥胳膊蹬腿噼里啪啦打成一团。石林嘴里轻声嗯哨，满脸笑容。

石林说，"阿宝，你是不是每天早上要吃一碗热气腾腾撒着青绿葱花的豆腐脑？"阿宝点头。石林收起竹节人，压低声音，用课本去捅阿宝的胳膊肘说，"怪不得你的手比豆腐脑还嫩啊。"阿宝恼了，挥手去打石林。石林躲开，嘴里嘘道，"老师来了。"

老师推门进来。铃声响起。桌椅声响成一片。同学们稀稀拉拉地站起来。老师勾着的头往左右扭了扭，喉结突突地跳，声音嘶哑，坐。

老师的课讲得好，讲得如泼墨山水。阿宝却听烦了。阿宝最腻这些方方正正呆头呆脑的汉字，它们再怎么平直弯曲也赶不上窗外的花鸟树木有趣。阿宝竖起课本，挡在面前，小心翼翼地剥葵花籽。眼珠子随着窗外在树上此起彼伏的鸟一上一下地跳。石林把头深深地埋入抽屉里继续玩游戏，嘴里呜呜的。世民在认真听讲，不停地做笔记。

阿宝瞧瞧教室里的这张脸，再瞧瞧那张脸，只瞧得胸闷异常。

阿宝从文具盒掏出削铅笔刀与上次买的橡皮擦，是一大块橡皮擦，有着非常好闻的香味。阿宝在橡皮擦上刻起世民的模样。世民的眼睛是亮闪闪的，鼻子是挺挺的，嘴巴是红红的。世民的耳朵紧贴着后脑勺，不是那种讨厌的招风耳。石林就是招风耳。

阿宝喜欢世民。当然，没有人知道阿宝的秘密。这若被其他同学知道，羞也要羞死了。阿宝刻得全神贯注。阿宝没注意到老师走过来。等到她感觉到一道长长的影子时，老师已站在她面前，手指在桌上敲，声音倒不大，"这位同学，上课不要吃零食啊。"阿宝顿时涨红脸。脚边有一包散落的葵花籽壳。它们本来放在抽屉里，阿宝不小心碰出来了。阿宝嘴上打起结，讪讪分辩，"不是我。"

老师说，"不是你，那怎么会在你脚边？"阿宝说不出话。

石林接上嘴，"老师，你家门口有一堆骨头，你家就是杀猪的啊？"同学们笑起来。老师也笑，没再为难阿宝，顺手把阿宝雕的橡皮小人儿揣入裤兜。

老师坏死了。阿宝气坏了。阿宝走在回家的路上。石林跟在她身后。石林说，"阿宝，你别生气。"阿宝看着世民拐上另一条路说，"我就要生气。你管得着吗？"世民住在东边那堆漂亮的房子里。阿宝用脚尖踢石头，踢小石头也踢大石头，踢得脚尖隐隐生疼。

时间从阿宝身体里流过，像一些盐，在阿宝体内留下咸味。

不知从哪天开始，阿宝发现身上的薄衣裳已掩不住胸口与臀部翘出来的曲线。阿宝心慌慌，不再敢看同学们的眼睛，整天低头夹紧腿沿墙壁根走，晚上躲在屋里用布条缠胸，缠了一圈又一圈，缠得胸前那两个小山峦一马平川。月光从窗外泼进来，泼在身上。墙头的草在月光中摇曳。阿宝都要委屈死了。胸可以缠，屁股怎么办啊？又不能拿刀割了去。阿宝没办法，从橱里翻出爸爸留下的裤子，裁剪缝小。阿宝会做针线，是跟妈妈学的，针脚缝得密密实实。

阿宝妈这些日子的眉头蹙得厉害。阿宝的成绩在班上属中下游，要想考中专或技校恐怕不大可能，只能继续念高中，但今年听说县里要搞就近上学划片教育，阿宝就得去读三中。三中建在山边，山上是一片片还没长成林的马尾松，一条小溪绕学校围墙蜿蜒而过，黑黝黝的石头爬满溪流。风景不错，但声名狼藉，是出了名的坏，这些年就没有考取大学的，而且动不动有一帮学生在山坡上打生打死，甚至还动刀子。街坊邻居都在叹气，说就算是好人家的孩子到那里不要十天半个月也准变坏。还有更恶劣的传言，说溪边的草丛里偶尔还能看见女生扔下的婴儿。

阿宝妈长吁短叹。街坊们又说，县里是在变着法子搞钱呢。有钱人只要交五千元择校费又或县里有人打招呼，就仍可以不按区域划分而把孩子送到一中或二中去。

阿宝妈手底下的磨盘越来越重。阿宝妈没有这么多的钱，也不认识县里的人。阿宝妈低头去看木桶里的豆浆。豆浆白得耀眼，月光照在上面，真冷。还有豆腥味。阿宝妈抽抽鼻子。这股熟悉的味道一下子就陌生了，一只只小虫子从里面爬出来，爬进鼻子里，也爬到喉咙深处。四周寂静。老鼠在啃咬木板，叽叽咔咔。阿宝睡了，发出均匀的呼吸声。一些光线把屋子剖成明暗几大块。明亮的地方像雪。暗的地方像黑泥潭。阿宝妈喉咙一甜，咳嗽起来，赶紧用手捂嘴，已经来不及，一口鲜红的血喷出，喷得磨盘、木架、豆浆桶上到处都是。

那年五月，阿宝妈病了，是癌。

阿宝妈身上插满管子。阿宝坐在病床边抽泣，眼泪打湿了她。窗外飘着毛毛细雨。树吐出一片片青翠。大颗大颗的水珠从这片叶子掉到另一片叶子上，一直往下掉，掉到尘土里。还能看见锅炉房，粗大的黑色的烟筒歪歪地撅着，似乎想撑住那块灰蒙蒙要塌下来的天空。烟筒上有只鸟，突然飞下，在空中掠过几个圆圈消失在屋后。

阿宝妈已在医院里躺了三天三夜，几天时间就瘦得吓人。阿宝摸着妈妈的脸。阿宝妈恹恹地扭过头，"阿宝，我走了，你怎么办啊？"

阿宝妈说话了。阿宝妈的眼窝是干涸的。

阿宝说，"你死了我就不活了。"阿宝又说，"妈妈，你不要走。"阿宝妈叹气，"傻孩子。"阿宝说，"妈妈，你不要叹这么多气。"阿宝伸手去捂妈妈的嘴。

阿宝看过一本书，说是人在世上叹的气都是有限的，叹到了一定的次数，阎王爷就要派来无常鬼。阿宝妈闭上眼睛，不再说话。阿宝的手在发抖。阿宝妈鼻子里的气息比冰块还要凉。阿宝忍住眼泪，撬开糖水罐头，用勺子舀到妈妈嘴边。阿宝妈歪过头。糖水洒在白色的床单上，濡湿了一大片。床头柜上还有一些苹果、梨与罐头。是街坊邻居们带来的。他们来的时候阿宝妈还晕迷不醒。他们陪着阿宝掉下几滴眼泪就默默地回去了。

那天半夜，阿宝起来上厕所，看见妈妈瘫软在地，蒙了，撕心裂肺地喊了一声妈，去摇妈妈。阿宝妈不吭声。阿宝手上是妈妈的血，黏稠的黑乎乎的血。阿宝背起妈妈，跌跌撞撞地往外面跑。阿宝妈比一大团棉花还要轻。风贴着阿宝的脸颊往后面跑，用力拽阿宝的头发。阿宝疼得上气不接下气。长长的街道空无一人，路两边的房子在深夜里丧失了厚度，散发出一种悲凉呛人的气息。阿宝边跑边回头望。阿宝担心肩膀上的妈妈被风卷走。

当代中国最具实力中青年作家书系

天上的星星是打碎了的玻璃碴子。阿宝踩着星光跑，跑出车马巷跑过跃龙桥跑过延寿庵跑过三元路跑过县广场跑进位于县城东区的人民医院。

阿宝跑得真快。阿宝闯进急诊室扑通给守夜班的医生跪下，想喊，嗓子哑了，嗓子里全是风声。医生吓一跳，喊来护士七手八脚把阿宝妈抬上担架。阿宝这才悲嘶出声。阿宝只穿了身内衣，脚是赤着的。阿宝坐在走廊的塑料椅上，一直到天蒙蒙亮才感觉到疼痛，左脚弓处被碎玻璃划了一个大口子，不过，已不再流血。

阿宝妈住院的第一天花掉二千多块钱。阿宝在妈妈的梳妆匣内找到存折，里面仅有三千多块。阿宝还找到一只用红纸包了好几层的银手镯。阿宝记得小时候妈妈说过这是她以后的嫁妆。阿宝呜呜地哭，把手镯藏进怀里，把三千块钱交给医院。医生说这只够一个星期。医生问阿宝家里还有什么大人吗？阿宝摇着头眼泪汪汪。阿宝爸没有兄弟姐妹。阿宝妈的妹妹早年嫁到很远的地方，已断了音讯。医生搓着手叹气问，怎么办呢？

医生可以问阿宝，阿宝不晓得去问谁。阿宝问医生，我妈的病治得好吗？医生不说话。

第七天，阿宝把妈妈背回家。

阿宝没再上学，在县城粮食局对面的聚德楼餐厅做服务员。阿宝不再吹口哨，每天早出晚归努力做事。有时，阿宝会隔着店里明亮的落地玻璃看见世民。世民总是那样匆匆忙忙。阿宝也看见过老师。老师的头垂得更低了。阿宝觉得过去的日子就像是梦。对了，石林还来找过阿宝。

石林站在店门外说，"阿宝，你别哭。老天爷会保佑你妈妈。

你妈妈做的豆腐这么好吃。"石林有点语无伦次，声音小小的，"我有钱。你看。"

石林从裤袋里掏出一叠皱巴巴的"大团结"。石林又说，"阿宝，要治好你妈的病还差多少钱？"

石林像瘦了一圈，头缩在脖子窝里，手脏兮兮，指甲缝里满是污泥。

"我到医院看过你。没敢进来，爬在窗外。我听见医生说钱的事。我现在就弄来这么一点。你不要嫌少。阿宝。好吗？"石林跑了。阿宝数了数手中的钱，有二百零五块。阿宝在餐厅做事，从早上六点一直到晚上十点，一个月也只能拿三百块。

过了一些日子，阿宝妈死掉了。

坐在巷口摇着蒲扇的街坊们说，有天晚上，月亮大得吓人。阿宝妈独自在家。一个喝得醉醺醺的流氓闯进屋，骂骂咧咧地问阿宝在哪里。阿宝妈说，还在餐厅做事。流氓破口大骂，做个屁。这个臭婊子，说好二千块钱睡十次，结果只睡了两次就想要赖。阿宝妈听糊涂了，小声问你是不是进错屋了？流氓狞笑着伸手去捏阿宝妈的脸说，跟你长得一模一样，这鼻子这嘴这脸蛋，咋会弄错？不是叫阿宝吗？你这个老婊子是不是想亲自操刀上阵来替女儿还债？不行啊。流氓前脚刚走，阿宝妈嘴里就吐出一口鲜血，等阿宝回来，人已经硬了，眼睛不肯闭上，这叫死不瞑目啊。

闲言碎语飘向青色深邃的天穹深处。

阿宝怔怔地听着。天真热。空中很少云，也没有鸟的痕迹，它们被太阳吃掉了。蝉一声声叫得狂躁。

当代中国最具实力中青年作家书系

阿宝端着一盆水煮鱼从聚福楼的厨房里慢慢地走出来。

店里有桌客人，一群年轻人，七男四女，女的抽烟，男的光膀子，脊背、胸脯、手臂上有青龙白虎的文身。阿宝放下菜盆，扬起下颌，对其中一个又黑又壮的男人轻声地说，"那天晚上，是不是你去了我家？"

男人扬起头环视四周剥着手指甲笑，"是啊。与你妈开个玩笑，没想你妈那么死心眼，一点幽默也不懂。我一说，她还真信了。"

一桌的人嘻嘻哈哈笑起来，说啥的都有。阿宝也笑，从围裙里摸出菜刀，一刀剁去。菜刀磨得锃亮。阿宝每天在餐厅要剁掉上百只鸡头。血溅出来。阿宝扔下刀，继续微笑。聚福楼里顿时一片死寂。惨白的光从明晃晃的街头扑进屋。

阿宝出了门，过马路，进了粮食局大楼。大楼高七层，一层层台阶像水流一样把阿宝带到楼顶。阿宝翻过护栏，在屋沿边坐下。这些日子的晚上，阿宝常躺在这儿看星星。可能是因为离天空更近，这里的星星特别大特别亮。阿宝很想找到属于爸爸妈妈的那两颗星，一直没找到。阿宝叹口气，手按在火炭一般热的水泥上。屋沿平整，没有檐角，因为风吹日晒雨淋，很多地方开了裂。鸟在里面做不了巢。阿宝挺直腰，脱去衬衣，慢慢擦拭身上的血迹。人群在下面马路上迅速聚集，像一堆铁屑，而阿宝脚下就是磁铁所在。阿宝嗫拢嘴唇，想吹口哨，嘴里没有声音发出。楼道咚咚地响，阿宝回过头，看见了黑黑瘦瘦的石林。石林的脸比雪还要白。

阿宝说，"石林，你来干什么？"

石林愣了半晌说，"我看见你杀人了。我就在门外。你没看见我吗？"

阿宝摇摇头说，"你来干什么？"

石林说，"我又攒下二百块钱。我想你用得上。"

阿宝说，"我妈死了，我用不上了。石林，你是偷别人的钱吧。"

石林说，"不是。我下了课去做小竹人卖。一个小竹人可以卖五毛钱。还有，卖一次血就有一百多块，但两个月才能卖一次。"

阿宝就笑，"你真傻。"

石林哇的一声哭起来，"阿宝，我现在会吹口哨了。"

石林吹起了"小螺号滴滴吹"，又接着吹"小小少年没有烦恼"，然后再吹"没有花香没有树高我是一棵无人知道的小草"。

"石林吹得真好。"阿宝夸奖着，抛掉手中的衬衣。

石林身后的楼道口又上来几个穿制服的人。他们在交头接耳，脸色是灰的。阿宝皱皱眉头说，"石林，我妈不是我气死的。我没有与别人睡过觉。真的。"

石林拼命地点头。

阿宝探头朝马路上看。那些嗡嗡响的铁屑更多了。阿宝说，"石林，我知道你喜欢我，但我喜欢世民。你知道吗？世民今年考取了中专，对吗？我还没有去恭喜他呢。你要记得替我祝福他哦。"

石林还没有说话，阿宝已经像一只鸟飞起来。一只银手镯从阿宝怀里笔直掉下，它穿过惊呼的人群，穿过坚硬的水泥路面，拍了拍泛着点点青光的翅膀，就从这个世界消失了。

当代中国最具实力中青年作家书系

开 始

旋律一

一、我在想一个"开始"，是我目前还没有能力想出来的。它是一树雪白繁密的梨花在墙壁上的倒影，在月光下缓慢地散发着幽香。我想摘下它，不是其中的一朵，是所有的。该怎么来描述这个注定徒劳无果的过程？

二、月光中随时会出现各种意外，出现豹子，尾翼白色的猛禽，种种本该在午夜梦境中活动的生物，以及一个不规则的椭圆球体。是"少女肩膀上扛着的那个脑袋"。要辨认出这个匪夷所思的事实，需要集中注意力，消耗一定数量的时间成本。这种整体把握的能力，是上帝恩赐的礼物，它使人不至于像蝙蝠一样误以为在黑暗中迅速移动的物体都是可食用的昆虫。

三、头颅附近又有两只细长干瘦的奇异物体。这不是顶端分叉的竹棍或干硬细长的德国面包。如果不是对"少女"这个事实的提前确认，我会认为它们是竹棍与面包——前者让我联想到雪白鲜嫩的春笋，后者让我肚中饥饿如焚。我听到肚子的叫声，布谷鸟一样地叫。

四、少女细长干瘦的左手臂上套着一条水晶手链、一件藏银腕饰、一个木镯子、一根金属圈、一块皮套。少女细长干瘦的右手臂上啥也没有，光秃秃的瘦。太瘦了，仿佛是从窗外法国梧桐细枝上长出的杈。但少女的身体并未被左边的重量压倾斜。瞳孔缓慢地移动。月光落在她那张略显扁平的脸庞上，弥漫出一层异样的苍白的哀伤。这形成一种非对称的美学效果。

五、关于她的一切，我早有耳闻。一个让人啼笑皆非的故事，非常适合在酒足饭饱后谈论，能有效刺激肠胃蠕动。

六、她爱上了一只猫。她布置了一场西式婚礼，只属于她与它。她是地球人，它是喵星生物。她穿上一袭雪白的婚纱，它也披上一件灰格子条纹的马甲。她母亲的遗照挂在墙壁上充当证婚人。她把婚礼视频上传网络，引起一片哗然。这只英国血统的短毛猫还有一个很中国的名字：金城武。

七、这是果。

起因可能是她曾经爱过一个模样长得像金城武的青年男子。男子在区政府拆迁办做事，英俊，是临时工。在河东路旧城改造项目中，他们相识。应该说是她在一厢情愿地爱着对方。当时拆迁办的人死活想不明白她有什么理由不在合约上签字——他们已经违背了"一把尺子量到底"的原则。

她家是钉子户。这本来是不应该发生的事。她家所在小区的房屋市价是每平方米一万二千元；急于上市圈钱的静海房产公司，需要提速这个名叫百家福花园的项目来说服股民，开出每平方米一万三千元的补偿标准。一番讨价还价后，临时成立的业主委员

当代中国最具实力中青年作家书系

会与静海房产达成每平方米一万五千五百元的补偿标准。但她母亲，一个孀居多年的妇人拒绝了业主委员会取得的"历史性胜利"，认为每平方米二万五千五百元才"合理"，因为那套六十平方米的二室一厅有自己死去丈夫的气息，半辈子的光阴。

"人最珍贵的是记忆。我把半生记忆都卖了，才卖这点儿钱，这怎么叫狮子大张口呢？"这是她母亲的逻辑。为了捍卫这个逻辑，这位惹了众怒、年逾五十的城关小学保管员提前退休，拒绝再见同事。拆迁办动员她舅舅来做说服工作。她母亲把她舅舅赶出屋。腊月天，她舅舅哆嗦着在盼盼牌防盗门前跪下。一个大男人一把鼻涕一把眼泪地哭号，"姐姐，你不同意，单位就要我下岗啊。"

她母亲没开门。

当天晚上她母亲心肌梗死死掉了。

她在葬礼上遇到那个长得像金城武的青年男子。原本一直劝母亲签字的她鬼使神差地改变了主意，尽管静海房产同意每平方米二万五千五百元的补偿标准——多出的一万元，被宣布是基于人道主义的补助。

她是想不断地遇见他吧。

这个有轻微自闭症的少女，像一只被雨水淋透了的鸟。她与他的每一次交谈都同时蕴藏着十分的甜蜜与万分的痛苦。哪怕是一个没有意义的词语音节，因为经过他的嘴唇，便有了春花夏月秋实。她在一本带锁的日记本上抄下那些他说过的句子，把脸颊贴着日记本睡。睡到半夜，蓦然惊醒，小心翼翼把日记本移到一边，她怕自己的脸压疼了那些"他说过的句子"。

她的爱注定是一团无用的激情。而自始至终他对这一切毫无所知，疲倦地，甚至是憎恶地，一次又一次来到她的面前。不管他说什么，她都欢欢喜喜地听着；不管他怎样说，她都安安静静地听着。可她就是不肯在协议上签字。

他终于失控，他说"你不答应，我就要跳楼了。我爸好不容易替我找了这份工作，我不想让他失望"。她嗯了声。她喜欢他生气的样子，喜欢他眉毛飞起的样子。她目不转睛地看着他爬上阳台。他们对视了一眼。他跳了下去。

她疑惑不解。等到她意识到楼下那具不再动弹的蜷曲身体就是"死"后，她哭了，眼泪比"如丧考妣"这个成语里所蕴藏的更多。她在协议上签了字，去找他的父亲乞求原谅。刚经历丧子之痛的老人用一记耳光回敬了她的拜访。她想了一千零一种死法，觉得还是跳楼最好。当她登上高楼屋顶，她遇见那只喵星生物。它在与一只被遗弃的企鹅绒偶玩耍，前纵后跃，不时低头嗅嗅，举起爪子摆弄企鹅绒偶短短的胳膊。她被它彻底迷住，蹲下身。几个小时后，她把它带回了拆迁办的临时安置房，她与它的家。

但谁会喜欢听到这样一个冗长无趣的"因"呢？

八、请不要问我为什么知道得这样多。

我会给你们解释的，请耐心点，再耐心一点。

少女的故事并未到此结束。在一个春风荡漾的夜晚，那只又野又萌的喵星生物，伸长脊背懒洋洋地打了一个哈欠，穿过铝塑门窗，跳上嵌满玻璃碎片的围墙，沿着一丛丛摇曳花影的指引，跃上一幢外墙斑驳的民国建筑，在五只檐角走兽身上分别撒了一泡尿，用爪子挠了挠这个世界，从此不知所终。它没有回头去看一眼少女，更甭提道别。

开始，一直痴望着它的少女还以为它是在与她捉迷藏。

后来，她去敲开附近的每扇门，眼泪汪汪地询问它的下落。

当代中国最具实力中青年作家书系

再后来，她知道了这是"失去"——失去母亲，失去暗恋的男子，失去它。这犹如一个无底洞穴，她坠入其中，无从逃脱。更令她痛苦的是，她发现自己对它的爱日益炽热。而且，她还发现唯有对它的爱（而不是它本身）是自己唯一不会失去的。"它"是她的血肉，她的灵魂，她的意志。

九、舌尖轻轻下落。她尖叫出声。

少女带着哭音的叫喊声犹如一面旗帜猛地迎风展开。这声叫喊的分贝之高足以用来制造声波武器。这真是动人的一刻。我都能看见她牙齿间所残留的几小块有着琥珀绿的韭菜叶。"我爱，爱，……"

世界摇晃起来，包括那些原本像珠宝一样、被月光镶嵌于墙壁上的树枝阴影。墙壁下支摊修车的老师傅自言自语道，"七点了。"他脸上的皱纹因为晃动的光影深了许多。他身后杂货铺里的秃头男人嘟囔着，起身打开电视开始收看《新闻联播》。一个背书包的少年蹿出小区门口，一边跑还一边喊，"妈，我不吃了，来不及了。"生活在这块街区的人们，习惯了少女歇斯底里的叫喊。他们还不约而同地发现了这声叫喊在时间方面惊人的准确。七点，酉时之末，戌时之始。熙熙攘攘的人群发生分化，一部分流速加快，另一部分流速渐缓，就像一条蕴藏着真正的无数喜怒乐悲的河流。

十、眼泪出现在少女的眼眶内，又大又圆，缓缓溢出滑落，形成泪滴，从温暖的人体表面坠向另一个由无机物构成的空间，在窗沿上发出一声响。少女停止喊叫，扬起下颌，十个指手按照某种难以言喻的节奏依次弹起，落下。窗户是属于她的琴键。窗户外的世界（包括我），也是属于她的琴键。一些花朵从她的指尖飘落，粉红、浅蓝、暗紫、金黄……犹如一只只皮毛美丽的珍禽异兽。也就是几秒钟，它们中的一部分真的就从植物进化成动物，簇拥着她，低低叫着。这些鸟兽之声有七个音阶，dou 是绿色孔雀的叫声，rui 是红色云雀的叫声，mi 是黄色山羊的叫声，fa 是紫色云鹤的叫声，sou 是蓝色夜莺的叫声，la 是橙色骏马的叫声，xi 是青色大象的叫声。这些鸟兽争相去舔、去啄食那些滚落的泪滴。这些表面光滑的泪滴，以血为原料，由泪腺加工制造，有着极为丰富的营养物质。

十一、一只头顶一小簇金黄羽毛的皇冠鹤跳到我的跟前，端视着我，目光狐疑，突然伸出长长的硬喙，在我心脏处用力啄了一下。毫无疑问，它觉得渴，又无法在少女那边争抢到更多的泪水，所以就过来打我的主意。它错了。它的"优雅体态与皇家威严"也救不得它。这是它要为自身的愚蠢与鲁莽所必须付出的代价。我抓着它细长的脖子，毫不客气地一把扭断。我的凶猛出乎它的意料。它的瞳仁深处迅速浮现出一层荫翳。它以为自己是能让人类石化的美杜莎？这些无知的畜生啊，是否清楚所谓的珍禽异兽，不过是对"物种进化的淘汰者"的一种委婉的说法？我冲着窗户里的少女笑。她会爱上这只被我拧断脖颈的从遥远非洲飞来的皇冠鹤吗？也许在十五万年前，在那片广袤的大陆上，住在非洲的一个女人曾经在河流边梳理过这只皇冠鹤祖先的羽毛。她们之间甚至有着某种神秘的沟通，争论，以及启示。然后分道扬镳。女人走出洞穴，成为现代人类共同的祖先。而它一点点濒临灭绝。

十二、此刻，落在窗前少女脸庞上的月光不会比一层僵硬的石灰好多少。我几乎知道她的一切，而她对此刻的我终究是一无

当代中国最具实力中青年作家书系

所知。我们互相望着。她的视线犹如两根极细的针，不仅可以穿透我，还可以穿透整个地球。我挪开眼。我知道她并没有看见我。她掏出口红，把嘴唇涂红。她唱起歌，字正腔圆。唱了两句"我爱北京天安门，天安门上太阳升"。然后嫣然一笑，朝窗外鞠躬，啪嗒一声关上窗户。少女消失不见。这是上帝变的戏法。空气现出它本来的污浊模样，让人透不过气来。我用力吸气，肺部像着了火一样难受。我在大街上。这条名叫淮海路的街道在霓虹的浸泡下像吃饱了的蚕一样鼓胀起身子。它不是蚕，它没有那个干净雪白的身子。我踩在它腹足处，在想一个"开始"。

十三、根据少女的经历，一个训练有素的小说家不难写出一本悱恻动人的畅销读物。

像马尔克斯《百年孤独》那样的开始？

"很多年以后，刘佩雯驾车冲下科罗拉多大峡谷，看着地面朝自己扑来的一刹那，准会想起她在中国与一个男人度过的那个犹如琴弦一样颤动的黄昏。当时的中国是一块奇迹之地，有着罪恶，又生机勃勃。人们诅咒着腐败，又丝毫不掩饰对腐败的向往；彼此厌憎，也厌憎自身。那个男人的死，唤醒了她对河岸的渴望，同时也给了她最真实不虚的疼痛，尽管她已经想不起他的姓名，容貌。"

像卡夫卡《变形记》那样的开始？

"一天早晨，刘佩雯从不安的睡眠中醒来，发现自己成了一只被装在笼子里的鸟，学名金丝雀。离开中国的这些年，她一直在精心饲养这种羽色和鸣叫兼优的笼养观赏鸟。鸟儿婉转的鸣声为她打发了一个个白昼与黑夜，它们是那样漫长又短暂。"

像托尔斯泰《安娜·卡列尼娜》那样的开始？

"当一个人摆脱了庸俗，就不难发现庸俗所蕴藏着的宝藏，比如中庸与风俗。那些由鲜花青草与枯枝败叶混合在一起的气味，对于如今的刘佩雯来说，无异于鸦片，或者说天堂。用她情人何勇的话来说，庸俗与哲学共同构成生命之环，都有一种令人赞叹的极端性，尽管前者基本被熟视无睹，但它是后者的土壤与源泉。"

像米兰·昆德拉《生命中不能承受之轻》那样的开始？

"人近中年，便不难发现：生活比她十八岁时所能想象的更开阔、孤寂。犹如一个丧子妇人在有溪流的林地边，望着被暮色浸染的一切。两只野鹿在她身后埋首啃着草，对她的悲伤完全无动于衷。"

像叶芝《当你老了》那样的开始？

"我喜欢风，一种振动，节奏。我喜欢天空，令人惊惧的沉默与叫喊。啊，我最喜欢的还是道路，在鸟的翅膀上，眺望。"

十四、这些都不是我想要的那个"开始"。

在它们被写出来的那一刻，就没有重复的必要。

梨花在空中滑了一下，不是一朵，是所有的。一阵风吹来，把我吹起，吹到街道的另一头。空间在这里发生细微的不为肉眼所察的弯曲，如同把苹果放在被子上，被子会被压出褶皱一样。这些褶皱的深处隐藏着时间的秘密，犹如一座小径分岔的花园，它同时通往过去、现在与未来。我低头往下望去，巨大的潮水从洪荒深处涌来，浩浩荡荡，黑暗如海。一只座头鲸跃出海面，发出洪亮的类似蒸汽机发出的令人畏惧的声响。我看见了在鲸背上的少女的母亲，还是少女的她，有一张狐狸小脸的她。

那时的她叫齐彩霞。

当代中国最具实力中青年作家书系

旋律二

齐彩霞十六岁嫁给了毛仔。

毛仔比她大二十岁，在农贸市场杀猪。其他屠夫杀猪，猪的惨叫声扯得疼人的耳朵；毛仔杀猪，跟变戏法一样，蒲扇大的巴掌伸出，在猪腹某个位置抓挠几把，再凶悍的猪也乖乖挨宰，顶多在利刃入脖时哼唧几声。

别人家的猪肉卖两块五，毛仔的卖两块七，大家还争破头，据说"那些会惨叫的猪，肝脏会分泌毒素；而毛仔家的，不仅没毒，还有利于阴阳协调"。我们乐得喘不过气来，尤其是当试图逃婚的齐彩霞，被她爹指挥人手绑在乌黑条凳上，抬进毛仔的新房后，我们都笑开了颜。

陈元庆开盘与我们打赌，说齐彩霞一窝起码能下出十三只"小猪仔"。陈元庆疯了，齐彩霞一次下三只"小猪仔"有可能；下十三只，除非她真是母猪。可陈元庆非一口咬定毛仔就有这个本事把齐彩霞变成母猪。

我们不信，齐彩霞的爹要给她弟看病，把她当猪卖，这是可以理解的，但人怎么可能真的变成猪呢，何况齐彩霞还长了一张狐狸小脸，一点儿也看不出有变猪脸的征兆。我们异口同声赌陈元庆输，赌注是各自的心爱之物。如果陈元庆输了，他要从我们每个人的胯下钻过。为了保证赌约的严肃性，我们在新房的白墙壁上书写赌约内容的全文，并一一落款签名，用从学校美术老师那里偷来的蜡笔。

这带来了麻烦。

翌日，披头散发的齐彩霞出现在教导主任那儿，两只红肿的眼睛喷着怒火，好像我们是她那个该死的爹。这个比喻不大准确，"我们"，包括陈元庆在内，共计六个人；不过，也幸好是六个人，我们才不必独自用脸蛋承受这女人嘴里喷出的唾沫。

唾沫像密集的雨点一样。

陈元庆朝我吐舌头。我懂他的意思。一夜之间，原本见到我们要绕弯走的齐彩霞，敢朝我们吐唾沫了！而且还敢叉着腰站在教导主任面前，开口闭口就是"我们家的毛仔说"。真奇怪，几个小时前，她还哭天抢地嚷着要拿刀劁了那个又老又丑的毛仔。劁，知道是什么意思么？特制小刀，顶部一指，三角，尖端和两边极锋利，手指长的把儿，末端带弯钩，看着别说猪，就连人的下腹某部位也会隐隐作痛。被劁了的动物啥都不想，吃一斤长一斤，一点也不浪费粮食。

别问我为什么懂这样多。不是陈元庆家才有《辞海》。

我们挨个向齐彩霞道歉。陈元庆贼滑头，说，小猪仔是比喻，是多子多福的意思。还说齐彩霞明年肯定会生一对龙凤胎，把齐彩霞说得眉开眼笑，把教导主任说得慈眉善目，把我们说得愁眉不展——觉得自己比被劁过的猪还蠢。

老天不开眼，齐彩霞转过年真的诞下一对龙凤胎。毛仔特意拎了一副猪下水到学校找教导主任，说要感谢他培养出来的好学生，别小看那头道口彩，那里头藏着天机与命数。毛仔口里直喊"高人"，还说我们有幸成为教导主任的学生，那是前世苦修了三百年。

毛仔真是无耻。一个杀猪佬怎么也会沦为无耻之辈？

陈元庆一眼洞察了他的用心。

当代中国最具实力中青年作家书系

教导主任的老婆是幼儿园的。毛仔这是把革命工作从婴儿时抓起。

但问题是，等到龙凤胎长到能进幼儿园，这得搭进多少副猪下水？毛仔再笨，也不可能做不来这道算术题。我们百思不得其解，陈元庆支支吾吾解释不清楚。我们长吁一口气，觉得他与我们还算是同一物种，原谅了他过去犯下的错误，重新接纳他成为我们中的一员。没多久，答案有了，齐彩霞的弟弟，那个著名的癫痫病患者，念了三次四年级的笨蛋，从三小转学到我们学校。我们乐坏了，没事便拿指头去戳他那个特别大的脑袋，用很严肃的口吻告诉他，他这一生要感谢猪下水，是杂碎改变了他的命运。

他拼命点头。我们哈哈大笑，捧腹，跺脚，在地上打滚。我们笑出了眼泪。但说真的，我们羡慕他。每周五上午，毛仔都来送他上学，顺便带一副猪下水给教导主任。毛仔那张黑不溜秋的脸上开着花朵，春天是牵牛花，夏天是杜鹃花，秋天是油菜花，冬天是雪莲花。一年四季，毛仔笑惨了，忙惨了，累惨了。过去他一天杀一头猪，现在他杀十头，还雇两个青皮后生做帮手。说来也怪，他那双手还是蒲扇大，在杀猪前仍然会在猪腹某个位置抓挠几把，可不管用了，那些待宰的猪叫得如丧考妣——这个成语是陈元庆说的。陈元庆说，过去猪不叫，是因为毛仔会先去猪圈里蹲半个小时，与猪谈心，告诉这些体肥肢短的黑面郎，他这是在超度它们。黑面郎也是讲道理的。道理不讲不明。现在毛仔不与它们讲这个理，它们当然不服。

陈元庆太坏了，拿什么黑面郎忽悠我们。

我们面面相觑，终于忍不住，大喊一声，把他暴打一顿。

就有一只黑面郎闯下大祸。

一口咬掉毛仔两腿中间的物事。

齐彩霞的弟弟给我们表演他姐夫遭遇不幸时的细节，人往地上一躺，身子痉挛伛偻，手脚不停抽搐，全身开始剧烈地颤抖。我们吓坏了，以为他癫痫发作，一哄而散。

我跑得飞快，隐隐约约觉得有一事大为不妙。被劁过的猪卵子一般会被扔到屋顶瓦沟里，还有可能找得回来；被猪咬掉的恐怕是找不回来了。毛仔以后该怎样活啊？我一口气跑到齐彩霞家附近，在土坡上望着哭得像个泪人儿的齐彩霞，半晌，痴痴呆呆。

她长得真美。

"她的美好像夏日里的玫瑰。让我的指头红肿。"

一个句子犹如鸟鸣，在我脑子里啾啾地叫。

那对绕着她嬉闹追逐的龙凤胎跟书里说的金童玉女一模一样。

我的眼泪下来了，感觉到一阵阵清风透体。眼前的这个世界被重新打开，有了与上一刻迥异的界门纲目科属种。我突然发现自己不再那么讨厌陈元庆。这与对错无关。当然，更令我高兴的是：

直到今天，齐彩霞与毛仔仍然活着，还是夫妻，在新农贸市场开着一家"毛仔肉铺"，卖猪肉，也卖牛羊肉。他们的生活偶有磕绊争吵，总体上还算现世安稳，岁月静好。那个被劁过的老男人面白肤净，手掌柔软丰润，就有一点不好，与唐僧一样唠叨。他不再杀猪，只管收钱。是未满十七周岁的齐彩霞抄起屠刀，替他撑住门户。

那对龙凤胎目前在各念一所不错的大学。齐彩霞的弟弟，成了国税局的一名正式员工。这个昔日无比羸弱的家伙，如今体胖腰圆，没事骑着一辆摩托车在街上风驰电掣，还给我与陈元庆打电话，一口一个哥。他的癫痫病在初中一次手术后未再复发过。

我想，这就是我们的生活。

旋律三

陈元庆打来电话，说，"齐彩霞还活着？"

我说，"三年前死于心肌梗死。"

陈元庆说，"是被她女儿刘佩雯气死的，好不好？刘佩雯的弟弟，那个双胞胎弟弟，早在你大学毕业那年也死了。"

我说，"放心，我没得阿尔茨海默病，也不打算得。二〇〇五年的三月五日，刘佩雯的弟弟做好人好事，跑去扶老奶奶过斑马线，老奶奶顺势躺倒，说是他惹的祸，在医院的洗手间里还下狠手，弄断自己的一条腿，要讹他替她养老送终。老奶奶虽然是老奶奶，但绝对不意味着人畜无害，尤其是这位老奶奶。当然，她也是有理由的，她太饿了。她唯一的亲生女儿早已宣布与她断绝了母女关系，后来耐不过社区工作人员天天来做思想工作，就把她用链子锁在卫生间里。她好不容易才逃到大街上。这是时代的悲剧，没有什么好抱怨的。可他偏偏就想不开了，一个前途无量的青年才俊投河自尽，把自己喂了鱼，到今天都还没有找到尸体。还有毛仔，二十多年前就死于当时还颇为罕见的脑溢血。我工作后的第二年，齐彩霞改嫁给学校的教导主任。教导主任没亏待她，明媒正娶，摆了三十六桌酒席，还替她在学校里找了一份保管员的工作。因为齐彩霞担忧别人说她没文化，他还专门请省城一位教授给改名叫齐淑贞。"

陈元庆说，"那你的大脑出现了什么样的病变？千万别说，这就是文学。"

我说，"这就是文学，或者科学。听说过平行宇宙理论吧。这是当代物理学家认真面对的一个严肃话题。其实在东西方文明中，都有对这种平行宇宙的描绘。希腊众神栖居的奥林匹斯山，中国的烂柯山，等等。"

陈元庆说，"等个屁啊。你们这帮子伪科学的徒子徒孙。"

我说，"伪科学与非科学是两回事。在非科学的世界里，人类已经生活了数百万年，也创造了相当繁荣的文明。科学从一开始就不是人类的必需品，只是近代以来才开始真正介入历史的进程，并得以重构人类社会，但它不是唯一的现实。爱与恨，莫名其妙的优越感与挫折感……这些都是科学难以意识到的、基本无能为力的现实。今天，科学观已经深入人心，成为真理的代名词。谁要是敢不讲科学，基本等同于反革命。这种唯科学论很糟糕。我们说科学是事实与规律，即实证加逻辑。但事实永无止境，1 是一个事实，关于 1 的一切正在不断发生；至于规律，比如 1+1=2，这需要前提。前提会改变。前提是已知范畴内的，无法从未知中导入前提。"

陈元庆挂断电话，动作凶猛又粗鲁。

我理解。如果他不挂断，我会继续喋喋不休，比如说前沿物理的最新发现，或者从哲学与量子层面讨论"真实"这个概念。对我来说，这几乎是一种强迫症——他懂的。毕竟我们之间有三十多年的交情。

我没有回拨电话。一个老朋友深更半夜打来电话，肯定不是为了说齐彩霞生死这种事。几分钟后，电话又响了。陈元庆的语速非常快，声音压得很低，好像有一个快要高潮的女人的指甲猛

当代中国最具实力中青年作家书系

地抠入他的脊背，我都替他感到了痛。"徐斌要出事了。你手上若还拿着静海那只股票，赶紧抛掉。"陈元庆的声音戛然而止，随后就不知道去了哪里。

屋子里漾动的"黑"有着奇异的黏。是胶水吗？在这个无人知晓的时刻，为明日出门所要戴上的那张面具做准备么？皮肤上有点痒。我挠挠脸颊。

徐斌是静海房产的老总。百家福花园即是他的发家之作，得意之作。他的崛起是一个屌丝成功逆袭的励志故事，又因为还买一赠一，附送一碗装着"浪子回头金不换"的心灵鸡汤，在这个城市里算是老少咸知，无人不晓——前年阳春三月，一个叫花蕾的美貌少女攀越出大桥护栏，把尖尖小脸凑到电视台媒体记者的镜头前，声称如果父母不同意自己与一个叫杨明的男人的爱情就跳江自杀。愤怒的少女大声嚷道，"妈，杨明是坐过几年牢，可人家徐斌不也坐过吗？他现在是没有工作，可徐斌刚从牢里出来时不也没有吗？"少女眼睛里充满委屈的泪水，大胡子摄影记者也及时给出几个漂亮的特写。有着狗一样的灵敏嗅觉与行动速度的记者兵分三路：一路在现场，一路赶去少女父母的家，另一路去找徐斌。徐斌接受采访，表态：为了成全这段爱情，他愿意拿出一百万给少女与她男友做创业基金。徐斌的脑子真好用，他没有说让杨明来自己公司当司机。

全城轰动。徐斌旗下的几个地产项目，也立刻分别推出"会包容的小户型才装得下不讲道理的爱情""这里相信爱情""爱在静海，爱在豆蔻年华"等广告，及时地从这场关于爱情的饕餮盛宴中分到一杯羹。

徐斌是聪明人。但要在这个社会取得他如今这样的成功，光靠聪明是没有用的。而他近年来所倚仗的，在将他送至高处的同时，也随时可能把他一脚踹下深渊。

现在，这个时刻来了。

我看了一眼腕表，离股市开盘还有四个小时。也许开盘之际，便是静海股票跌停之时。但愿这个消息来得不会太晚。吴敬琏说，中国股市是一个赌场。这话不对，没有哪个赌场会像中国股市这样穷凶极恶，还允许庄家去掀散户的底牌。当然，在中国股市上赚钱的，除了政府、上市公司、证券公司与庄家外，还有一种：做老鼠仓的，以及与他们称兄道弟的。

我是后者。这是不为人知的秘密。在一小撮人眼里，我是一个作家。我也的确以为我是作家。或许不止于此，用陈元庆的话来说，我还是一个有翅膀的人。他还在百忙之中写了几行句子，用了个笔名"阿拉贡"，刊发在他一个朋友主编的杂志上。

我读过许多书，也许比你所想象的还要多一点。

如果把书比喻成砖，我想它们足够建一座万里长城。

我也确实登上过这样一座长城。它的庄严巍峨，一点儿也不比现实中的那座差。我为自己有幸登临此奇迹之所，在夜里独自潸然泪下。那是很大的喜悦与幸福啊，都要装满这个飞速膨胀的宇宙。

然后事情发生了变化。

不管我有多么渴望它的坚固与永恒，也不管我干了多少添砖抹水泥的活，时间还是侵蚀了它。城墙衰老了，小鸟的鸣声都能把它吓一跳。

我知道这是没办法的事。

当代中国最具实力中青年作家书系

往昔的喜悦与幸福有多少，今日的绝望与痛苦就有多少。

上帝基本上是一个对称美学的发烧友。

风，也是一个墨菲定律的崇拜者，要赶过来痛打落水狗，发着疯，无比蛮横地推倒一堵堵墙。这个发生在眼皮底下的羞辱让我实在难以忍受。我想去找个湖泊了此一生。一只风中的鸟拦住我。

风能推倒墙，但撕不碎一只鸟的翅膀。

我想明白了（不是发现了）这个事实。

一须臾，一弹指，一刹那。也许是更短的时间。

我不再难过了。我跳上鸟背。

长城消失了，我在旷野中，是世界的中心。我即是鸟。

鸟人。

这些原来为了嘲笑我而撰写的句子，突然大红大紫。在被取名《鸟人》后，获得一个由十三位匿名评委评选出来的年度诗歌大奖。组委会还极慷慨地给出一份授奖说明，其遣词造句让我几乎以为自己是在读诺贝尔文学奖的授奖词。全文如下：

这是二十一世纪的《诗艺》。作者在既定的诗学范畴以外，用独有的反思精神与批判态度，把叙事、抒情以及"诗魂"融为一体，从而揭示出人类生存的荒谬。作者用最富有古老中国气息的意象，预言了现代知识生产内在的匮乏性。词语明亮清晰，有着全新的力量，包含人与自然关系最深处的N个秘密。这是对汉诗肩负的世界性使命的勇敢承担。

关于这四百三十个汉字的阐释与解说一下子就汗牛充栋。有人发现它们的笔画多寡与中国股市的波动规律有着惊人的一致；有人在里面找出七十一个典故；有人从主旨、结构上发现它是对多部同名电影、戏剧与音乐的颠覆与再叙述；更有人从这个叫"阿拉贡"的笔名着手分析作者的精神状态，指出这种精神状态的实质是变态，极可能在社会群体层面引发一场心理瘟疫。还有人对墨菲定律发生了兴趣，并根据其内涵创造出诸多让人喷饭的变体，比如，"别试图教猪唱歌，这样不仅不会有结果，还会惹猪不高兴！"

鸟，通屌（diǎo），粗话。《西厢记》第四折，张生病了，要咽崔莺莺的口水，"这屌病便可。"

陈元庆是骂我呢。

最早他笑得合不拢嘴，随着这件事越闹越大，他开始感到困惑与尴尬，经常用一种异常难为情的眼神瞅我，好像他是小偷，偷走了原本属于我的荣誉。他没去领奖，再三叮嘱朋友不可泄露"阿拉贡"的真实身份。我见过他那个朋友。我不能确信他是否能信守诺言。但我知道，现在保守这个秘密，也就保证了他本人的曝光率与杂志销量。当然，同样是为了曝光率与杂志销量，也许有一天，他还会抛出这个秘密。

他抛出秘密的那一刻，是我想要的那个"开始"吗？

旋律四

一、身体四周出现一群灰脊小鱼般来回游弋的几何图案。是

当代中国最具实力中青年作家书系

点、线、弧、带状、圆柱、波浪形、水滴状、箭头……它们是上帝在月光下的涂鸦，是在"某些时候"关于人的一种必要的几何描述。几何清晰明确，探索空间结构及性质。这有两层含义：它通过这些几何形状对人的个性进行归类，使他们能够清晰地知道自己的位置，能更有效地在社会结构中占有一席之地，从而发挥"螺丝钉"的功能；这种命名同时也提供了一个人与人之间沟通的平台。众所周知，人与人之间的区别，有时比单细胞生物还要大，极易陷于鸡同鸭讲的窘境。至于"某些时候"，尽管它们在地壳中的含量比钻石还要稀少，在极少数人的灵魂中才有零点几微克的含量，但一旦拥有，便如同睹见神迹，能在进入深邃洞穴的同时，还能让舌头品尝到天真与感伤，浪漫与咸，甚至，还可能赋予我所想要的那个"开始"丰盈的血肉感。

二、我皱起眉头，一只黑猫悄无声息地出现在街头拐角处，瞳仁碧绿，表情严肃而又悲伤。它的爪子隐藏在厚厚的肉垫里。在它身后，在那几棵树形成的阴影里，风在屈膝、压腿、勾足、伏地、前进，如同《偷天陷阱》中美艳的女主角凯瑟琳。几秒钟后，这个性感尤物朝我嫣然一笑，扭身进了霓虹灯箱下的一所酒吧。灯箱上面有四个汉字：堂吉诃德。灯箱下面，一个光头青年在打电话。"淘宝店主对营收皆有预期及忧虑。是否有可能再建一个金融市场平台，把这部分风险打包出售？它将重新连接卖家与买家的关系。再设置一些相对简单的投资工具，就能使普通人有了一个新的理财通道。这个可比国家信用担保的股市强。"他攥紧拳头，似乎在给自己的声音加油助威。他身后的窗台上搁着一只脏兮兮的企鹅绒偶。它瞪着他。灰蒙蒙的玻璃眼球上有数道可疑的裂缝。五彩的光线打在上面，让人生疑那个讨厌的仆人桑丘会不会马上从黑暗的裂缝中钻出来。

三、我讨厌桑丘，不是讨厌他的自私、懦弱与短视（这是人之常情，时髦点儿的说法是：人性的弱点），我讨厌他的务实与清醒。只要这个又矮又胖的家伙在场，任何人的美梦都迟早沦为一场噩梦。我喜欢堂吉诃德，特别是"堂"这个字，堂堂正正的堂、堂而皇之的堂、堂上一呼阶下百诺的堂。这个汉字的字形结构，何其对称端庄工整，字义又是这般雄伟明亮。把这个汉字往那个可敬的游侠骑士额头上一贴，大家立马就能明白啥叫"高端大气上档次"。"唐"是什么？每个汉字都有其特定的记忆与能量。这位欧洲中世纪的游侠既不是唐朝乐队的乐迷，对大唐盛世又没有感情与认知，若让我们在想象中给他装备上唐兵制式的环首刀、明光铠、腿裙与装箭的"胡禄"，这真是情何以堪。但，酒吧老板这样做是对的，大多数人与我的爱好一致，都觉得"堂吉诃德"相对顺眼——"要想向大多数人兜售，就得让它看起来是属于少数人的"。光头青年的脑容量真不错，不知道与徐斌比哪个更大，他琢磨的这事要真能做成，那就比余额宝还有意思，毕竟余额宝明摆着是在动别人的奶酪。我咧嘴冲他笑了下，他目光警惕。我白了他一眼，他这才如释重负地让开门。

四、角落里坐着一个绘蓝眼影的少女。她的美丽毋庸置疑，她的粗鲁肆无忌惮。她用涂了绿色指甲油的手指戳着金黄色外壳的苹果手机。"老娘的你也想睡？五万，明天十二点之前打到我账上。听见没？少一分，我叫人打断你的腿，把你那些不雅照全公布到网上去。"她的脸蛋让人想亲一口。她恶狠狠的声音让地球人都想笑。我从她身边经过时加快了脚步，她把兰蔻梦幻香水当成六神花露水用了。

她叫花蕾，那个曾经为了爱情要跳江的美貌少女，如今已经是传说中的职业小三。在经历了那场与杨明的撕心裂肺的爱情后，她发现自己最大的才能就是可以同一天周旋在七个已婚男人中间（其中包括徐斌），分别扮演无知学生、风骚护士、偷情的公务员、英姿飒爽的警察、清纯教师、无知富家女、初堕风尘的雏妓。她的演技与勒索技巧够得上专业水准，但显然不清楚拿那些弄来的钱怎么办才好。她捐了一部分给希望小学，后来发现这样很愚蠢。她目前最大的乐趣就是去买手机与裙子。房间里有一百零三部各种款式的手机，以及三千零六条裙子（它们中的大部分被塞在箱子里）。

她会在数年后遇到重返社会的刘佩雯。两人一见如故，擦出火花，共同做局。她将扮演一位来自北京的神秘女子，时而是某驻外大使的女儿，时而是某领导干部的情妇，尽管骗局中的每个人听到的她的人生经历都截然不同，但这丝毫不影响她的成功演出。她总是在给男人带来短暂欢乐的同时，也给他们带来更深的痛苦，而这痛苦将彻底俘虏他们的心，以至于他们中的一部分在骗局真相大白后，仍然不愿意相信事实，还是把她视作他们乏味人生里的蜜糖与希望。她们的贪婪，无意中揭开了徐斌用死捂住的盖子。她们本来应该是陪葬品，但幸运女神青睐她们。她们最后还是全身而退，一个去了美国，另一个在周游世界后嫁给了一位德国工程师。

五、角落里坐着一个穿黑裙的女人。烛光让她精致的脸庞有了一种梦幻般的油画效果（不是毕加索笔下的），她颈脖处那个小指甲盖大小的痦子显得格外迷人。我嗅到她身上香奈儿五号的味道。她不喜爱它，但徐斌喜欢。她是徐斌的妻子。她坐在这里，并非是沉溺于徐斌入狱后那些不堪回首的往事，而是她无法摆脱对一个绑架过她的歹徒的思念。

这个让大家都羡慕的白富美，在尚未认识徐斌之前，一直饱受失眠的折磨，不断梦见自己坠入臭水沟、被一块沾有粪便的破门板击中额头、赤身裸体躺在一间四面漏风的草房里惊恐地看着一个醉醺醺的不断逼近的男人（那是她父亲的形象）。这是她小时候曾经历的生活。再高明的医生也没办法把这些脏乱臭的东西驱逐出她的脑海。她不得不借助于大剂量的安眠药入睡，一个随时可能导致她不能苏醒的剂量。

一个秋夜，她被人绑架，按理说，她应该感到惊骇，可当歹徒把她推入一间臭不可闻的小屋里，她的失眠奇迹般地消失了，她竟然睡得非常香。她迷恋上歹徒身上的味道。当他强奸她的时候，她整个人都被一种来自生理层面的狂喜所控制——也许不能说是强奸，而是她在主动配合。在接下来的十二个昼夜里，她都睡得非常非常香。她帮助歹徒摆脱警察的追捕，帮助他拿到赎金，又巧妙地逃之夭夭。她回到家中，对警察的讯问缄口不言。大家说她是受了惊吓。只有她知道自己为什么这样做。她又失眠了，脑海里满满的都是那十二个昼夜。她也曾试着跑到垃圾站旁边，故意靠近某个挥汗如雨的民工，无一例外马上引起呕吐与不适。在这个世界上，只有那个凶狠而又鲁莽的歹徒是她的药。

这是一种非典型的斯德哥尔摩综合征，其根源是"自我崩溃"及相应的愤怒感。为什么只有那个名叫徐斌的歹徒是她的药？是因为徐斌与她父亲左额上都有一块形状差不多的胎记，还是因为他们都喜欢不按常理出牌？更有可能是一种心理补偿机制在起作用。在二十世纪九十年代初中国第三次致富浪潮到来之前，半生潦倒的父亲给了她一个物质极度匮乏的童年，还穷凶极恶地剥夺

当代中国最具实力中青年作家书系

了她对这个世界的童真幻想；之后，父亲成了命运的宠儿，重新化身为一位对女儿充满爱的父亲。在她开车撞死一名流浪汉后，急于赎罪的父亲还心甘情愿地承担了她犯下的交通肇事罪，并因心脏病突发死于看守所。

她这一生恐怕都只能是对"父亲的注释"，这或许是她选择嫁给徐斌的根本原因。她有着令人咋舌的旺夫运。当徐斌继承了她父亲遗留下的家产后，接连做了几次加法、乘法与级数运算，在获得百家福花园项目开发权的数年后，就顺利地成为这个城市的首富。平心而论，徐斌没有辜负她，虽然他的私生活一塌糊涂。但当"盛极必衰"的时刻来临后，他还是做出了一个让大多数人吃惊的选择。他的自杀保证了她对他所遗留下的商业帝国的控制权——虽然最终她还是失去了它。五年后，她将沦为赤贫。等到她再次重返这间酒吧时，她已经是一个依靠嫖资养活孩子的卖笑女，而不是一个渴望用酒精淹死寂寞的女人。如果她现在就知道酒吧另一头的花蕾即是造成她不幸命运的元凶之一，她是会选择上前掐死她，还是继续坐在这里一言不发？

六、角落里坐着一个剪刘海的大嘴女人。她的指尖在手机屏幕上漫不经心地滑动。白色的高跟鞋被她踢在一边。两只脚丫踩在木质地板上。光线落在光滑的脚踝处，仿佛是树枝的生长与树叶的晃动，而她是树冠。她有一种异乎寻常的静物美，似乎要挣脱人这具肉身，朝着另一种更富有德行与智性的形体进化。她的视线在空中滑过，在蓝眼影少女的上空逗留几秒钟，落向酒吧门口。

她有很长的睫毛，很漂亮的眉毛。她舌底下隐藏着一枚戒指。不是让查理曼大帝如痴如狂爱上的那枚，而是一句话。她打算向她的"查理曼大帝"表白这几个月来她对他的渴望，把这枚看不见的戒指套在他的小指上。"你让我渴。"她咂咂嘴唇，咂咂酒。她不知道她的"查理曼大帝"是正在与蓝眼影通话的男人。可就算知道了又有什么关系呢？"男人的床上技巧，是由他所经历的女人数量决定的，其好坏直接决定了我们高潮的强与弱。高潮是属于我们自己的，男人是他妈的。高潮是一种从肉体迸发深入灵魂的震颤，男人是促成这种震颤出现的药渣。"她拍摄下墙壁上的一组色情涂鸦，把这条短消息与那组让人眩晕的视觉幻象，与闺蜜在微信上进行了友好的分享。她的闺蜜在收到微信后，哈哈大笑，顺手把这条短信转发至腾讯微博上。二十分钟后，刘佩雯看到这条微博，犹豫了一会儿，还是发出一条私信：请问，女性的高潮是什么？

因为大嘴女人的闺蜜，刘佩雯将从少女进化成女人——这是两种完全不同的生物。虽然两者都属于一种被男权社会观看的性别，但只有后者才能成为这个社会的支付手段与交换媒介，在流通过程中自我增殖。这是大嘴女人与刘佩雯的全部联系。她们还会在未来若干场合见面，但彼此之间就是路人。剪刘海的大嘴女人永远也不会知道，她的这条短消息会在今晚深入一个少女的灵魂，并塑造出她的未来。

七、角落里坐着一个穿葱绿色对襟半袖短衣、戴眼镜的中年女人。她好像隐藏在镜片后，但衣着颜色又把内心暴露出少许。这让她有着一种特别的魅力。她是一位心理学教授，几个月后，因为学校与社区组织的一场公益活动，她将听说刘佩雯的故事，并对后者产生强烈兴趣，自愿成为刘佩雯的免费心理医生。她们之间的关系，最早是医患关系，渐渐就掺入母女情愫，然后又演变成同性百合。又或者说，最早她是凭借自己的知识结构处于一种支配性的地位。随着日常生活的展开，这个地位开始发生动摇。

当代中国最具实力中青年作家书系

而当一个黄昏，"少女赤裸胴体，推开她卧室的门，不无羞怯，又坚定异常"之后，她们两个人的关系实现了真正意义上的平等。最后，当她试图摆脱这段不伦之恋，却发现自己再也难以离开少女的身体，犹如一个性瘾者，她就成了一个被支配者。

光头青年来到了中年女人面前，赔笑道，"老师，对不起，朋友的电话。"女人摆摆手说，"没事。何勇，咱们接着说。古代封建中国，说是完全专制也不尽然，过去的技术水平及管理成本使中央政府对乡以下的控制极为有限，多以郡县为基本单元，皆循秦制。士绅阶层与宗法社会的乡规民约支撑起农耕社会的日常，另外也在一定程度上存在相权与言官的制衡。最重要的是其组织形式，它未经现代性改造，不具有广泛、彻底的动员能力与自我清洁能力，这使它区别于真正的极权主义。现代科技进步在赐予人自由的同时，也在建造一条更为危险的奴役之路——国家可以轻而易举地控制每个人。一旦极权主义者握有国家机器，就一定是《一九八四》，人与社会无丝毫反抗之力，无尺寸遁身之所。"光头青年一副若有所思的样子。上帝知道，他根本没有听清楚她在说什么。他突然把一大杯啤酒灌入胃里，就仿佛把97号汽油灌入油箱，身体立刻被调整到一种几秒钟内从静止加速到时速三百公里的状态。他被肾上腺髓质急速分泌的肾上腺素弄得焦躁不安，不得不用牙齿咬住舌尖。

他的失态不是因为女老师的言论，或者说她那张红唇的诱惑，而是因为在黑暗的桌下，她趿着高跟鞋的脚尖正一下一下地踢着他的腿肚。自信能掌控一切的女老师低估了她的学生。这倒不是出身穷苦山村的光头青年对国家的爱隐秘而又热烈，或者是不能正确区分国家、政府、民族与人民这几个政治学上的概念。他若把她的言行不分巨细地汇报给学校的某个人，就能如愿以偿地获得那份本该属于他的奖学金。今晚他与她的交谈，也不能例外。他对她确实不无爱慕的成分，而相对于他所可能拥有的未来，这又算得了什么？铁石心肠是一个成功男人必须具备的素质。他也深知，她不会真与他上床，这对她来说，风险太大。她信任的恐怕还是从淘宝网上匿名买的女用自慰器（他侵入过她的电脑）。"不要诋毁撸，这是我和爱人的深入交流。"光头青年想到几个小时后她躺在床上的寂寞难耐，想起几个小时前她在课堂上的端庄典雅，咽了下唾沫。

他叫何勇。他是刘佩雯的第三个情人，也是刘佩雯与花蕾设置的骗局中重要的一环。他们会在一场地产商办的酒会上相识。他的拉丁舞跳得棒极了。他还会因为刘佩雯死去，但不是跳楼，不是因为爱，就像那个长得像金城武的男人一样，纯粹都是因为对自身的厌倦，对这个社会的憎恶。

八、我是那个模样长得像金城武的男子的魂灵？

不是的，我没那么帅，也没那般脆弱怯懦易被损坏。

我说过我是一个作家。以人心为食。

旋律五

一个女人，不幸患了一种绝症：只有"被爱"才能让她活下去。必须是作为心灵真实不虚产物的"被爱"，而绝非是那种口腔快感式的表达、身体媾和的需求。

曾有个被公认为极富有魅力的男人，因为悲悯之心的驱使，于众目睽睽下向她表达了"长久以来一直蹑足潜伏于他心底的

当代中国最具实力中青年作家书系

爱"，可她还是合上眼睑。黄昏的光线穿窗而至，带着远方山冈与河流的气息，落在她脸上，使那些曾散落于她颧骨、鼻翼两侧的惊恐与痛苦逐一消失不见。她犹如静物之美。一个正从窗外走过的年轻画师，在目睹她即将萎谢的这一刻时，呻吟出声。他说不出一句完整的话。她的身子却剧烈摇晃起来，重新睁开的眸子里鲜花怒放。但年轻画师的爱并没有维持太久，当他终于画出那个黄昏所有的一切后，他的爱停止下来。他没有去敲她的门陈述这一事实，亲吻了一下画像上她的额头，就提着行囊匆匆离开。

她在睡梦中被"这一事实"惊醒，默默地听着他的脚步。很快，四周便又是死一样的寂静，它们比胶水还要黏稠，一团团，像一只只不停尖叫着的小兽。惊恐与痛苦又回到她的脸上。她感觉到自己没有办法再在房间里多待上一秒，便急忙推开窗跳了下去。

她住进医院。我来到她的病床前。

我是在朋友那儿听到有关她的一切，包括她不久前刚继承的一笔遗产。这笔遗产的不菲数额深深地打动了我。我没有坦陈心中的所思所想。我对金钱的顶礼膜拜众所周知。几秒钟后，也许是更长一点儿的时间，她醒了过来，在我的目光下。

陈元庆没打来电话，没在第一时间揭穿我的谎言。我有点不习惯，闭目沉思。我终于来到一个面目隐藏在黑暗中的穿夹克的中年男人面前，他在喝酒，喝的是不掺雪碧的威士忌。他喝得不慌不忙，不快不慢，酒在他喉咙里发出一个个声响。"看清楚了吗？"他耸耸肩。他耸完肩膀后，就像一只鸟渴望回到羽毛里，样子有点不耐烦。"就这几个人？"我嘟囔着。"还有吧台里那个翘臀的女侍应生。你知道的，她的梦想是去参加明年在广州举办的花式调酒大赛。"他打了一个哈欠，差点把脸打歪了，"这就是你所渴望的那个开始了。"他脸上浮现出诡异的笑容。他的样子像上帝，或者魔鬼。他用手指敲敲桌子，起身走了。我端起他遗下的半杯酒，喝了一小口，想了想，把屁股小心地放在他坐过的位置上。

一条鱼出现在眼前。我叫不出它的名字。它望着我，表情古怪而又悲伤，摆了摆几近透明的鳍，消失在虚空中。紧接着是一个眉目如画的少女，左手臂上套着一条水晶手链、一件藏银腕饰、一个木镯子、一根金属圈、一块皮套，额头中央还有一只竖起的碧绿瞳仁，从瞳仁中射出的光闪电般击打在我脸上。我动弹不得。她的双手笼在袖子里，嘴里喃喃说着一些意义晦涩难明的词语。这些词语从她嘴里飘出后，没有立刻散去，围绕着她开始浮沉。每个词语都是一个赤子婴儿，一个开始——只要我想。我把手指向那树梨花。"你真的清楚你想要的么？"她的嘴唇薄得厉害。她从藏青色的袖子里抽出丰腴匀称的右手。"好看吗？一点儿也不像枯柴吧。"她满意地笑，指尖燃起一团火。我有点想念那条鱼，想念它的短暂、偶然与干瘪。如果这团橘黄色的火能在刚才及时出现，我就能吃上一盘香喷喷的烤鱼了。我点点头，想起那只不知在哪里的黑猫。我不由自主地说了一声"是"。她点点头，从藏青色的袖子里抽出左手朝我抓来。她的动作慢得令人吃惊，可我偏偏逃不开，不管我是往左跳还是往右跑。她的左手已经捏紧我的咽喉，然后我看见我成了一条鱼，被她倒提在手中。

我讨厌幻觉。我说"唵"。

我是陈元庆，在某些时候，我是的。这是事实，现实，真实。

"某些时候"总是比二十一克拉的钻石还要稀少，只有在极少数人的魂灵中才有零点几微克的含量。这还意味着它不可被提炼加工，没办法拿来装饰更多人的手指、耳垂与颈脖——资源的相对匮乏也会造成分配困局，不公、革命、动荡与流血……在所难免。当然，去祈祷"某些时候"的来临，不是不好。但祷告中的人必然陷于悖论中。若不虔诚，他们不能赢得它；若足够虔诚，他们必定认不出它。他们所记得自己唯一要做的，能做的，就是虔诚祷告。哪怕它吹着口哨在他们眼皮底下跳起探戈，就像那几只从他们鞋面上爬过的蚂蚁，他们也不会理睬，偶尔还会假装无意踩死它（心底会荡漾起些许难以捉摸的快意），"某些时候"还会逮住它，放进透明的玻璃罐里带回家泡酒喝，据说能滋阴壮阳。

黑暗中有人在曼声轻唱，旋律异常古怪。

我爱你，我要掐死你，掐到死了百分之九十九的时候，松开手。

噢，我爱你，我要掐死你，掐到死了百分之九十九点九九的时候，松开手。

那是刘佩雯的歌声。穿着一条湖水色长裙的她是那样美丽，连《偷天陷阱》中的女主角凯瑟琳也不及她的万分之一。当我告诉她"绝对的权力导致绝对的腐败"时，她向我展示了"绝对的腐败产生绝对的权力"这个所有人都视而不见的事实；当我试图告诉她"平等乃天赋人权"时，她用天才的想象力向我论证了"人所真正渴望的、消费的是不平等。而这才是人类社会进步的根本动力所在"。我是她的第七个情人，她是我此生中唯一的挚爱。在众生眼里，这是不平等。我在这个不平等的关系里却品尝到像风一样的自由、像闪电刺穿云层一样的激情、像星辰一样的真理，像秋后原野一样的丰饶。

佩雯，我爱你，这是我生命存在的全部意义。尘世的钟啊，每次移动，都是我时时刻刻对你的思念。而在今天，在这个只有十三平方米的由石头与铁构建的囚室里，我还发现了一个事实：你与我是无尽轮回中互相啮合的齿轮。当有一天，人类来到宇宙尽头，他们也将看见这一切，理解我现在所写下的这些文字。

愿上帝的恩惠慈爱与你同在，你被大火焚烧过的灵魂上升为星斗。

这是开始，也是结束。

当代中国最具实力中青年作家书系

说说爱情吧

第一幕　两个人

两个同名同姓的人。

按照上帝的律法（骰子），他们是一男一女。

他们中的一个正不惑有余；另一个恰桃李之年。一个是教授，谈不上名满天下，也算见惯世间繁华与琐屑无聊；一个是学子，初入校门，眼里有憧憬与对自我的期许。一个在江南富庶地长大，出身于知识分子家庭，纸墨气息幼时已熏入骨头，一双手温润如玉；一个来自边疆苦寒处，在困窘与缺衣少食中长大，手脚犹有体力劳动留下的众多皲裂。一个是谦谦君子，号称男神，圈粉无数；一个是眉眼未开的少女，貌不惊人，羞涩孤僻。一个刚遭遇一场车祸，不良于行；一个刚敲响校勤工俭学办公室的门，怯生生地站在一片金色阳光里，希望能谋得一份兼职——那是她最美的时候。

在此之前，他们曾见过，像山上的树见过疲惫的旅人。

女学生在大教室里听过男教授的几堂公共课。几百人的教室座无虚席。大部分是女生，很难区分她们是来听男教授的课，还是来看男教授的颜。有女生在"知乎"匿名吐槽求助，说自己看老师讲课的样子看入迷了，根本听不见老师说了什么，脑子里都是"陌上人如玉，老师世无双"之类的话。

　　男教授有好听的男中音，浑厚圆润。当他开口说话，最平淡无奇的句子也若旭日破晓。他认真讲，学生们认真看，也有认真听的。可真正能听懂他的，从来没有一个。

　　"我只是在认真地敷衍。"

　　"我讲的东西只是一些杨柳飞絮。看上去很美，吸入口鼻却要引发呼吸道疾病。可我只能给你们讲这些。我没有权力讲种子的生长史、苦难史……不是没有权力，是我的懦弱。"

　　当他口若悬河的时候，这些句子偶尔会在他脑子里砰的一声响，让他的血液停止流动——也让他"在这个神秘停顿的瞬间有了一种异乎寻常的严肃"（女生这般描述他那时刻发生的肢体僵硬）。

　　所以，当这个奇异的时刻再次降临，当那个与他同名同姓的女学生，突然用一个响亮的喷嚏打断这段静默，他的嘴下意识地说道，"这是深入鼻腔的痒感不由自主地喷发释放。"

　　课堂里出现笑声，气泡一样。

　　女学生把头深深地埋入桌椅间。她的脸烫得能煮熟一颗鸡蛋。她知道自己的脸烫得能煮熟一颗鸡蛋。更令她羞愧的是，痒感还在持续。她情不自禁地又打出第二个喷嚏。因为拼命压抑，声音更显得古怪。大家哄笑起来。这是一个富有喜剧色彩的短暂而又混乱的时刻。

当代中国最具实力中青年作家书系

幸好，下课铃声及时响起。

背着书包的同学从她的座位两侧涌过，有如潮水。这让她晕眩。她抓住桌沿的指节发了白。她觉得身下的椅子随时可能被水流冲垮。她对自己的鼻子说，"你有本事再打第三个，我就把你割下来。"她还是打出第三个喷嚏。她眼泪汪汪地抬起头。

男教授踱到她身边，递过来一张手帕纸，是"心相印"手帕纸，松软白净。他对她报以温和的笑容。什么也没说，就离开了。

他还不知道她的名字。不过这没关系。

世界静止下来。

女学生用手帕纸一点一点擦掉腮边泪水，又把手帕纸折叠好，折成一只鸟，放在桌子上，静静地看了半晌。她感觉到有某种东西在"心灵深处"生长。她还是第一次感受到藏在身体里面的"心灵深处"。好像很小，比针尖还小；又似乎很大，能把整个肉身罩住。这个史无前例的事件让她有点儿不知所措。痒，不再困扰她了。

她满脑子都是"我这是怎么了"。

她忽然发力，推开桌椅。她对自己说，"我是哪吒，妖魔鬼怪我不怕。"她没来由地想起小时候看过的一本连环画。神听见她对自己说的话。从云层深处投下的一束光线，给她穿上一层淡金色的盔甲，还给她脚下装上两个风火轮。"我是哪吒"，女学生匆匆往食堂奔去，嘴里继续哼着"鬼怪妖魔我不怕，呼呼呼呼刷刷刷刷"。女学生不知道的是，当她端着食物坐下来的时候，一辆倒霉的渣土车撞倒了男教授，不早一秒不晚一秒——如果她不打那几个喷嚏，男教授一般还要在下课铃响后再讲上十分钟，又或者说，如果他当时不走到她的课桌前递上这张手帕纸，他也不会被车撞倒。

这没有什么可遗憾的。

现在男教授能允许自己一个人待在那个堆满书与笔记本的房间里，坐在轮椅上心满意足地待着，谁也不见——事实上随着时间流逝，也没有多少人来见他，包括他前妻与在海外负笈求学的儿子。那些花儿般的女学生们，在短暂的惋惜后，很快就把昔日的男神抛于脑后。

生命的火焰本该如此慢慢熄灭，最后不留下一丝痕迹。

这才是一个人把自身尽数归还世界的正确方式。

一个秋风沉醉的夜晚，男教授拉开紧闭多日的窗帘，让月光泼亮房间。

这让他热泪盈眶。

他开始整理多年积攒下的文章。其数量之多让他也为之咂舌不已。小部分是发表过的。大部分是匆匆写完即被束之高阁。还有更多的断简残章就直接写在书的字里行间。男教授不断地想起撰写它们的诸多片刻，有些是美好的花瓣，有些是痛苦的如被宰杀的鸡鸭，有些是一块内有食肉动物利齿的琥珀。

"我这一生没有虚度。"坐在轮椅上的男教授，费力地在纸张间搬动自己，意识到一个问题：他需要一个助手。只有一个足够心灵手巧的助手，才能短时间内整理好它们，让他得以完整地浏览自己的过往所有。这样他在销毁它们之前，就不会留下任何遗憾。

他拨打了校勤工俭学办公室的电话，提出申请。

一个清瘦男生冒雨送来相关资料。

他的手指在她的资料页停留下来。他们有一个同样的名字，朱白。

当代中国最具实力中青年作家书系

"就她吧。"

女学生来到男教授家里。

为便于称呼，他叫她小朱，她叫他朱老师。她希望他能一眼就认出她就是当日那个连打三个喷嚏的女生。他显然是忘掉了。他希望她叫他老朱。所谓师者，传道授业解惑也。他觉得自己是不配这个称呼的，不配待在这样一个居高临下的位置。况且老与少是一种极富有生命美学的奇妙对称。他说过几次，她总是改不了。他佯做生气发怒，她的眼里一下子就溢满泪水。

"女性果然都是水做的。"他只好由她去了。

朱老师也无非是一个人称代词。

他安慰自己。看着埋首于书案前奋笔抄写的小朱，心神恍惚。小朱与前妻的容貌并无相似处：一个是丹凤眼，一个是杏仁眼；一个是瓜子脸，一个是圆脸；一个有希腊女神般的完美鼻梁，一个是蒜头鼻……她们显然是不一样的，尽管前妻与她一般大的时候，也是这样纯洁无瑕，通体发光。

"女孩儿未出嫁，是颗无价之宝珠；出了嫁，不知怎么就变出许多不好的毛病来，虽是颗珠子，却没有光彩亮色，是颗死珠了；再老了，更变得不是珠子，竟是鱼眼睛了。分明是一个人，怎么会变出三样来？"

他望着她光洁的额头，差点儿脱口而出。

不管她有什么样的回答，他都不会诧异。他与前妻就这个问题有过从深夜持续至黎明的辩论，最后他不得不用自己的嘴堵住前妻的唇。

他还记得那唇上曾有怎样的甜。甜是会让人上瘾的。太多的甜也是会让人心力衰竭的。他叹口气，他想喝一口不加糖的咖啡，想了想，还是把这句话咽了下去。

埋头抄写的小朱没理他。她的心神全部沉浸于他的文字里。这是一个多么广袤动人的奇异世界啊：

极北处，有高耸入云连绵不绝壮阔绮丽的雪山。不是所有的雪都有着一个同样的发音。刚飘落的雪，最是松软，叫 ATN；苔藓上积的雪，叫 AWE；挂在树梢上的雪，叫 AYI；最神奇的是山之巅的雪，叫 APYU，据说把它煮水喝下，就可看得到灵魂在体内的样子。（注：本段的几组字母组合是爱斯基摩人对雪的各种称呼 / 发音）

极东处，是海。海尽头是一扇门。不知道这门是由什么材料做成。原本墨绿色的海水在涌入门后化成了一道道五彩光线。把门推开的旅人，能踩着这些光线编织而成的桥，抵达宇宙中的任何一颗星辰。

极西处有沙漠。只有对统治这片沙漠的神（它没有名字与任何形象可言，又确实存在）有着最坚定信仰的幸运儿，才有可能在某个月圆之夜成为这片沙漠中的一粒沙，并随着沙丘的流动，来到世界的中央。

"极南处呢……"

小朱搁下笔，怔怔地望向老朱。这个声音把她吓了一跳。她意识到自己在提问。她有点慌，害臊，又赶紧想低下头，却发现这一下已扭伤脖颈。

疼。

他凝视着小朱白天鹅似的修长脖颈。这是她与前妻的第二个共同点。他叫她别再乱扭动，以免造成二次伤害，又从枕头下方找出一贴膏药。

当代中国最具实力中青年作家书系

膏药是前妻遗下的。是他买给前妻治腰肌拉伤的。这么多年，已失去药效。小朱还是疼，坐也不是，站也不是，眉蹙着，嘴半张着，唇湿漉漉的，声音带出一点哭腔，"我怎么这么倒霉啊。"

"还是去医务室吧。"他提议。不无歉意地拍动身下的轮椅。

他瞥了一眼窗外。外面，大风大雨。

"衣橱抽屉里有瓶红花油，你拿过来，我替你揉揉。"

他也这样替前妻揉过。不同的是，前妻的肩似削成、滑若凝脂，像一首宋词；小朱的双肩略有高低，右肩上还有老茧，顶多能让人想起"锄禾日当午，汗滴禾下土"。也不对，还有"锄禾日当午，清明上河图"。一个污段子在他脑子里咕噜响了一下。他苦笑起来，苦笑也是笑，久违的笑。他的手指在小朱脖子上找到痛点。

她跳了起来。

基本上是她说，他听。

她说肩膀上的老茧是挑担子磨出来的。

"要挑谷去镇上卖，才有学费。要走十里路，沟沟坎坎，磕磕绊绊。

"十里路上尽是桃花。现在想想，真是太美了。美得妖孽。当时不觉得，就觉得那些桃子不好吃。

"我家住在桃花深处。我爸就在桃花林里打我妈。像打一条狗。用碗砸，扁担抽，烧火钎子捅。我妈的门牙被打掉，我爸还抓着我妈的头发往石头上撞。桃花黏满我妈血糊糊的脸。我躲在柴堆后，不敢哭出声，眼睁睁地看着我妈挨打，身上没有一点力气，心里祈祷能有一个桃花神出来一巴掌把我爸打死。

"我好想念好书，以后找份好工作，让我妈再不挨我爸打了。

"我妈说她迟早会被我爸打死的。

"我知道这是家暴。我知道咱们国家有一部妇女权益保障法。我去镇里找过妇女主任。我爸回来后就直接跳到床上踩我妈的脸，床塌了，还接着踩，还用力踢。我妈被他踢得嘭嘭响。我从镇里喊来警察。警察把我爸捉去了，关了三天，再放回来，我爸就躺床上不能做事了。这是为民除害，我都想给派出所送一面锦旗，可我妈说是我害了我爸。我不服气，与她吵。我妈拿笤帚打我，就像我爸当初打她一样。

"我明白我妈心里苦。站着一动不动让她打。我妈不打了，拼命哭。我都不明白这有什么好哭的。我知道我妈在担心什么。我对躺床上不能动弹的我爸吐了一口唾沫，就回县中了。那时我在念高二。我对班主任说，我不再寄宿，去住亲戚家。我问同学借了点钱，买了口红，还有一条超短裙，沿街去问街面上的服装店要不要兼职卖衣服的。

"白天我努力学习，晚上我努力赚钱。我挣出了生活费，挣出了学费，还挣出了考上大学后的路费。老师，我是不是很厉害？

"老师，我骗了你。我没这个本事赚这么多的钱。钱是班主任给的。他很喜欢我。说我一定能考上985。他是对的。我考上了，可我现在都有点想不起他的样子。老师，我不明白我为什么要对你说这些。我心里很难过。这种难过又让我有点欢喜。

"老师，我刚才还骗了你。其实我爸不是从派出所回来后才瘫床上的，是我在他喝的粥里下了杀虫剂。我觉得我爸是知道粥里有农药的，味道那么大，可他还是端着碗呼噜一下喝掉了。我爸鼻子里流出血。我妈慌得去找医生。可我爸不让，说这样死掉了也挺好的。我爸如果真这样死掉了确实也蛮好的。可他偏不死，

当代中国最具实力中青年作家书系

偏要瘫床上，把我妈累惨了。"

屋内有少女嘤嘤的哭泣声。

现在她的脖子已经不那么疼痛。

男人对自己的推拿手法不无自豪。他在一片红花油的气味中依稀嗅到少女发丝的清香。他大致明白少女为什么要说这些。他挠挠鼻子，想起少女打过的那几个喷嚏，想起"痒"，想起他多年前对前妻说过的一段话——

"我说的话，甚至让我吃惊。不是因为对话术娴熟至极的本能运用，也不是因为这些话里面包含多少知识与诚意，而是这些话在飞出口腔（这个奇妙又湿润的空间）、碰触嘴唇时所带来的那种瘙痒感——越痒越想去蹭，口腔生产的句子就越多。很多时候，我都不知道自己在说些什么，纯粹就是蹭痒而已。

"偶尔，这种类似于动物发情的行为，也能帮助自己发现另外一个过去全然未曾意识到的自己。飞出口腔的词语越多（尽管它们毫无意义，犹如一团团蚊蠓——哪怕有人声称自己确确实实在这群蚊蠓中看见了上帝的脸孔），身体深处的某种毒素好像也就随之排泄出去了，内心开始稳定，变得清澈。那些原本模糊不清的，摇晃不定的，就在'内心深处'慢慢地显示出它们本该有的面貌。

"当然，也许这与内心毫无关系。蹭痒就是为了某种生理性的满足，既单纯，又美好。类似于情人纤细的手指在嘴唇上滑动时所带来的欢愉。"

　　世界一片寂静，潮水反复响起。
　　天空的蓝，在远方，轻轻拍打了一下地球。
　　光影不再晃动，

在这山冈上。我是这世上所有的山冈。

鸟的羽毛掠过脸颊，

我想起曾经的，与即将逝去的遗忘，

一种微微的痒。

几个句子像一连串的气泡，从他喉咙里涌出。他有点晕眩，突然意识到，他的手与少女的手不知何时已抓在一起。少女纤细而又粗糙的手指。

他俩不约而同地静默下来。

少女的身子是僵硬的。

他的身子在一点点地变僵硬。

窗外的月亮又大又圆，不是泪滴，倒像是通往另一个时空的洞。风闯进屋，把桌上一本书翻开几页，又把书中夹着的一页便笺扔到被褥上。

月光照着这页便笺。便笺上的字迹像要在月光中浮起。这令他有点儿恼火。他想用脚尖踢开这些字。等大脑下达命令后，他才想起自己的双脚已经不听大脑指挥。他笑起来。不是苦笑。如释重负的笑。便笺上的字是他在前妻离开中国的那个夜晚写的。

他能背得出：

妻子喜欢通过沉默来表达自己内心的情感。丈夫不懂得察言观色。准确地说，这个性格鲁莽的男人没有这种审美能力。他对此心知肚明。为了掩饰自己的无能，他就挥动拳头，把妻子打得开口求饶为止。

有一天，妻子下定决心，发誓哪怕丈夫把自己打死，

当代中国最具实力中青年作家书系

也不开口求饶。

当丈夫再一次挥舞拳头的时候，妻子突然发现一个事实——她完全没有必要把内心的情感浪费在眼前这个咆哮着的愚蠢生物上，哪怕是一微克。这是对自身的轻蔑。是对自己的犯罪。

妻子想明白了这一点，转身就离开了家，丢下了那个可怜又可笑的、正在徒劳地与自己的无能进行搏斗的男人。

"我是这个无能的男人啊，既鲁莽，又懦弱。"

当女孩柔嫩的脸颊朝男人慢慢倾斜，他松开握着女孩的手，咳嗽一声，挺直胸膛，"想不想听老师给你专门讲一个故事？"

他的男中音真好听。女孩像是在旭日破晓时看见了万千云霞。

他说的故事里也有两个人。

一个是精神濒于崩溃的男教授，另一个是从边疆考入这所著名大学的女学生。教授遭遇车祸后卧床不起。勤工俭学的女学生兼职去照顾教授。手脚麻利的她一边收拾着房子，一边给教授讲述自己老家的风土人情，奇闻逸事。

她讲了许多个天真而又烂漫的故事。男教授始终沉默地听着，一言不发。偶尔用一些最简单的肢体动作，来表达一下自己的需要。

女学生对男教授各种照顾，渐渐发现不对了。她觉得自己在男教授眼睛里面看见了傲慢与冷漠，看见了嘲讽与不屑。她被这种眼神激怒，感觉到自己被羞辱。她开始折磨男教授，期待他对自己的言行给点反应，轮椅上的男教授依然一言不发。

有一天，失去理智的女学生把男教授从阳台上愤怒地推下去了——在推下阳台的那一刻，女学生恍恍惚惚听到男教授说的三个字，"谢谢你。"

第二幕　骰子

一

一个陌生来电。

第三次响起的时候，何平还是耷拉着眉毛接听了。老家号码，有来电显示。不是骚扰电话，得接。不接的话，就是"人一阔脸就变"，家乡人的嘴可不曾饶过谁。

《洛丽塔》的开头是怎么说的？

舌尖得由上颚向下移动三次，到第三次再轻轻贴在牙齿上。

——必须这样，必须是这样，怒气能暂时平息。

是对母亲的愠怒。母亲越老越糊涂了。不是糊涂，是虚荣，是她念念叨叨的，一辈子为之奋斗的脸面、体面。

他反复嘱咐母亲，不要把这个私人号码给一些犯不着的老家闲人。

母亲还是给了。

他没办法。这世上有太多的"还是"是没有办法的。不，应该说，这辈子他就拿母亲没办法。母亲拿捏住这点，或者说，只有这样，她才觉得隔了二百一十八公里的儿子还是她身上掉下来的一块肉。她要刷存在感，他只能是顺从。这是人子应有之义，把顺从当成美德书来念，就心平气和了。

这次又会是谁，又有什么奇葩事情呢？

当代中国最具实力中青年作家书系

"何局长吗？"声音是谨慎的。

他嗯了一声。喉咙里冒出的是一个短促含糊的音节。

长达三秒钟的缄默。他希望对方就此挂断电话。他觉得自己是冷兵器时代战场上的战士，看不清面目的敌人就藏身在灰蒙蒙的空气中。这让人沮丧。

桌上有一叠材料。他用拇指与食指把它们捻开，轻轻捻开。A4纸上的每个字，每句话，在盯着他看。如果他露出破绽，这些字，这些话就会变成砍刀长矛。

他又找到那句话。他抓起铅笔在这句话旁边轻轻画了一个阴险小人的卡通符号。

这些卡通符号确实生动有趣。是女儿发来的表情包。

女儿小曦在千里之外的北京，在某高校读研一。前些日子他看女儿的微信朋友圈，有她照片，背景是白塔与接天荷叶。女儿的笑容在阳光照耀下有若半透明的果冻，《诗经》里有句话是怎么说的？巧笑倩兮，美目盼兮。他不能再把她当一个孩子看了。相片不是自拍，应该也不是她的某个闺蜜拍摄。小曦掌中手机屏幕上有一个戴棒球帽男人的形象。是这个男人拍摄的吧。女儿头上戴着那样一顶棒球帽。何平放大图片，反复研究这个戴棒球帽的男人，看不清楚男人的五官容貌。这让他难受，心脏肿胀。

何平在这个阴险小人的卡通符号上面画了一个叉，嘴角挤出笑容，"我是何平，请问您是哪位？"

二

何平已有十年没见到刘强。

他还是一眼就认出刘强。与想象中的样子不大一样，与电话里那个绵软犹豫的声音也不大对得上。眼前这个男人显然是个说一不二的主。刘强都没征询何平的口味，直接吩咐服务员上了六份炭烤鲈鱼。

"这鱼不错，我有个哥们儿一口气吃了五份。"

何平嗯道，"挺好的。"刘强用手指头敲着桌子，敲得响，敲的节奏也快。何平都替这几个手指头感到疼。刘强扔出包南京九五之尊，示意抽烟。何平摆手，指指面前的祁门红茶，"一抽就咳。我喝这个。"

刘强斜过身子点了烟，脚放到另一张藤椅上，身子再慢慢后仰。

服务员从耳房边转来，弯腰，赔笑。"先生，包厢里禁止抽烟。还请谅解。外面有专门的抽烟区。"男孩的脸部轮廓有点像年轻时的唐国强。

刘强架脚的姿势没变，看都没看男孩一眼，不紧不慢地，自钱包数出五百块，扔在桌前，"认罚。把包厢门关上。"刘强的手势像在赶苍蝇走。男孩没再说啥，拿起钱，躬身退后。

何平眯眼，端茶抿了口，"还有其他人吗？"

"就我们俩。"

这么大的包厢只有两个人。刘强茶壶里卖的是什么药？何平起身去看包厢里挂的字画。启功的横幅，曹操的《短歌行》。临摹品，仍可见启功书法的特点，笔画里有绘画的泼墨与用墨深浅。

半晌，何平嘴里吐出四个字，"这字不错。"

"赝品。"

"启功的字略显窄紧拘束，虽有瘦骨一说，毕竟如鲠在喉，这个临摹者难能可贵的是，师仿先人，又敢于推陈出新。字的笔画结构只增毫米，却有了开阔从容之意。"

当代中国最具实力中青年作家书系

"我听许多人说，有一种骗子，叫书法大师。"

刘强笑，何平的嘴角也笑。

横幅下有一张茶几。茶几上有一粒塑料骰子，是情趣骰子。这种东西不应该出现在这种高档酒店。服务员收拾房间时也不会出这样的疏漏。何平意味深长地瞥了一眼刘强。刘强捡起骰子，抛了抛，抛入垃圾桶。刘强的眼神有点飘。

两人重新落座。

酒端上来了，是二〇〇一年的茅台。小区门口回收老酒的贩子已经喊价一万块钱。

酒虫子爬到喉咙口，何平端茶，把酒虫子浇下去。

"今天不是工作日，十年没见的老朋友喝点酒，纪委不会找你谈话吧。放心，能喝多少就多少，我绝不多劝你喝一滴。"刘强举杯，舌头在唇角舔了舔，"吃这鲈鱼，必须得喝茅台，这是绝配。来，先润润嗓子。"

何平没再说啥，举杯。

二〇〇一年的茅台，值得尊重。至于对面坐的人是谁，没有关系。

"什么事？"

"没事。"

"没事就好，没事就是喜乐平安，喜大普奔。"

"我发财了。"

"恭喜。"

"没想到吧？"

"我还没想到自己今天会是一个局长。没想到的事太多了。不稀奇。"

"想不想知道我是怎么发财的？"

这些年何平还真没少听过那些发财的故事，无非如此，不过如此。大部分是巧取豪夺，小部分是概率的产物。

财富的本质是什么？数字增值。这是污秽的。所以这些年来，能善始善终者不多。

何平给刘强满上一杯酒。

刘强终于低下头，好像要把整个人埋进硬木桌面。许久，小声喊了一声，"哥。"

刘强的眼眶是湿的。

三

"哥，你还记得当年我们中学的那个美术老师吗？徐老师，瘦骨嶙峋，十天半个月也蹦不出一个屁来的，老处男，敢拿做实验的酒精兑水喝、喝醉了就随便往角落躺……还记得吗？有次他喝醉了，我们扒他裤子，把偷来的糖汁洒在他那话儿上，结果蚂蚁蜜蜂全都过来了。哥，还记得吗？当时我们都笑出眼泪。记事以来，我们还是第一次有了那样欢畅的笑声。

"一个人的快乐总是建立在他人的不幸上。这是我后来才想明白的。因为人所置身圈子的相对封闭性，注定了这是一个零和游戏。我说远了，还是徐老师，后来他一下子成为县里面的红人，画各种各样的宣传画，很为当时的县领导争面子，就在组织上准备进一步提拔重用他的时候，有人在他的画里看出问题。不是一般的问题，是敌特潜伏分子，是帝国主义亡我之心不死。县革委就把他抓了，打算枪毙。

"他被关在看守所。还穿了件不知是啥年代遗留下来的横格子囚服。囚服上有个号码，603121。我看得清楚，你也看得清楚，有时警卫会把他押出受审，要经过一条长长的甬道，我们用从学校偷来的凸透镜看得一清二楚。徐老师瘦得跟个仙人一样。我们心里很难过。他住的单人牢房里有个半尺长的天窗，我们往里面扔馍馍，这是一个技术活，在离天窗差不多二十米的距离，把馒头饼干绑在线上，把线绑在竹竿上，甩过去。我们还往里面扔过一个煮熟的鸡蛋。鸡蛋是偷来的。这在那年头可是稀罕货，你本来提议咱俩把鸡蛋分着吃了，可我老惦记着徐老师的外甥女那张哭得梨花带雨的脸，荷尔蒙支配了大脑，提议掷骰子比大小。你赢了，可我硬是把蛋从你那儿抢过来，往天窗里扔，没扔进去，结果白白便宜了那个看守徐老师的警卫。

　　"哥，其实徐老师没有被枪毙。被枪毙的另有其人，类似狸猫换太子。十年前我又碰到当时看守徐老师的那个警卫。他拿子孙三代在我面前赌咒发誓，说这事绝无一分虚假，是怪事，奇事，荒诞事。也就是因为这桩匪夷所思的事，他最后才信了上帝。他拿上帝给我发誓……我又扯远了。他说，徐老师在得知即将押赴刑场后，让他们稍等，转身就用粉笔头在墙壁上画了一扇门，然后轻轻一推，就把门推开了……大家的脑子彻底坏掉了，然后就眼睁睁看着徐老师回身朝他们挥手再见，迈腿走进门里面。等到他与其他警卫的脑子恢复转动，扑上前，那真的就是一幅画在坚硬石壁上的画。但徐老师就这样不见了，在众目睽睽下。

　　"哥，我不是在说《聊斋志异》。那个警卫说完这事后，我不断地梦见徐老师。他还是那样瘦骨嶙峋，还穿着那身囚服，与我什么都谈，谈到兴浓处从怀里摸出个军用水壶，里面是酒，还是酒精兑的，我用鼻子嗅嗅就知道了。我问他怎么成了仙还喝这种酒啊。仙人喝的都应该是琼浆玉液啊。他就笑，说我懂个毛线，说他非仙非人非鬼，不过是六道轮回中的一个异数。

"这样过了几年，他突然一声招呼也没有打，就再也不到我梦里来了。我琢磨着他到我梦里来肯定是有所为的。我反复想，把脑壳也想疼了，就想起他囚服上那个号码，603121。毕达哥拉斯认为数是万物的本源。他是对的。我也终于抓住了这六个阿拉伯数字的真正含义。

"不是中奖。是我买了这只股票。倾其所有，再加上二十倍的杠杆。就这样我发财了。然后，我彻底想明白了。我把余生想干的事都列出来，列在一张 A4 纸上，一共十二条。不算多。我们这辈子真正想要的东西并不会太多。所以我做了一个十二个面的骰子，让这个旋转的多面体成为上帝，成为命运裁决者，而我所唯一要做的就是服从。"

刘强声音低下来，像一只受伤的兽般低了下来。

他穿的是一件阿玛尼的西服。他从西服内口袋里取出一个天鹅绒的小袋，倒出一粒足有茅台酒盖大小的象牙骰子，在西装袖口擦过几下，再小心翼翼地托于掌心。他注视骰子的眼神就像是磕下数千里等身长头的虔诚信徒。

"哥，不要问我都做过什么。那事你无法理解，也不感兴趣。有趣的是，我本来打算若骰子的某面重复出现，就把这事再做一次，可这样的事至今也没发生过。这是小概率事件，也是上帝的恩宠。骰子现在只剩下三面还没有出现，序号分别是七、十、十二。去年秋天，农历白露，我在天安门广场人民英雄纪念碑的石阶上，掷出了骰子的第七面，相对应的事就是：追求小曦，与她成婚。"

当代中国最具实力中青年作家书系

四

去年白露，自己在做什么呢？想不起来了，是一团烟雾缭绕的白。

这个酒店的空气是白的。

何平的脑子嗡了一下，好像有几只苍蝇飞了进去，好像里面升起了一团蘑菇云。心脏一阵剧烈的疼痛。想来所谓万箭穿心就是这般滋味吧。何平的手及时抓住桌沿，强行咽下已经涌到喉咙处的那些酸咸。原来是小曦把自己的私人号码给了眼前这个男人，自己错怪母亲了。原来戴棒球帽的男子就是刘强。

何平想提起手在桌上重重一拍，却只看见那个靠肘部力量努力支撑着身体的男人，用越来越嘶哑的声音问道，"小曦在哪？"

"在酒店。"刘强仰起下巴，示意小曦正待在楼上某个房间，"她怕你骂，哥。我本来想不声不响与小曦把证办了，这也是小曦的提议。上个月，徐老师发神经又跑到我梦里，说我与小曦的婚事，还得你同意。不被长辈祝福的婚姻是不会幸福的。我好不容易才说服小曦。"

何平看见那个脸色铁青的男人摇摇晃晃地站起身，抓起酒瓶想砸向刘强，酒瓶从他手指间滑脱，掉在地毯上，没发出一丝声响。他倒了下去，像尸体一样倒了下去。

有点遗憾，桌上的炭烤鲈鱼他还没来得及动下筷子。

何平死了，心肌梗死。哭成泪人儿的何小曦半年后与刘强成了婚。这不是她的错。她还不知道父亲与刘强过去的关系，不清楚自己只是某种报复的牺牲品，也尚未真正洞悉人的丑陋与疯狂，更不了解不幸就如同附骨之疽。她只是爱上了一个温柔体贴幽默风趣的老男人，这个老男人碰巧还很有点钱罢了。

她不是洛丽塔，刘强也不是亨伯特。

她不知道即将来临的命运是什么。

但我知道。我是那粒骰子，那粒被汗水与疯狂浸淫日久、色泽微黄的象牙骰子。我在黑暗中耐心地等待着自己再次被高高抛起的那一刻。

这一刻很快就要到来。

第三幕　钥匙

一

初秋的黄昏，下班路上的我接到一个电话。

一个在大学任教的朋友，谈不上有多熟悉，在几次乱七八糟的会议上见过，寒暄后加微信好友，平常也没有多少互动。偶尔，礼貌性点赞。我问他有什么事。他说看到我刚发在微信朋友圈的帖子后，心中一动，想给我说个故事，问我是否有空。我说有好吃的就有空。

他问我想吃啥。我学郭德纲一口气报了十几个菜名。他哈哈大笑，说OK。

我拐去附近的星巴克等他开车来接。若没有这个电话，我此刻应该是在一家街头饭馆狼吞虎咽着一碗十八块钱的湖南米粉。等了三十二分钟零五秒。这段时间，从我面前经过的熙熙攘攘的人流，一共是一百四十九名。其中九十二名女性，五十七名男性。这是一个很有意思的数字。一个很有意思的比例。

前者是邓巴数字。后者接近黄金分割率。

当代中国最具实力中青年作家书系

我把这个发现对朋友说了。我所好奇的并非是邓巴数字与黄金分割率所能带来的启示，而是目睹它们时的偶然性。这种感受有若目睹神灵，原本滞重无趣的世界突然新鲜如橙，这让原本焦渴的心灵深处涌出一种近乎失语的狂喜。

坐上驾驶室副座后，我开始结结巴巴说话。

我词不达意。我怀疑这个朋友可能没听说过邓巴数字，可还是忍不住。我好像看见了自己的嘴在一张一合，像一条渴望摆脱水流束缚、跃到岸上的鱼。

"我知道我是鱼，不该想岸上。可我到过岸上，尽管是藏在你睫毛下的阴影里。"

我闭上嘴，脑子里出现了一个句子。

朋友的座驾是辆路虎。他专心致志握着方向盘。当我都不知道自己在说什么的时候，他拧开汽车音响，是门德尔松的《小提琴协奏曲》，弦乐细腻干净，细节雅致温暖，有异常的透明感。

我说，"不好意思。"

朋友说，"我理解。"

我们不再说话。这个世界在小提琴优美的旋律声里有了奇妙的抑扬顿挫。缓慢前行的车流也有了一种异乎寻常的庄严感。我与他，两个沉默的男人，亦是这首动人心弦之乐章中的两个节拍。而最有意思的是，当我意识到世界的旋律，原本令人烦躁厌恶的汽车引擎声也成为这个旋律的一部分，让它均匀整齐，且有了一层金属质感。

这一刻如此恬静，这世界如此美好。

我松开攥紧的拳头。

是的，恬静与美好。必须这样想，必须用这两个词语反复催眠自己，我们所置身的日常现实才可能拥有它们——哪怕只是短暂的拥有。人是观念的产物，世界亦不例外。

一种预料之外的孤独感袭击了我。不过没关系，我还是成功地扼住它的喉咙，并摇下车窗，把它伴随着一口痰吐了出去。

他还在专心致志地握着方向盘。

一个比我还要闷的家伙。

霓虹的光亮，从他的脸庞飞过，是一只只蝴蝶。有凤尾蝶、粉蝶、弓箭蝶等。它们都不应该在这个季节出没。他到底要给我说一个什么样的故事，而且，这般郑重其事？

车已驶离城区，天地幽静。路两边出现直径约有米许的树，是法国梧桐。

一棵接一棵的梧桐树是一群训练有素的法国侍者，沿着盘山公路把汽车领入一座山间独幢别墅。在半山间，于石阶上驻足，下望，我刚离开的市区就像是一只茧，流光溢彩，有着令人窒息的美。

我还是第一次来到这个传说中的富人区。

一个大学教授怎么会这么有钱？不过这与我没有关系，就与那九十二名女性一样，虽然她们都是那样美好。

时间的流速随着暮色降临，已比石上清泉流得还要缓慢。此间的山与树因为这个慢字，在这个秋日的夜晚显现出一副让人心醉神迷的容貌。尤其是山巅上的那抹晚霞，便若妇人之唇。这个比喻并不妥当。或者说它是一面自由女神手握的旗帜。

我有点舍不得进屋。朋友看出了我的心思，问，"就在外面吃吧？"

我说好。

屋前有个十几平方米大小的露台。铺着松木防腐地板。四周

当代中国最具实力中青年作家书系

栅栏爬满茑萝，五角星形状的红色小花在柔和的光线下向内轻轻卷起。一张特制的橡木圆桌，中间有尺许方洞，里面搁着一台电磁灶。主人是一个吃货，还常在这儿面对一山风月。

一个梳发髻的年轻妇人端来茶，又快手轻脚端出十几个菜，还真是我刚才说的那些。

有钱真好，万物皆备于我。

我在心中赞叹不已。招呼妇人坐下吃菜，还喊妇人为嫂子。我还真是不了解今天有钱人的生活。妇人是女佣，朝我报以笑容，悄无声息地消失在暗处。

她的步履比一只猫还要轻。

"二〇〇九年的拉菲，你有口福。"朋友晃动手中长颈大肚的醒酒器，洁白的牙齿在暮色中闪光，"中国每年消费二百万瓶拉菲，而拉菲年产量最多才二十四万瓶，其中出口到中国的大概也就五万瓶。我向你保证，这是五万分之一。"

醒酒器瓶口有雪茄燃烧时的香味。香气浓郁，形若有质，并非来自身旁的草叶或灌木，浓烈，原始，像有一只体有异香的麋鹿要拱出瓶口。不过我不喜欢。不是说雪茄不好，它会让我想起前女友。也不是说前女友不好，而是说这种古怪的联想让我会觉得自己还不如前女友养的那条叫雪茄的松毛犬，那一团常让人不知所措的雪白。

我把红酒直接倒入喉咙，咂咂嘴说，"不好意思，有点渴。"不等朋友接话，赶紧又补了句，"不必给我普及红酒的常识与正确喝法。我吃菜，你说故事。"

我为自己的粗鲁有点懊恼。不过话已出口，就覆水难收。我往嘴里努力搛菜，是盐水鸭，嫩滑香咸，没有丝毫腥臊，比马祥兴菜馆里大厨做的还要好吃十倍。噢，松鼠鳜鱼，真鲜啊，我敢打赌，这条鱼半个小时前还在水里活蹦乱跳。

十分钟后，我搁下筷子，打了一个不太雅观的饱嗝，问，"你怎么不吃？"

"看你吃，比自己吃更有意思。"

一轮明月已从云影中浮出。万千事物有了琉璃身，内外明澈，净无瑕秽。

我有点儿痴了。

"你开始有点儿紧张。"

"我本来以为你只是一个大学教授。结果你开了一辆路虎揽胜来接我。你知道的，在某种意义上，金钱是丈量世间万物的尺度，有时也许是唯一的尺度。"

"你讨厌有钱人。"

"不讨厌。金钱构建了当下这种极富有效率的秩序。它显然比权力更富有平等的意味，因为它的流动性。我只是有点儿惆怅自己不是有钱人罢了。直道相思了无益，未妨惆怅是轻狂。我挺喜欢李商隐的这首《无题》。"

"看来我没找错人。"

"也许你错了，我就是来吃菜的。"

"错也没什么不好的。比如你在车上说的邓巴数字。我刚才突然意识到这么多年我的生活可能就是一个错误。也不仅是我，还有许许多多人，把人生当成一趟旅程，所遇到的人，也无非是擦肩而过。我以浮萍视人，他人视我自然就是浮萍。如果我能把人生当成一个村落，所遇到的人，皆是村民，是一百五十分之一，想来此刻就不会是与你在此对饮吧。"

当代中国最具实力中青年作家书系

他说的不无道理。"人生如逆旅，我亦是行人"，可能是根源于我们对时间如矢的想象，也许时间的确不是箭头，而是一种类似村落般的圆形结构，是飞矢不动。

我搁下筷子，喝了一口茶。茶比酒好喝多了。

"什么茶？"

"祁红。"

"拿这个款待我就行了。好吧，我喝茶。你说故事。"

"其实我远比你所想象地更了解你。你是喝红酒的，并且喝出了艺术。曾几何时，也只有你一个人在蒙着眼睛的前提下，准确地说出二十七种红酒的品牌，乃至年份。"

"你不说我都忘了这事。当时你是评委还是观众？我怎么想不起来了。咦，我这么一个穷人怎么也会出入那种场合？"

"当时你在酒吧里打工。是白露对我说的。当时白露对你说，只要你能赢得这场比赛，就与你交往。"

白露，我的前女友。三年了，我都有点想不起她的样子了。

我的欲念，我的灵魂之火，我的生命之光，在不到一千一百个昼夜的时间刻度里，即已黯淡消逝。

我有点讨厌这样的对话。这餐饭果然是有缘故的。

二

数颗星子，一阵冷风。眼前男人的面容悄然隐没于黑暗的一角，成为未知神秘的一部分。我不清楚我为什么有这种感觉。天地阒寂，眼前的一切犹如幻境。我打了个寒战，听见一个古怪的声音从自己胸腔里挤出，"她人呢？"我的声音干瘪若秋草，随时要被风揉碎。

这风真冷，跟白露摔门而去的那个夜晚的风差不多。

"在四川凉山做支教，如果不出意外的话，一年后的今天，她会因为救援她的学生跌下悬崖。而你……"黑暗中的声音停顿片刻，没再说下去。

我听见自己喉咙里的笑声。

"你是说，你能预见未来？"

有那么几丝热量重新回到体内。我嘿嘿笑出声。

"是，我来自未来。"他没有丝毫犹豫，还顺手摸出一盒烟递来一根。

他分明在我眼前坐着，站着，还为我点着一根烟了，可我却分明丧失了除视觉之外对他的所有感知。我瞪大眼，生怕一眨眼，眼前这个人形轮廓就要化为一缕青烟。世界多奇妙。我这是攒了多少世轮回的功德，居然能遇到一个声称来自未来的人。我感觉到滑稽与愤怒。这两种情绪的混合让身体有点儿哆嗦。我的第二个念头就是把烟火掐灭在这个声称自己能预测未来的人形轮廓上。

他不见了。

真的。

我想起我刚在微信朋友圈发的那个帖子的内容。是一首四言乐府：

今日白露，秋露凝霜。

我有心伤，谁共无常。

陋屋破房，杯酒已凉。

大河长江，聊作断肠。

当代中国最具实力中青年作家书系

一壶明月，再问苍茫。

寥廓天上，欲归何方？

且跨乘黄，兵甲不藏。

云为衣裳，风可绕梁。

　　写得并不好，不过是煽情与自我催眠。我不知道我为什么写它，也许是一个人自怨自艾时把词语当成 LSD 吸食。之所以发朋友圈，肯定不是什么高大上的嘤其鸣矣求其友声，大致就是孔雀开屏的那种愚蠢，是雄性向雌性发出某种求偶信号——这自然是徒劳无功的。这是把老年斑当成求偶的春药。

　　春药是有的，一言以蔽之，"高富帅"。

　　我们要尊重这个时代。

　　我终于想起这个朋友的名字。他姓时，名代。一个本该让人过目不忘的名字。可我居然忘掉了。人类的记忆机制真是有趣。从小到大所读过的种种凶杀案、负面新闻、黑暗故事，此刻犹如深渊怪物，浮现，互相撕咬，并在海面上掀起惊涛骇浪。而我分明感觉到一头更危险的庞大异兽就要从更深的幽暗处浮出。

　　眩晕感。我好像置身于惊涛骇浪中。

　　我深吸一口气，抓紧兜里的钥匙串，握紧，并让其中一把凸出手背。我相信这样一拳击出，能让这位时教授的脸成为车祸现场。我尽量让自己的语气平静，"你在酒里下了什么？我这是失明了吗？"

　　"是的。短暂失明。大约半个小时。这种药的副作用。请原谅我没有征求你的意见。因为这难以事先解释。我想给你看看你与白露分手的那个夜晚。这并非虚构。等你醒来，你有这种能力去检查它的真实性。我的兄弟，不要紧张。"

黑暗中的声音不疾不缓。

我的前额叶处涌现出一点金芒。越来越多的金芒自那海面飞出，竟然有着我从未见过的瑰奇壮丽。而一个婀娜人影也渐从这些金芒的聚集处慢慢闪现。

白露，我的爱人，我以为这辈子也不会与之有须臾分离的爱人。

我在深夜里醒来，一遍遍地想你。
"想"这个字，比刀尖锋利——最好的大马士革刀。

我知道我是鱼，不该想岸上。
可我到过岸上，尽管是藏在你睫毛下的阴影里。

我是如此满意自己的遍体鳞伤。
疼痛是火把，
如深夜的地球，高高举起在世界的中心。

我要在深夜里一遍遍醒来，
我要在所有人都睡着的时候醒过来，
我要把深夜想成你的唇。

如果说"与你接吻，会死人"，
我想死上一千回。
心脏一阵抽搐。

一片片光影开始撕扯，吞噬起我的灵魂。

上帝，我要感谢你，感谢你赐予我血，赐予我肉，赐予我绵绵不绝的苦痛，让我品咂到了生而为人的种种。

一层一层的荫翳被这些绵绵不绝的苦痛撕去。

光亮，一点一点重现。

眼前已没有了山峰、别墅、一盏盏灯火，也没有了松木露台、茑萝花、橡木圆桌、电磁灶等一切人世里的物。这是一个奇异空间，地球人把它称为连接宇宙遥远区域的时空细管，即虫洞。

时间是这根细管中的一个个大小不一的旋涡。万千星辰在旋涡中沉浮不定。

我凝视着男人的脸容。沉默的，仿佛古老岩石一样的面容。他在望着细管外那转瞬逝去的众多旋涡，手指指向西南角。

那里有一颗离地球二十六光年的星球，是我与他的家，我们出发的地方，我们该回去的地方。我们把它称为 θ。按照地球人的说法，它叫 BetaCVn。

"你又做梦了，不仅梦见自己再次成为那种自称是从猿类进化而成的生物，还梦见手中这把开启虫洞的钥匙变为一个叫白露的女人，并与她 / 它，有了一段人类称之为爱情的情感。这很有趣，但，沉溺其中是危险的。"

他没有说话。可我分明看见了他这些没有说出来的话。一些肉眼难以辨识的细小波纹连接了我与他。梦境确实危险，是迷失之地，有太多同伴葬身其中。

我理解他的担忧。

如果我迷失于"作为人"的情感，这把由幻影物质所铸造的钥匙，极可能失去它的负质量，虫洞将闭合，我与他将被时间风暴还原成基本粒子，彻底消失于这个冰凉黑暗的宇宙中。

我把钥匙抛给他。然后看见自己的请求——

能否再多给我一呼吸的时间，我还是想去对她说一声，我爱她。

是的。我爱她。不管她是人还是物。也不管我是什么。

既然我已梦见了关于她的一切，那么这一切必定真实不虚。又或者说，如果她是一把钥匙，那我就是一个只能由这把钥匙打开的锁。

一刹那为一念，一昼夜有四百八十万个刹那。而在 θ 星人的时间秩序里，一呼吸约等于三百六十五个昼夜。一呼吸之后，我将在她自崖上坠落前的刹那，于她耳边轻声说出那几个字：

"白露，我爱你。"

如果有可能的话，请允许我再加上四个字，"至死不渝"。

三

耳边有呼啸的风声。

我醒了，从椅子上一跃而起。月至中庭。

"庭下如积水空明，水中藻荇交横，盖竹柏影也。"我揉揉眼，望了望对面脸部表情古怪的时代，有点羞愧，"不好意思，我失态了。对了，你不是要对我说个故事吗？"红酒真不应该直接倒入喉咙啊，报应果然来了。我也太高估自己如今的酒量。

隔了半晌，时代才慢慢说道，"我想她应该是爱你的。你也是爱她的。我觉得你应该去与她谈一下。"

我离开了。虽然时代举止怪异，说的又尽是一些没头没脑的话，但我想我还是明白了。我有点想雪茄，那条没羞没臊的松毛犬。

　　几天后，当我与雪茄在草地上打滚的时候，坐在长椅上的白露接到一位顺丰小哥送来的快递。是他的来信，信封里有一把沉甸甸的青铜钥匙，还有一张纸，纸上写着一行字。宋徽宗的铁画银钩，正宗的瘦金体——

　　爱情是美好的，金钱也是美好的。

　　这是我的一点心意。愿你们的美好能恒常持久。美好是一把开启人世奥秘的钥匙。

谁的心不是伤痕累累

一

天亮的时候，李甲闭上眼；天黑的时候，李甲睁开眼。一天就这样过去了，没有半点声响，就像一条鱼消失在水流深处。李甲觉得自己便是这条鱼吃到肚子里的饵，想了半天，肚子饿了，起床找吃的。找了半天，找到一块有馊味的蛋糕，又想了半天，还是把它扔进嘴里。这几个半天加在一起，天又亮了，亮得诡异，仿佛有刀子从天而落。整个世界都因为这些锋利的刀尖陷入一阵阵轻微的战栗中。

云层如同被撕裂的绸缎。

李甲趿鞋，鞋底趴着蟑螂，惊慌地逃。李甲用了一脚就踩死了它，出门往裂帛声处行去。走得很慢，因为身上套着的绿 T 恤，他还是一只绿蘑菇，俗称青头菌。

青头菌，气味甘淡，能泻肝经之火、散热、舒气、解妇人气郁。

腰肢细细的妇人望着李甲抿嘴轻笑。街头杂货铺的屋角飞檐

当代中国最具实力中青年作家书系

挑落下几缕阳光，宛若妇人手指，直指眉心。李甲额头冒出虚汗，忍不住叹气，冲一个梳双髻的窈窕妇人露出牙齿——有种鱼叫双髻鲨，头部左右突出如发髻状，性凶悍，袭击人类。

妇人被李甲的面容吓着了，险些一脚踩进下水道。李甲吹起口哨，眼珠子落到妇人雪白的大腿根部。妇人的旗袍开衩到臀部上方。那里藏着一只会飞舞的蛇。把那蛇做羹，味道真是不要太鲜美了。

李甲蹲下身。妇人的脸红了，轻啐，流氓。

一辆电动车蹿过来。一条土狗也蹿过来，蹿得更快，被车撞到妇人怀里。妇人身子后仰，手撑在地上，脸上露出便秘的表情，竟然没跌倒，人斜着，身子悬空，露出一条印有小熊维尼的内裤。这种动作的难度系数高，男人喜欢。

孔媛也有这样一条可爱的内裤。

李甲抓住土狗的尾巴，起身横空抢过，倒提至妇人面前，摁住狗头，喝道，磕头。

妇人蒙了，几个闲人围上来。狗挺硬颈，张嘴往李甲手腕上咬。李甲叉手成拳，击在狗的脊背上，狗日的。狗老实了。妇人恼了，你这是什么意思？

李甲说，让它给您赔罪。

妇人怒，牵它回去给你妈赔罪。

闲人们都笑了。李甲没笑，你骂人。

妇人说，你先骂人的。

李甲说，我不是骂你。我是骂这条没长眼睛的沙皮狗。狗不是狗日出来的，难道是人日出来的？我让它给你赔罪。车碾狗，这叫天理；狗撞人，这叫没天理。路见不平旁人铲。不是我怂惥。

我这叫见义勇为，匡扶天理。大家都看见了，是狗撞倒你，不是我撞倒你。你若气郁胸闷，就宰了它。它刚才闯了祸还想跑，这叫交通肇事罪，其罪当诛。狗肉滚三滚，神仙吃不稳。益脾和胃、滋补壮阳。用黑豆烧狗肉，可治疗阳痿早泄。男人必吃。你回去熬给老公喝。你没老公？熬给男朋友喝也行。你没男朋友？你这样漂亮的女人若是蕾丝边儿，太浪费资源了。上帝会悲愤至死。别用这种眼神看我。那话不是我说的，李时珍说的。李时珍你晓得是啥子人么？不晓得没关系。秦始皇也不晓得现在有互联网。你家买了电脑？你莫说话，我知道你疼。十有八九，韧带断了。没练过瑜伽，就别摆这种姿势。这很辛苦。你点头表示买了，摇头表示没买。买了好，要与时俱进。回家打开电脑。记得用百度搜索，莫用谷歌搜索。中国人要支持民族产业。你不会是混血杂种？你搜索"李时珍"，李世民的李，时间的时，珍贵的珍。李时珍是蕲春人。蕲春在湖北，产蕲蛇，又叫白花蛇。黑质白花，咬人五步即死。白素贞就是一条蕲蛇。那是一条多么浪漫的蛇啊！赵雅芝演得太经典了。千年等一回……你为什么要翻白眼？你认为这条狗磕头的姿势不帅？没关系，我教它。只要你付钱，我把它教得比孔子还懂礼。你姓孔？点头表示是，摇头表示不是。不是就好。要不，你又要误以为我骂你。姓孔的没有好东西。我前妻姓孔……

普通人语速一分钟二百字左右，李甲一分钟内说了六百一十八个。

一分钟后，李甲撒丫子飞奔，跑了一段路，狂笑，揉腹，差点想就地躺下才觉得舒坦，瞥见家窄门的文具店，拐进去要了一卷透明胶带，撕开黏住嘴。老板是个老男人，圆脑袋，眼皮搭在

当代中国最具实力中青年作家书系

眼袋上，见他古怪，两根指头拈回胶带，歪头看墙壁上的摩托女郎。

李甲摇头。圆脑袋侧着的肩膀一哆嗦。

李甲用手指敲了敲玻璃柜面。圆脑袋赶紧回头摸出胶带扔在柜上，动作之快，好像这圈胶带是条盘起的蕲蛇，然后脑袋与肩膀就死死地铆在一个角度。

李甲有点怀念那妇人，与那条被他扔进妇人怀里的沙皮狗。

李甲出门。对面是几间平房。一间屋的墙壁外绘有几幅涂鸦：女人是几何形状的，骑在雄俊的人头马背上，一只眼睛大，一只眼睛小；男人一律是扁平的生物，在马蹄下，形容猥琐，嘴角拖着一些形状与人体内脏差不多的可疑物。

这是中国的毕加索。李甲赞叹着，朝房子走去，盯住这些图画聚精会神地看了几分钟，手有点痒。李甲用左手挠挠右手，再用右手挠挠左手，发现门缝底下爬出一群浩浩荡荡的蚂蚁。蚂蚁们抬着蟑螂，就像是抬着它们的灵魂，神态庄严，步履庄重。

蟑螂是蚂蚁的食物，所以蟑螂是蚂蚁的信仰。

男人是女人的食物，所以男人要吐出内脏？

李甲头疼，推门。门没锁，应手而开。力大了，身体失去重心。鼻子撞在门框上，酸了。屋里的气味像女人的长指甲，钻进鼻孔，在李甲的脑子里揪出数十颗小星星。李甲一个喷嚏打出，汹涌的气流被封堵在嘴上的胶带一堵，全回嗓子眼，顺势直下，又如同被烧焦了的铁条。李甲身子软掉了，躺在地上数了半天的星星，这才想起——自己又回家了，挣扎半天，才攒起一点力气，撕掉胶带。

地上有许多乱七八糟的烟蒂。有的烟蒂只吸了一两口便被掐灭。地上还有一块皱巴巴的床单，床单上印出鸳鸯，鸳鸯上面有几只脏脚印。

鸟语花香三月春，鸳鸯交颈双双飞。

某夜欢好后，李甲与孔媛躺在床单上看电视。是一档关于鸳鸯的动物节目。主持人的声音充满磁性。原来，一直被民间当作恩爱夫妻象征的鸳鸯并不恩爱。鸳鸯没有终身夫妻。它们只是在配偶时期才形影不离。也许是因为雄鸳鸯是世界上最美的水禽，而雌鸳鸯只有一身深褐色羽毛，所以繁殖期一过，雄鸳鸯便抛妻弃子，让雌鸳鸯独自承担产卵孵化以及抚育幼雏的任务。

孔媛说，你要敢做雄鸳鸯，我就把你那话儿切了去喂狗。

李甲说，雌鸳鸯也不是好东西，听见没？雌鸳鸯只要一有机会就与其他雄性交配，还装着什么都没发生过一样。通奸到了这种境界，是艺术啊。

第二天，床单消失了。李甲以为孔媛扔了。几天前，分割财产，它又神奇地出现在壁橱底层，被孔媛算作李甲的那份。李甲把床单扔进洗衣机里洗了三遍，还是无法除去孔媛的体味，干脆扔地上当地毯。

李甲翻过身，从床杠上抓起一缕长发。是孔媛的头发。

床上，总能找到孔媛的头发。它们像野草。其生命力之顽强让人感慨造物的神奇。为了彻底铲草除根，李甲打算拆掉床搞卫生，跑去买榔头。二十块钱的铁锤没敲两下，锤柄断为两截。李甲冲回去理论。卖锤子的老鼠眼一口咬定李甲在别处买了苦货，故意来找茬。李甲不能把锤子捧在他脑门上，去另外一家五金店。锤子不好使，还有锯子。为了保证锯子能够具有锯东西的功能，李甲索要了发票，还当场做了锯木试验。锯子没让他失望。李甲

当代中国最具实力中青年作家书系

扛回家，摩拳擦掌，准备大干一场。

孔媛回来了，问，你干吗？

李甲说，锯床。

孔媛在坤包里摸出一张纸，一拍。是他摁了红手印的财产分割协议。这床归她所有。

李甲说，把床搬走。

孔媛说，房子是你的吗？不要脸的骗子。我爱摆哪就摆在哪。我告诉你，根据《婚姻法》，这房子属于夫妻共同财产，还有我一半。

李甲说，我睡哪？

孔媛说，你爱睡哪就睡哪。

孔媛收拾东西。李甲的眼珠子随着她那双白皙细长的手转来转去。孔媛记忆力真好，都没忘掉床单下面那盒没拆封的避孕套。

孔媛说，记住，不准把我名下的财产弄坏一根毫毛。

李甲说，这是床，没有毫毛。

孔媛说，下星期三去宁海路上的民政所，记得带上身份证。别说你不知道宁海路在哪。

孔媛摔门走了。李甲望着锯子，望着床，悲愤不已。在床上撒了一泡尿。撒完尿，后悔了。在沙发上睡了一夜，第二天早上，沙发缝隙里又出现孔媛的几根长头发。李甲用它们摆出一个憨豆先生。沙发也是孔媛名下的财产。不能锯了它，也不能把它整个扔洗衣机里去。

李甲坐起身，两腿向前伸直，相互平行。背部挺直，手掌放在地面，一条腿伸直放在地面，另一条腿自膝盖部弯曲，向后缓缓移动。这叫瑜伽半侧式。

屋子里的蚂蚁越来越多，从他屈起的膝下依次钻过，极有秩序之美。它们缓缓行进时表现出一种肃穆的庄严，这庄严使它们无所畏惧，仿佛是一出瓦格纳乐剧。矛盾、本能、哲学思想、戏曲、诗歌、音乐、女武神、莱茵河底的黄金、在世界各海洋不断漂泊的鬼船船长、充满神话色彩的瓦尔特堡、守卫圣杯的武士、特利斯坦与伊索尔德、宗教理想……李甲屈手指头，念念有词。这些近在咫尺的生物，渐渐生出一种遥远的神秘。这神秘构成深渊。

李甲叹气。它们叫小黄家蚁，食性很杂，会叮咬人体，引起红斑、疼痛、奇痒，尤其是爱叮咬婴儿娇嫩的皮肤。

孔媛最自豪的就是她婴儿一样娇嫩的皮肤，所以常在梦中发出女鬼一样的尖叫。

还有一种深褐色的神出鬼没的大头蚁，特别爱往人的鼻子耳朵里钻。李甲用棉花团塞住耳朵，但不能把鼻孔也堵了，便呼噜呼噜打鼾。孔媛不打鼾，很无奈。有时半夜，摁着两只鼻孔，从卧室一直跳到厨房去。

蚂蚁必须被消灭！

最早是搞食物诱杀，往地上扔果核、骨头，把家扔成垃圾场。战果不少，蚂蚁尸横遍野，但蚂蚁没被吓倒，数量反而日趋增多。两人决定采取海陆空立体作战模式，从超市拎回几塑料袋的食物，包括几块德芙巧克力，四处摆放，诱其出洞，再跟踪追击，找到七八个老巢后，几壶沸水灌入其中，再用强力502胶水封死洞口。对于厨房瓷砖壁后的蚂蚁巢，李甲束手无策，孔媛有办法，用针筒往里面注射药水，一边注射，嘴里还一边骂道，我让你断子绝

当代中国最具实力中青年作家书系

孙，我让你死全家。

在孔媛的指示下，李甲又上街买来数十种蚂蚁药，摆放在门缝、窗隙、墙角、管道口与一切阴暗潮湿处。孔媛在整个战役过程中指挥若定，体现出一位军事家的气质。孔媛说，我看我可以去指挥淮海战役。孔媛揪着李甲的耳朵摇起兔子舞。那真是一段美好的时光。到了夜晚，孔媛在床上就像一匹白马，李甲骑在马背上，看见天是蓝的、草是绿的、羊是吃草的、药片不全是淀粉做的。

一个月后的某夜，李甲骑在马背上幻想着马蹄下的高山大海。马蹄子一蹶，李甲掉下来。孔媛尖叫，蚂蚁！李甲的汗滴在孔媛光滑的胸脯上。一只蚂蚁在那儿跑得飞快。李甲瞠目结舌，都没力气伸手去摁死它，眼睁睁地看着它消失在床与墙交界的缝隙里。李甲与孔媛面面相觑。

月光装满屋子。半个月后，他们重新回到过去的生活。又过了几天，孔媛带回一本书，是卡尔维诺的短篇集子。中间有一篇《阿根廷蚂蚁》。书页上还有一行圆珠笔字迹：这是一个让人啼笑皆非的寓言。是人类社会的隐喻。这种无处不在的微小之物，出没于日常生活的各处，向人的灵魂发起战争。它让我们的肉体变得敏感、易怒。也让一些人清醒地认识到人类在宇宙中的真实位置。我们都是蚂蚁的食物。迟早的。

李甲问，你这是什么意思？我们搬家？这好像不是你的字迹。图书馆借的？你们学校挺不错，这么多人热爱文学。竟然还作眉批。了不起。

孔媛没搭理李甲，上卫生间洗脸。

李甲说，眉批写得这么深刻。谁写的啊？

孔媛哼道，我奸夫。李甲差点吐出一口血，想了想，还是没吐。

李甲说，主说，通奸者要被石头砸死。

孔媛冷笑，被石头砸死，总好过被蚂蚁咬死。

孔媛回客厅，额头上贴了几片嫩黄瓜，手指甲上面还贴着点缀了淡紫色小花的水晶甲。李甲恭维道，真漂亮。孔媛在沙发上躺下，把书翻来翻去。

李甲说，研究啥？

孔媛说，你懂个屁。

李甲说，过去没见你有这个爱好呀。

孔媛说，关你屁事。

孔媛摸出笔，在书上涂涂画画。是一串数字。李甲凑过去，看了一会儿，看出规律。是这本书的页码的各位数之和。比如，翻到 289 页，孔媛便写上 19。

李甲说，你在学四柱预测还是练习紫微星数？

孔媛说，有人中了五百万。买体彩。就靠这本书。

李甲恍然大悟，这你也学？幸运女神从不在一扇门上敲两次。

孔媛恼了，把书掷在李甲脸上，滚你妈的。老娘嫁你，还得住这样一间破房子喂蚂蚁，丢人现眼都到黄浦江了。你还好意思说风凉话。

李甲没话说了。黄瓜片从孔媛额头上滚落，露出一个红点，那是蚂蚁啃的。

杀死蚂蚁究竟有多少种方法？食蚁兽在当下基本绝迹。给雄蚁带避孕套，让雌蚁带子宫环；给它们上政治课，宣传蚂蚁与人类应该共建和谐社会；或者干脆把它们变成盘中餐？人类将蚂蚁

当代中国最具实力中青年作家书系

作为药品和滋补品都有三千多年的历史。李甲咂咂嘴。

晚上，他来到梦境。梦见自己是书生，还娶了一个美貌妇人。很恩爱。后来李甲在街头遇见道士，道士说他被妖精缠上了。李甲不信。道士给了他一把桃木剑。到晚上，妇人睡着后，李甲按照道士的指点，把桃木剑放在妇人头上。结果，妇人的天灵盖就打开了，里面是大团大团的蚂蚁。那妇人醒了，便笑，说，你发现了？还从身后摸出一把汤羹勺舀起这些蚂蚁，递到李甲嘴边说，吃吧，补着哩。李甲吓着了，在梦里面鬼哭狼嚎，醒过来，抹掉一脸汗水。

李甲去看孔媛。孔媛的脸是美丽的。孔媛上辈子是不是蚂蚁精？根据量子物理的多宇宙理论，这有可能。李甲在孔媛汗湿的胸脯上拈起一只小黄蚂蚁，想起《聊斋》，里面的女妖们都很迷人，且基本上允许男人乱搞。李甲把蚂蚁塞入嘴里。

暗夜里，孔媛的眼睛突然又大又亮，你干吗？

李甲吓一跳，吃蚂蚁。蚂蚁的粗蛋白含量比鱼肉还高。

孔媛踢他一脚，你有毛病。

李甲说，话不能这样说。蚂蚁大补，补肾壮阳！我这是为你的性高潮时刻准备着。

孔媛尖叫，滚。

李甲说，那你讲咋办？

孔媛说，把这房子卖了，去付首期。我算过了，付"凤凰庭院"的首期还是够的。

李甲翻起眼白。

"凤凰庭院"，那是"陶渊明和比尔·盖茨的时空对话"，是瞬间"从城市的喧嚣中突围，来到悠然南山下"。别的不说，就小区安全方面，小区周遭配备探头加红外线感应；主要出入口全方位电视监控；住户电梯实行刷卡式开启；每户安置可视对讲系统、日夜电子巡更系统、家庭紧急呼救报警系统、煤气泄露报警及紧急关闭系统……光物业费，一平方米每月就要五块。那是人住得起的地儿么？更要命的是，当初买这两间平房的钱可基本是借来的。为解决他这个大龄青年的婚恋问题（也即房子问题），亲戚朋友以人头形式各自摊派了数额不等的借款。会议在李甲大姐家召开。他六岁的外甥女在隔壁房间听见了，把李甲悄悄拽到一边，拿出金猪罐，倒出几百枚硬币，咬着他耳朵，用不容拒绝的口吻小声说道，舅，给。好歹也能买几平方厘米。李甲差点儿泫然泪下。自己没白疼她，没白买芭比娃娃。她学习也真用功，都晓得平方厘米了。有借还得有还。等到李甲与孔媛上过婚姻登记所，大姐把他叫去，递上一份还款计划表。亲兄弟，明算账。大姐不愧是财会奇才，还款计划详细到元角分，还排好次序，大姨、二舅、三姑、四叔……李甲眼含热泪，当场偿还外甥女的那几百个硬币的债务。再苦不能苦孩子啊。若大姐知道李甲为了自个儿的享受，卖掉平房，去付那什么"凤凰庭院"的首期，那还不得提刀把他砍了？

李甲支支吾吾夸奖起孔媛的眉毛。这眉生得漂亮。有诗为赞：眉似初春柳叶，常含雨恨云愁。

孔媛大喜，嘴里分泌出甜蜜的唾液，送入李甲口中。有文化的女人就是好，解得风情，能把词语当春药服用。李甲龙精虎猛，鏖战至天明方才沉沉睡去。本想睡到自然醒，却被孔媛拿书砸醒了。是盗版的足本《金瓶梅》。

孔媛柳眉倒竖，作河东狮吼，姓李的，你把我比作潘金莲啊！

当代中国最具实力中青年作家书系

难怪我觉得这话耳熟。

　　是星期天，不用上班。李甲用降龙十八掌与孔媛的九阴白骨爪对练后，愤然上网，以"潘金莲的男人"为ID在市BBS论坛发布了一项征婚启事：男，二十八岁，英俊潇洒。硕士。月入两千有余。有房、车（速派奇电动车）。觅温顺贤良勤快女子为伴。三十岁以下的女子均可应征。未成年少女恕不接待。要求擅烹饪、精家务。处女优先；与两个以上男性发生过性关系的不予考虑；有过生育经历的不予考虑；沉溺网游、酷爱网聊的不予考虑；回答不出四大名著之作者的不予考虑；能够背出圆周率小数点后一百位数字的不予考虑……

　　一时群雌激愤，凶狠异常，板砖拍下。说英雄，道英雄。惟沧海横流，方显英雄本色。李甲举关王刀、搦梨花枪、握黄帝剑、横方天戟、劈刑天斧、砸血河钺、祭吴侯钩、敲张飞槊、耍鸳鸯拐、舞少林棍、扔流星锤、抽九节鞭、挥秦琼锏、拍凤翅镗、弄太祖棒，十八般兵器轮流使过一遍，与各位姐姐妹妹阿姨婶婶婆婆奶奶等战成一团。正自得意，欲鸣金收兵，上来一妞，ID名为"潘金莲"，不管不顾，就冲着李甲的下半身来了。李甲左屁股上有三颗黑痣，右腹股沟有块青色胎记……这些不足为奇，一个大老爷们经常在屋子里赤条条地奔跑，健美的身躯勾起哪个中年妇女的偷窥之欲那也属正常。邪门的是，这潘金莲竟然对李甲的诸多糗事如数家珍。某年某日，他上厕所，拉完了才想起没带纸，只得就这样穿上裤子出来；某年某日，在商场门口，被两个卖花女孩抱着大腿喊爹；某年某日，在ATM上取钱，机子吐出钞票，天上响起惊雷，他怔了半分钟，机子又把钱吞回去；某年某日，领导从厕所出来，他上前打招呼，吃过了没?

这是熟人在犯案啊。眼睁睁着自己的尊容被上传至论坛，被一帮娘们评头论足，李甲怒火填膺，把鼠标当成惊堂木，大脑急速驱动，耳边听见几声冷笑，下意识地回头。孔嫒膝盖上放着笔记本电脑，嘴角露出蒙娜丽莎式的微笑。乱石穿空，惊涛拍岸，李甲决眦怒目，你这是什么意思？你他妈的这不是让我没脸出门吗？

孔嫒说，哼，你还晓得要脸面？老婆喂蚂蚁你就有脸面了？

李甲压低嗓门，这不是我的错。

孔嫒说，时代忽悠了你？别逗了。马化腾、丁磊、张朝阳，比你大不了几岁，凭什么资产上亿？没本事就没本事，还找借口。真恶心。

李甲的声音降下几分贝，那你也别给自己取名潘金莲。还把我的相片传上网。要被人家戳脊梁骨的。有你这样蠢的吗？

孔嫒撇嘴，你都叫潘金莲的男人，我为什么不是潘金莲？哼哼，你也就是一个挑烧饼卖的武大郎。

这话太伤自尊了，好歹自己也身高一米七零，面白无须，岂是那三寸丁谷树皮？李甲咆哮，这么说，你是要下砒霜谋害亲夫了？

孔嫒摔开电脑，双手抱胸，我可没这样说。对了，现在还真不知道哪里有砒霜卖。农药味太大，不妥不妥。

李甲无限悲愤，不就一套房子吗？又不是没得住，如今世道多少人露宿街头啊。

孔嫒说，对啊，不就是一套房子？武大郎还能租一套带俩院落上下二层的小楼给潘金莲住呢。这话说得没意思了，那是小说，不是现实。李甲用绝望的眼神看着孔嫒，得，咱不如武大郎，你去找你的西门庆吧。

晚上，李甲向孔嫒做检讨，对不起，我不应该发这个帖子。

当代中国最具实力中青年作家书系

我错了。我更不应该叫什么潘金莲的男人。这是对你的污蔑。

孔媛眼里淌下自来水，双手捂脸，放声大哭。李甲小心翼翼凑上前，抱住她肩膀，眼眶红了。道路是曲折的，前途是光明的。李甲在心里发誓，一定要把这房子卖了去付首期，付不起"凤凰庭院"，付一个"金桂花园"那也是好的。又哪怕大姐真拿刀追杀自己，天天蹲家门口要钱，那也在所不惜。

李甲去卖房子，打印了数百张纸，剪裁成小条，贴满马路边的电线杆，上面写：急急急，本人因去国外发展，特转让住房一套。价格面议。又注册了几十个ID，在本市论坛把这条消息狂轰滥炸，一直炸到面无人色的版主封了他的IP地址。李甲还一口气拜访了市内大小九十七家中介公司。其中一家中介公司叫求诚。老板长得特憨厚，李甲与他一见如故，从当前的国际形势讲起，讲到奥巴马、石油、伊拉克、南海诸岛、科比、芙蓉姐姐、股票、基金、猪肉、金融海啸、医改新方案……眼见日落西山群霞飞起，俩人找了一间咖啡馆继续侃。侃到后来，赵老板抓着他的肩膀不放了，兄弟，你的事就是我的事。你的房子，我现金收了。钱，明天就付。绝对不让兄弟吃一分钱的亏。最高价。

李甲的头发根都竖起来了，他还真没想到这套破房子居然能当汤臣一品卖，且还是现金结算。可见天上真是会掉馅饼的。当然，害人之心不可有，防人之心不可无。当天晚上，李甲摸着房产证，望着熟睡着的孔媛心潮澎湃。孔媛白皙的脸庞正阵阵散发出春天田野的香味。李甲在脑子里把自己了解的可能的法律陷阱都过了几遍，半夜披衣上网，查询了二手房交易的种种细节，确信自己不可能上当受骗后，睁着眼睛看着天花板一直到天亮。

李甲高估了自己的智商。见过骗子，没见过敢骗得这样明目张胆的。赵老板见李甲来了，热情洋溢地迎上前，吩咐人端来一杯大麦茶。李甲在太阳底下骑了几十分钟的车，早已唇干舌燥，拿起来一饮而尽。这一整天，李甲就不知道自己都干了什么。等他清醒过来，人躺在自己家的床上，孔媛坐在椅子上拿着几张合同看来看去，眉头越皱越紧。这与他所想象的场景有些不一样。

李甲说，我把房子卖了，咱们可以付首期了。

孔媛把合同掷到他脸上，你他妈的小脑进屎了。你这是卖房子？你这是拿房子往外送！

李甲丈二和尚摸不着头脑，捡起这几张纸看，没错，手续齐备。李甲头疼欲裂，指指桌上放的包，怎么了？现金这不都拿回家了？然后他跳起来，包的拉链是开着的。李甲把钱数了一遍，又数了一遍，冲进厨房把头放在水龙头下浇了几分钟，回来又数了一遍，汗下来了，摸起那几纸合同再看，脑袋里炸起霹雳，眼前出现团团电光。合同是他签的字，各项细节条款也不错，但价钱不对，只相当于市价的三分之二。李甲想起早上那杯大麦茶与孙二娘卖的蒙汗药，暗叫一声苦也。他上套了，人家根本就没有跟他玩智力，就用最简单原始的方式把他摆平了。他妈的，这是什么药？竟然可以让一个堂堂硕士生失去心智？李甲抓起电话，拨110。警察同志真好，几分钟后迅速赶至。李甲尖声嚷道，这是合同诈骗！

以后的事，有点复杂，情节大开大合大忽悠，有穿插，有突袭，有遭遇，有迂回，场面之壮观令人叹为观止，比好莱坞大片更能充分刺激人的口鼻耳眼舌。托家人、同事、亲戚、朋友以及祖宗十八代的福，合同终于被判无效。李甲拿回房子。赵老板宣称，早晚要派人砍掉他的两条腿。但李甲不怕，大家都有腿，无

当代中国最具实力中青年作家书系

非是砍来砍去。李甲只为官司中所损耗的约占房价总额百分之十的请客送礼等支出痛心不已。更倒霉的是，因为把全部精力投入于这场诉讼战争，他失业了。唯一的收获是，他成了一个迷药专家，对各种迷药的成分、功能、毒理作用了若指掌。李甲被下的不是普通的巴比妥类药物或三唑仑类药物，而是一种科技含量颇高的复合麻醉剂，俗名叫迷魂药，能让人在药效期间神志不清，失去正常的判断力，人家说干啥就干啥。主要成分是：曼陀罗、羊踯躅、醉仙桃、茉莉花根。

二

李甲走在路上。下坡路。路面很轻，刚铺过沥青，被太阳晒着，像要飘到空中。天空白而亮、高而远，不是一块皱巴巴的抹布，但里面也没有丰腴的女体。没有云，连一朵凶恶的云也没有。云被一种赤裸裸的寂静吃掉了。李甲在口袋里摸了半天。没有烟。烟都在商店的柜台里躺着。李甲吐痰。痰落向地面，跟蝴蝶的翅膀差不多。万有引力失去了作用？路边的房子并没有倒立过来，但都有着颤动的毛茸茸的唇。

李甲蹲下身，脑子晕得厉害。这得怨那个胖子。那个肚子垂在地上的胖子。那个手指在自己鼻尖前点来点去画太极的胖子。胖子都该死。李甲咒骂着。一块亮闪闪的东西朝他飞来。李甲扭过脸。那东西顺着脸颊擦过去，结结实实摔在地上。是痰，一大块，怕有半斤重，里面混杂有饭粒与火腿肠的碎屑。

李甲的胃翻转起来，屈膝，左手撑地，竖起右手中指，朝向那远去的别克车，喉咙里干呕。车子如蟋蟀一样轻轻鸣叫。李甲呛出泪水。这块痰是淡青色的，离鼻尖只有三寸。痰里有一只蚂蚁，一只断了腿的蚂蚁。这痰是从来福枪里射出来的？

蚂蚁在动，在这片从天而降的沼泽地里拼命挣扎，时不时把头伸入腹下，试图用脖子扛起身体。它显然不能适应这种突然的残疾，重心不断失去。但它一直在动，用大腭与这些居心叵测的液体搏斗。每咬断一根黏液，就有一根更粗的黏液缠上它。李甲使劲儿地盯着，没想明白这只蚂蚁为何就不能屈服于疼痛，放弃这个虚假的肉体。李甲把竖起的中指戳向脑门，戳了几下，用鞋尖把这只不甘心的蚂蚁化为乌有。

李甲下了坡，拐进一条巷子，不远处是他现在租住的房子。还是平房，但屋子外面没有那些富有想象力的涂鸦。只有几个大大的白圆圈，里面无一例外有一个拆字。

街道叮当崩裂震响。工人在修马路。一样东西从七楼的铝合金窗户里飘出，摔在路口不锈钢垃圾筒上，咣当一声。不是痰。人猿泰山也吐不出这么大的痰。是一本书，《蚂蚁的故事》。书右上角有七滴鲜血，左上角的血珠最大，右下角的血珠最小，形状与音乐简谱里的"哆唻咪发嗦啦西"差不多。这是吃饱了饭的人写的书。吃不饱饭的人不会去研究蚂蚁，饿急了，或许还会逮几只蚂蚁往嘴里塞。这不，蹲在小区门口便利店的瘸腿小孩也在干这活。李甲把书递给小孩。小孩掉转屁股跑进店内。店内走出一个穿蓝工作服手提冲击钻的工人，脸庞凹凸不平，仿佛被火烧过。李甲缩回手。一把椅子凌空飞落。李甲赶紧跑。这若再掉下冰箱、彩电、菜刀什么的就不大好玩了。李甲把书带回家。

艾琴生气了，说，买这样的东西干吗？

当代中国最具实力中青年作家书系

李甲说，捡的。

艾琴说，赶明儿去街上捡个大美女来。

李甲说，那比捡书容易多了。开一辆加长林肯，别说捡，美女哭着喊着往车上撞呢。

艾琴冷笑，你开加长林肯了吗？把你拿人肉市场卖了，也换不来一个车轱辘。

李甲与艾琴还没结婚。当年李甲以"潘金莲的男人"为ID发了那则征婚启事后，一直过得乱七八糟的，去论坛的次数就少了。等到离完婚，干脆泡在论坛上，逮着那批"群雌"整日阴阳怪气。其中那个骂李甲最凶的ID，就是艾琴。更有趣的是，艾琴是李甲外甥女的老师。李甲去接外甥女，在艾琴的办公室里看见她的手提电脑，无意中又瞥见屏幕上没有关闭的网页，这颗心就又有了一点儿生气。

两人谈起恋爱。谈完恋爱就要结婚，要结婚就要有婚房。而当年那两间平房在被孔媛分割走一半后，剩下的还不够偿还八大姑七大姨的借款。

这恋爱就谈得两个人都心若死灰了。说起话来，你一言，我一语，话里夹着兵器与骨头。兵器一般由艾琴耍，时不时耍出狼牙棒。骨头则由李甲耍，耍来耍去还是天灵盖。李甲不再吭声，低头去厨房。

艾琴手一伸，说，拿来。

李甲说，拿什么？

艾琴劈手夺过书，弯腰塞进鞋柜底下。鞋柜有点重，书只塞进一个角。

艾琴尖叫，死人，还不搭个手。

李甲忙去抬起鞋柜。艾琴放好书，在鞋柜上按了按，眉开眼笑，垫着正好。又白了李甲一眼，死人头，屋里的事从来就不用心。

李甲说，那是，那是，我的心全用到你身上了。

艾琴踢踢脚，鞋在脚趾头上晃悠一圈。天气还热。艾琴穿件小背心，露出白白的长长的颈。李甲心痒起来，伸手去抱。艾琴一把拍开，瞪眼，还不烧菜去？

李甲诺诺应着，进了厨房。

厨房很小，一个人都转不过身。空间逼仄，令人心生无名之火。李甲洗了一会儿菜，胸口堵得慌。艾琴打开音响，在客厅里跳起健美操。"一二三四，二二三四，换个姿势，再来一次；三二三四，四二三四，专心致志，贵在坚持……"

李甲把菜甩入水池，水溅了满身。李甲用毛巾搓手。墙壁上有面房东留下的镜子，因为烟熏火燎，从上面刮油，能炒几盘菜。李甲把脸凑去，用力地挤鼻尖的粉刺。有点疼。鼻尖红了。李甲扯起嗓子，我们结婚吧。

艾琴扭动着胳膊与腿。没理他。李甲继续吐痰。痰被水冲散。

李甲的目光落在水池边，上面有一只蚂蚁。李甲伸手摁死它。很快又出现两只。他继续摁死它们。水池边出现了三只蚂蚁。蚂蚁是最爱寻衅和最好战的物种。若蚂蚁掌握了核武器，它们可能在一个星期内毁灭世界。要是哪只蚂蚁能发明核武器，世界就太平了。李甲叹口气，抓住这三只蚂蚁，把它们扔进调料酒瓶里。李甲将脑袋搁在窗台上，往外面望。窗台是木头的。外面装着九根生了锈脏分分的铁棒。房子的对面是一堵爬山虎。又绿又粗的藤条在互相撕扯。两个小孩在墙边打架。一个小女孩在用石头敲

当代中国最具实力中青年作家书系

一个男孩的头。敲了一下，那个小男孩的黑头发就变成了红头发。他真蠢。连哭都不会。李甲顺手抄起一个空的玻璃罐，把墙壁上一只绿头苍蝇罩住，想了想，打开壁橱，在最下层摸出一瓶罐身锈迹斑斑的喷漆，把里面的颜料全喷到苍蝇身上。

吃饭的时候，李甲提起路上那只与痰搏斗的蚂蚁，你知道吗？若把这世上所有的蚂蚁加在一起，其重量大致与地球上所有人体的重量相等。

艾琴哧哧地笑，你真是童心盎然。真他妈的。

李甲奇怪了，我他妈的什么？

艾琴翻眼珠子，没理他，进屋，过十几分钟，换了晚礼裙，一步三摇走出来，晃晃手指甲，皱起眉头，这美宝莲咋没光泽了？

李甲已洗好碗，趴在沙发上看报纸，见艾琴这等打扮，喉咙里滚入一个大鸡蛋，翻身把脚架在沙发上，嘀咕一声，也不知道自己想说啥，就觉得心口闷，赶紧连喘几口粗气，四处去找水杯。艾琴研究着手指头，目光探照灯般射来，你是不是往指甲油瓶里掺了水？

李甲摊开手，噘起嘴，我是干这活的那块料吗？

艾琴的视线在李甲脸上游移不定，猛地尖叫起来，妈呀，这都八点了。木头，还在发啥傻，快换衣服。艾琴的嗓音怕有一百分贝，天花板上的尘土哗啦啦一阵响。李甲从沙发上蹦起来，刚喝下肚的水在胃里翻了一个个儿。

艾琴手忙脚乱，从柜子里拉出一大堆衣服，斜眼睨着李甲，念念有词，这件大了，这件小了，这件领子不挺，这件袖口磨坏了，你瞅瞅自己这副寒碜样，也太丢人现眼了。李甲委屈了，想分辩，艾琴把一件圆领针织衫劈头盖脸地套下来。李甲眼前一黑，下巴顶在艾琴胸口。艾琴操他，妈的，正经点。

艾琴拽下圆领衫，弯腰翘臀，脚尖挑起件黑色夹克，捉住李甲的手，往袖套里塞。夹克斜斜地挂着。艾琴恼了，屈膝在李甲双腿间撞了下，死人，当自己是少爷的命？自个儿穿。

艾琴风风火火卷起地上的衣服，抛到内屋床上，转身见李甲的动作慢条斯理，声音高了几度，你在床上左蹦右蹦就差蹦到天花板上。现在痿掉了？要不要吃伟哥？

李甲把右手套入袖套，把被团成一个鸡爪似的左手舒展开，苦笑，那是你魅力大。这是要上哪打家劫舍？

就这么片刻，艾琴已将口红在嘴唇上涂过两圈，套起跟有十寸高的鞋子，右手抓过坤包，左手拎起李甲的胳膊，一把将李甲扔到门外，侧身，脚跟往后一磕，门关上了。艾琴拽着李甲一口气奔到大街上，拦住辆车，跳上去，这才长长地吐出一口气，师傅，去"凤凰庭院"对面的"万紫千红"。

万紫千红颇有名气。是家娱乐城。里面有很多乳房丰腴的漂亮小姐，坐台二百，包夜六百。去那儿干啥？李甲一头雾水。一片片夜色从车窗外掠过，好像蝙蝠侠。电线杆矗立着。上头没有麻雀。女孩在路边叽叽喳喳说话。李甲精神起来，挺直身，打量这些眉眼依稀青涩的女孩子们的身材容貌。人影晃来晃去。李甲突然觉得胸口那块闷刹那间已涨大了好几倍，喉咙里那颗一直不能咽下去的鸡蛋里爬出几只摇头晃脑的蚂蚁。车子戛然止住。李甲推开车门，哇的一声呕开了。这一回，不是干呕。秽物齐涌而出，喉咙跟坏掉的水龙头一样，拧都拧不上。李甲擦去鼻腔里喷

当代中国最具实力中青年作家书系

出的饭粒，擦去眼泪，连打几声喷嚏，冲着旁边的艾琴歉意地笑，不好意思，不知道这是咋的，可能是流感。你等等，我去买包餐巾纸擦擦脸。

艾琴脸色铁青，一会儿看看停在路边的车，一会儿看看脸上开了杂货铺的李甲，一会儿看看街道的另一头。

李甲的手指在艾琴手掌上碰了碰，听见没？我要买餐巾纸，给我一块钱。艾琴像被蝎子蜇了，甩手尖叫，别碰我。你咋这么不讲卫生？餐巾纸有屁用，衣服上到处是污秽，擦得干净吗？天哪，我咋会摊上你这个祖宗？！说过多少遍，吃完饭后，别喝凉水，你偏要喝。这下好了，吐了吧，开心了吧，丢人现眼了吧。

李甲说，你这是什么意思？

艾琴说，我倒要问你打的是什么主意？是不是知道要去万紫千红就故意吐？我没嫌你丢人，你干啥要朝我摆出这副嘴脸？你看看你自己。我对着你说话，你的眼珠子却乱转。惦记着看路边的小姑娘？看也是白搭。全世界只有我傻。把一个黄花闺女的身子贴给你这种二锅头。我就纳闷了。我怎么这样傻？你他妈的十有八九是给我下了迷药。

李甲没顶嘴，讷讷地站在一边。司机探头探脑往这边看。李甲喊，师傅，麻烦你等会儿。

等个屁，艾琴接过嘴，大步流星走到车边，拉开坤包，递过一张十元的，说道，不必找了，扭回头，冲着李甲喊，不去了。

李甲说，干啥不去了？

艾琴说，不去就是不去，你管得着吗？

李甲说，你拉我出来吹风？

艾琴没吭声，走了几步再走回来，走到李甲身后，抬脚朝着他的膝盖处踩下去，说，买衣服去，这衣服不要了。

李甲爬起来，小声问道，为啥不要？

艾琴说，脏了，你不要脸，我还要脸。

李甲说，这是去见谁？这么大的阵仗？

艾琴说，早说好了。你这会儿给我装糊涂啊？

李甲说，我不是这个意思。我可不可以知道要去见谁，再去，行吗？我忘掉了。对不起。

艾琴说，你就这个意思。他妈的。

李甲说，与你说话真他妈的。

艾琴说，还骂人？骂谁啊？我 × 你妈，我 × 你全家。好心全当成驴肝肺。不去拉倒，没人稀罕。

李甲说，姑奶奶，饶了我，你总不会要我当街给你下跪吧？

艾琴说，哟，我可没那么大能耐。最起码也不好意思吐得满街都是。

李甲说，求你了。我知道自己不对。放过我，好不好，咱们该干啥仍干啥？

艾琴说，不好。你得向我道歉。

李甲说，好的，我因为不能控制生理上的冲动，在不该喝凉水的时候喝了，在不该吐的时候吐了，我向你道歉，郑重道歉。

艾琴没再说话，拦住另一辆的士，钻进去。李甲也钻进去。两人默不作声。艾琴的眼睛在反光镜里黑得发亮。李甲继续去看灯光下那些甩掉胸围束缚穿衣直奔主题的女孩儿。车子行驶得极为平稳，但一丝丝的腥味跟针一样，在血管里来回插着。李甲脱下衣服捂住嘴，小声说道，我可能病了。

没人开口说话。灯光淹没了街道。一个少妇在霓虹牌下旁若

当代中国最具实力中青年作家书系

无人地啃一个老男人的嘴，啃得满嘴血红。李甲揉揉眼，路边的房子朝他倾过身子。开车的师傅是个橡皮脸的中年男人。中年男人拿起一盒磁带塞入音响，车内撒满蔡琴那黄金一般的嗓音。艾琴冷不丁地说道，师傅，去九四医院。

这天晚上，李甲在医院病床上看到了一只蚂蚁。那只蚂蚁在他眼睑深处爬呀爬，没过多久，它遇上李甲在街上吐出的那堆呕吐物。它勇敢地闯进去。它开始挣扎。挣扎毫无疑问都是徒劳无功的。它逃不出去了。它很聪明，很快便选择放弃，不再动弹。一只红色的高跟鞋从空中踏下，它小声叫了下，不再疼了。

李甲睁开眼，雪白的灯光照得眼睛发疼。在靠左手的床头柜上，他看见了几张包葡萄的纸。李甲撑起身，拆开它，准备撸一下鼻涕。然后他发现这几张纸是从书上撕下来的，上面有一个小说，是他曾经读过的《阿根廷蚂蚁》：一个小镇，蚂蚁泛滥成灾。人们绞尽脑汁灭蚁。有人发明了几百种药粉，坚称人类智慧高于蚂蚁，必可将蚂蚁消除；有人发明了各种灭蚁机器，在与蚂蚁的较量中感受到生活的乐趣与存在的意义；有人接受了蚂蚁存在这种现实，活着，就是妥协，最后向死妥协；也有人干脆否认蚂蚁的存在，认为蚂蚁与世界同属于我们的幻觉。小镇上还成立了专门的与蚂蚁斗争局。为保住饭碗，职员们以灭蚁之名行纵容之实。蚂蚁越灭越多，新搬来的青年夫妇不得不向蚂蚁低头认输，搬离小镇。

李甲反复看了几遍。纸上还有一些铅笔划的阿拉伯数字。李甲小声地念起来，"哆唻咪发嗦啦西。"他的普通话不大标准，他念的其实是"多来米饭少拉稀"。病房里只有他一个人。他终于想起艾琴叫他去万紫千红干什么。

孔媛现在是万紫千红娱乐城的老板娘。她没有中五百万，但再嫁了一个好老公。艾琴是在一个饭局上认识孔媛的，她们俩很快便成了好姐妹。

女人的友谊真奇怪。

李甲慢慢闭上眼睛。他摸起一只葡萄，用其鲜红的汁液在纸上画了一个奇形怪状的女人。微小的水滴在他心底不断往上渗，吐出一圈圈的光华。一只在空中盘旋良久的苍蝇，终于落下身子，落在床头柜上，静悄悄的。屋外的月光犹如大雪在无风的山中飘落。大的树干与小的树叶在月光中游动，悄无声息，像鱼一样。

我笑了。我在窗外招呼他。他所知道的，我都知道；他所不知道的，我也知道。他迟疑半天，纵身跳出来。我们骑在鱼的脊背上，互相看了一眼，他终于笑了起来。

这个世界，咳，我们都在其罅隙里。

时间潺潺流过。巨大的鱼犁开黑暗的海，缓缓消失在月光里。在月光的尽头是另一个世界，那里没有需要借钱买的房子、蚂蚁、痰、赵老板与胖子、万紫千红，当然也没有穿高跟鞋的或者是乳房跳来跳去的女人。

当代中国最具实力中青年作家书系